www.ingramcontent.com/pod-product-compliance
Ingram Content Group UK Ltd.
Pitfield, Milton Keynes, MK11 3LW, UK
UKHW012248290726
14090UKWH00013B/526

9 786140 106741

فرسان وكهنة

بريد المؤلف الإلكتروني:
alkabbani@mac.com

حساب المؤلف في تويتر:
@montherkabbani

فرسان وكهنة

رواية

د. منذر القباني

الدار العربية للعلوم ناشرون
Arab Scientific Publishers, Inc.

بِسْمِ اللَّهِ الرَّحْمَنِ الرَّحِيمِ

الطبعة الأولى: كانون الثاني 2013 م - 1434 هـ
الطبعة العاشرة: كانون الثاني/يناير 2018 م - 1439 هـ
الطبعة الحادية عشرة: كانون الأول/ديسمبر 2018 م - 1440 هـ
الطبعة الثانية عشرة: أيلول/سبتمبر 2021 م - 1443 هـ

ردمك 978-614-01-0674-1

التوزيع في المملكة العربية السعودية
دار إقراء للنشر

إصدار
الدار العربية للعلوم ناشرون م م ح

مركز الأعمال، مدينة الشارقة للنشر
المنطقة الحرة، الشارقة
الإمارات العربية المتحدة
جوال: 585597200 971+ - داخلي: 0585597200
هاتف: 786233 - 785108 - 785107 (1-961+)
البريد الإلكتروني: asp@asp.com.lb
الموقع على شبكة الإنترنت: http://www.asp.com.lb

تصميم الغلاف: **سامح خلف**

الجزء الأول

غريب

الحمد لله الذي خلق هذا الكون للأبرار
ولكل باحث جعل فيه ما جعل من
الغرائب والأسرار

تَمْهيد

إنه الجنون بعينه أن يحاول إنقاذ بورته من قبضة المركيت! فما الذي سيستطيع فعله مع بضعة فرسان، في مواجهة ألف رجل؟ نعم، إنه عين الجنون، أن يحاول استعادة زوجته، بعد أن اختطفها شيليدو، خان قبيلة المركيت! لم يكن تاموجين على رأس قبيلة يستطيع أن يُغير بها على قبيلة أخرى، بل مجرد طريد يتنقل من مكان لآخر، تحت حماية بعض من أصدقاء والده يشوكاي خان، الذي قتل مسموماً من قبل التتار منذ عدة سنوات، عندما لم يكن تاموجين قد تجاوز العشرة أعوام. بعدها تفرقت العشيرة، وظل ابن الخان طريداً بعد أن تخلى عنه وعن أمه جميع أعوان أبيه..... ولكن خطيبته، بورته، لم تتخلَّ عنه. بل أصرت على أن يحافظ أبوها على عهد الزواج الذي قطعه مع يشوكاي. كانت الفتاة على يقين بأن تاموجين لن يظل طريداً إلى الأبد.... كانت على يقين بأن ذلك الفتى المغولي، الذي ملكته مفاتيح فؤادها، سينتصر على جميع أعدائه.

- "إنها إرادة رب السماء الزرقاء، هكذا أخبرتني الأرواح... فهذا الفتى مقدَّر له أن يعلو فوق الجميع. أن يصل إلى ما لم يصل إليه أحد من قبله، ولن يصل إليه أحد من بعده. سينسج المستحيل من خيوط اليأس، ويمتطي الأرض لتصبح تحت قدميه". هكذا قال الكاهن تَبْتِنْكَر ليشوكاي خان، عندما أنجبت زوجته طفلاً يحمل في يده اليمنى خثرة دم.

كثيرون من سكان السهول قد سمعوا بنبوءة تَبْتِنْكَر، ولكن القليل منهم من صدقها.... بورته كانت من تلك الفئة القليلة، وكذلك الفرسان السبعة الذين رافقوا تاموجين من أجل استعادة زوجته من قبضة شيليدو!

* * *

عمَّ السكون المخيم، في تلك الليلة الحالكة السواد، بعد أن انتهت مراسم الاحتفال في مخيم المركيت. غارة تلو الأخرى كانت تؤكد مكانة شيليدو كأحد خانات السهول الأقوياء. فلم يستطع أن يقف أمام فرسانه أي خان من جميع القبائل المجاورة، حتى أصبح كثيرون منهم يتفادون مواجهته، ويحاولون استرضاءه بمختلف أنواع العطايا، من الخيول وأكوام الصوف والغلال. بل إن بعضهم أعلن التبعية له والانصياع بالكامل لإمرته، فالتخلي عن بعض ممتلكاتهم كان أهون عليهم من التخلي عن حياتهم وحياة أسرهم! لذلك اعتقد شيليدو بأن لا أحد ممن يسكن السهول التي من حوله يستطيع مواجهته، وفرسانه يحيطون به...... أحمق من كان يعتقد أن باستطاعته اختراق مخيم المركيت، والحمقى لا خوف منهم.... فهم لا ينتصرون.... الحمقى فقط ينهزمون!

* * *

ظل تاموجين يراقب المخيم عن بعد، بين الأحراش، وفرسانه السبع من حوله يراقبونه في صمت، منتظرين أن يخبرهم عن خطته لإنقاذ بورته. ثقتهم فيه جعلتهم ينقادون وراءه دون سؤال. كانوا على يقين بأن تاموجين ما كان ليقدم على مثل هذه المغامرة لو لم تكن لديه خطة محكمة لاختراق مخيم المركيت دون أن يراه أحد.... ربما لديه جاسوس بين المركيت، ينتظر منه إشارة عندما ينام جميع الفرسان، أو

لعله سيطلب منهم أن يتفرقوا بين أطراف المخيم، ويحدثوا الفوضى، فينشغل المركيت بما يحدث، بينما يذهب هو إلى الخيمة التي توجد فيها بورته وينقذها...... مهما يكن الأمر، فهم على أتم الاستعداد للموت الليلة من أجله. كل واحد من هؤلاء السبعة كانت لديه مع تاموجين قصة انتهت بقسم ولاء تام له، وبأن يموت من أجله، ولم يكن في حسبان أي منهم أن يحنث بذلك القسم الليلة.....

لكن تاموجين لم يطلب منهم أن يتفرقوا حول المخيم، أو أن يتسللوا إليه في جنح الظلام، بل طلب منهم أن يبقوا متوارين في مكانهم، بينما أخذ يتجه هو نحو المركيت! أمرهم بأن يبقوا في مكانهم، حتى تأتيهم بورته، فينطلقون بها نحو مخيمهم دون النظر إلى الوراء. استحلفهم برب السماء الزرقاء بألا يحاولوا اللحاق به، كما استحلفهم بألا ينتظروه فور ما تأتيهم بورته، بل كان يجب عليهم أن ينطلقوا بأقصى سرعة..... حاولوا ثنيه عما ينوي فعله. أخذوا يقترحون عليه خططا عدة، لا تتضمن أي منها أن يذهب وحده إلى داخل مخيم المركيت، ولكن دون جدوى، كان الأمر يتطلب أن يذهب هو بمفرده.... فلم يكن تاموجين ينوي أن يعود الليلة ببورته فقط!

* * *

لم يدرك شيليدو، وهو يدخل خيمته الواقعة في منتصف مخيم المركيت، بين خيام فرسانه الذين يتجاوزون الألف بقليل، أن سريرته كانت تعد له مفاجأة لم يعتد عليها أي خان من خانات سهول آسيا. فالذي تعارفت عليه الأجيال من خانات القبائل أن للقوي حقاً على الضعيف، أن ينهب ما لديه من مال ونساء وأنعام، فحياة فرسان السهول كانت أشبه بحياة الذئاب. هناك القوي وهناك الضعيف. هناك من ينتصر وهناك من ينهزم، وعلى الضعيف المهزوم أن يواري

ذنبه بين ساقيه، ثم يرحل ليأخذ معه العار الذي جلبه ضعفه لعشيرته. لذلك عندما دخل شيليدو على بورته في تلك الليلة، بعد أن احتفى مع فرسانه بأقداح اللبن المخمر، كان يتوقع أنه سيقضي منها وطره! فالشهوة كانت تملأه، كما لم تملأه نحو أي امرأة من قبل! فمن لم يسمع بجمال بورته الأسطوري، ورجاحة عقلها، وشجاعتها..... "مثلها من النساء لا يظهر إلا مرة كل جيل، وذلك الشاب الأخرق، تاموجين، لا يستحق مثلها من النساء!".

كانت بورته مستلقية على الأرض، مغطاة بقطعة من الوبر. ذهب شيليدو نحوها، ثم ألقى بجسده فوقها. أمسك بذراعه الأيمن شعرها من الخلف، ونزع بيسراه ثيابها من على ظهرها..... لم تقاوم بورته، بل ظلت صامتة، فكانت تدرك جيداً أن المقاومة لن تجديها نفعاً مع رجل مثل شيليدو يفوقها قوة..... ظلت تنتظر الفرصة السانحة...... ظلت تنتظر اللحظة التي يفقد فيها شيليدو نفسه، منتشياً من لذة القذف..... ظلت تنتظر وأنفاسه تتسارع مع ترنحات خصره البدين..... استمر الحال على هذا النحو، حتى شعرت فجأة بثقل جسمه ينزاح من على ظهرها. استدارت فوجدته مستلقياً بجوارها، وعيناه مغمضتان..... كانت هذه هي اللحظة!

ودون أدنى تردد سحبت بورته خنجر شيليدو من على خصره، وبكل ما أوتيت من قوة وسرعة، وقبل أن يدرك خان المركيت ما كان على وشك أن يحدث له، نحرته، ثم طعنته بين فخذيه، تاركة الخنجر في موضعه، لكي يكون عبرة لكل من كانت تساوره نفسه باختطافها!

تحرك تاموجين نحو مخيم المركيت. وضع سهمين في قوسه، ثم أطلق الواحد تلو الآخر ليصيب اثنين من فرسان المركيت، كانا

يحرسان المدخل الشرقي للمخيم. ما كاد ينتبه الفارس الثالث لما قد حدث لرفيقيه، حتى أصابه هو الآخر سهم اخترق رقبته فأرداه صريعاً..... استمر تاموجين في اتجاهه نحو الخيمة المركزية، حيث يقبع شيليدو، مستتراً بظلام تلك الليلة الغائمة. صادفه فارس رابع كان قد خرج من خيمته لقضاء حاجته، ولكن قبل أن ينتبه ذلك الفارس إلى وجود رجل غريب بين صفوف المركيت، كان سيف تاموجين قد نحر رقبته، ليسقطه على الأرض اليابسة المتعطشة لقطرات الماء المتجمعة في السحب..... وصل تاموجين إلى مقصده دون عناء يذكر، وما أن دخل الخيمة، حتى وجد بورته تجري نحوه وكأنها كانت على علم بقدومه.....

- "قلبي حدثني بأنك ستحضر الليلة". قالت ممسكة بكفيها وجهه المستدير، لامسة طرف أنفها بأنفه.
- "سامحيني". قال تاموجين جاثيا على ركبتيه أمامها "... فما كان يجب عليّ أن أفقدك!".

أمسكت بورته بذراعه مشيرة له بأن يقف.....

- "ولكنك قد أتيت من أجلي. لم تتخلَّ عني، وهذا كل ما يهم".

أمسك تاموجين بمعصم بورته ساحباً إياها نحو ظهر الخيمة، ثم استخدم خنجره ليشق به مخرجاً خلفياً يتسع لجسمها النحيل....

- "فرساني ينتظرونك شرق المخيم. أسرعي إليهم الآن قبل أن ينتبه المركيت لما قد حدث".
- "وماذا عنك أنت، ألن تأتي معي؟".

نظر تاموجين نحو جثة شيليدو الملقاة على الأرض في منتصف الخيمة....

- "آن الأوان لكي يظهر خان جديد. اذهبي أنت الآن، وأعدك بأني سآتي قريباً على رأس تسع مئة فارس من فرسان المركيت".
- "تسع مئة؟ تقصد ألف فارس".
- "لا.... بل تسع مئة، لأني ساضطر إلى قتل مئة منهم، حتى يخضع لي الباقون!".

* * *

خرج تاموجين من الخيمة متجها نحو فرس أدهم، بالجوار. أخذ الفرس يهيج، عندما اقترب منه، ولكن سرعان ما هدأ، عندما وضع كفه الأيمن على رقبته، ثم همس في أذنه، فقفز على ظهره. لم تمضِ لحظات، حتى علا صوت أحد الفرسان، بعد أن وجد جثث رفقائه عند المدخل الشرقي من المخيم، ثم أخذ يجري نحو خيمة شيليدو، دون أن ينتبه إلى الفرس الأدهم وإلى من كان يمتطيه، ولكنه سرعان ما انتبه لكليهما، بعدما خرج من الخيمة فزعاً للحال الذي رأى خانه عليه!

عمَّ الهرج والمرج المكان، وكل من استيقظ من فرسان المركيت أخذ يتجه متسارعاً نحو الخيمة المركزية التي يقبع فيها شيليدو خان.... كل هذا كان يحدث وتاموجين يراقب من على الفرس، وقد أخذت الأعداد التي تحيط به في ازدياد، بل وبضعة منهم قد صوبوا سهامهم نحوه، مستعدين لتلقي الأمر لكي يطلقوها عليه، ليردوه قتيلاً، منتقمين لخانهم الذي ظنوا أنه قتل على يديه.... لكن لسبب ما، لم يتجرأ أحد على الاقتراب منه، مكتفين فقط بالإحاطة به. ظل الحال هكذا حتى حضر شاموكيه، الابن الأكبر لشيليدو. اتجه نحو تاموجين، وقد عمّه الغضب، حتى بدا على ملامح وجهه جلياً، ثم أخذ يصيح....

- "كيف تجرؤ جرذان الأرض على قتل أسيادها؟! ورب السماء الزرقاء، لأقطعنك إرباً إرباً أنت وجميع عشيرتك، ثم أطعمكم لذئاب السهول!".

سلَّ شاموكيه سيفه من غمده، وفي ذات اللحظة، انفجرت السحب الملغمة بالأمطار، فأعمى البرق الأنظار وأصمَّ الرعد الآذان، وأخذ البَرد يتساقط من السماء كقذائف أحجار ألقت بها آلاف المجانيق!

عندما استعاد شاموكيه بصره، لم يكن الفرس الأدهم في مكانه..... أخذ يلتفت يمنة ويسرة، باحثاً عن تاموجين، وهو يصرخ للفرسان من حوله، آمرهم بأن يجدوه وأن يأتوا به حياً إليه! لكن بحثه لم يدم طويلاً، ففجأة، ودون سابق إنذار، وجد سيف تاموجين طريقه إلى رقبة شاموكيه، ليفصل عنها الرأس الذي كانت تحمله! آنذاك، انهال وابل من السهام على باقي فرسان المركيت، مسقطاً الواحد منهم تلو الآخر، حتى بلغ عدد القتلى قرابة المئة!

* * *

خرج الكاهن تَبْتِنْكَر من خيمته بعد عزلة بدأت منذ أن خرج تاموجين من أجل إنقاذ بورته، التي عادت إلى المخيم مع الفرسان السبعة قبل يومين. استمر تَبْتِنْكَر في سيره، حتى اعتلى التلة الغربية، ثم أخذ يراقب غروب الشمس. كانت بورته جالسة على التلة نفسها، تراقب الأفق؛ لعلها تلمح مجيء تاموجين....

- "قال لي أنه سيأتي على رأس فرسان المركيت.... ليتني لم أتركه! ليتني بقيت معه!" بدا على صوت بورته شجن ممزوج بشيء من القلق والخوف.

- "سيعود تاموجين، ليس فقط على رأس فرسان المركيت، بل على رأس جيش يجمع من حوله قبائل الترك والنيمان والمركيت

والتتار والكَرَخَطَّا، جميعهم يحاربون تحت راية المغول..... بل حتـى الأكـراد والعرب وأهالي الصين سـيجدون لهم تحت رايته مكاناً. لقد آن الأوان يا بورته، لقد آن الأوان..... هل ترين هذه السـماء؟ فليـس لهـا إلا رب واحـد يملكهـا.... كذلك الأرض، سيكون لها خان واحد يسودها، خان أعظم، فوق جميع خانات الأرض وملوكها وسلاطينها..... جنكيز خان!".

- "إن كان الأمـر كذلـك أيهـا الكاهـن الأعظم، فلماذا إذاً أرى على وجهك ملامح القلق؟".

صمـت تَبْتِنْكَـر بعـض الوقـت، واسـتمر فـي النظر نحـو مغرب الشمس، قبل أن يجيب....

- "قلقـي ليـس علـى مـا سـيحدث يـا بورتـه، ولكـن علـى ما قد يحدث".

- "قد يحدث؟ أوليس القدر محتوماً؟".

- "هذا ما يقلقني!".

- "وما عساه ذاك الذي قد يحدث؟".

- "رأيت كلباً شرساً يخرج من بين الذئاب، فيطردهم جميعاً ثم يحلق في السماء".

شَـخَصت عينا بورته عند سـماعها جملة تَبْتِنْكَر الأخيرة، وانتابها الفـزع. كانـت تعلـم جيداً معنى مقولة الكاهـن.... كانت تعلم أنه إذا ما تحقق ما قاله، فلن تكون العاقبة خيراً.....

- "ومتى قد يحدث هذا؟".

أدار الكاهن وجهه ملتقطاً عيني زوجة خانه، ثم أجاب....

- "إذا غاب الربيع!!".

1

".... أسفرت نتائج الانتخابات الرئاسية المصرية عن فوز متوقع للسيد جمال مبارك بنسبة خمسة وثمانين في المئة من الأصوات، وبذلك يكون أول رئيس مدني يحكم مصر بعد قرابة ستين عاماً من اندلاع ثورة يوليو، وفي خبر آخر أعلنت السيدة ليلى الطرابلسي رئيسة جمهورية تونس عن عزم بلادها بأن تستضيف اجتماع جامعة الدول العربية......".

أغلق مراد مذياع سيارته، وقد شعر بالصداع، الذي لازمه منذ الصباح، يشتد عليه من جديد. لسبب ما، بدأ يشعر ذلك اليوم بأن الصداع لم يكن مرتبطاً بالصيام، كما كان يظن، بل كان مرتبطا أكثر بذلك الحلم المتكرر الذي أخذ يعاوده من جديد، بعد انقطاعه قبل عشرين عاما ".... كيف يمكن لحلم أن يتكرر على مدد زمنية متباعدة؟"..... الأمر برمته كان غريباً، ولكن لعله القلق بسبب التغيرات التي طرأت على حياته في السنة الأخيرة التي جعلته ينزح من جدة إلى مدينة الرياض، ولو أن ما كان يراه في ذلك الحلم المتكرر لم يكن متعلقاً بتلك الأحداث التي أتت به إلى الرياض، والتي كلما تذكرها شعر بغُصَّة في الحلق وحسرة في القلب.....

* * *

غريب أمر هذه الحياة. لا شيء يبقى كما هو، فبين غسق وشفق قد ينقلب حال المرء، ليكتشف أنه قد أمسى على حال غير الذي

أصبح عليه.... وهذا ما جرى مع مراد قطز، عندما أتى إلى المستشفى الجامعي بجدة، فجر ذلك اليوم المشهود منذ قرابة عام، بعدما أيقظه من النوم الحلم المتكرر نفسه وعاوده الصداع عينه. لم يكن يعلم حينها أنه بدخوله إلى الجناح الجراحي، لكي يسأل عن مريضته التي أجرى لها عملية إعادة تشكيل للثدي الذي استُؤْصِل بسبب السرطان، أنه قد وضع اللبنة الأولى لسلسلة من الأحداث كانت كفيلة بتغيير مسار حياته إلى الأبد.... سلسلة من الأحداث تبعاتها جعلته دائماً يتساءل: "ماذا لو؟"..... "ماذا لو أتيت إلى المستشفى في وقت لاحق؟"..... "ماذا لو لم تراني هديل في الجناح، عندما زرت المريضة؟"...... "ماذا لو لم تكن المريضة شقيقة هديل؟".. "ماذا لو لم تكن هديل طبيبة في المستشفى الجامعي نفسه الذي أعمل فيه؟"..... "ماذا لو لم ألتقيها قط، فلم أعجب بها، ولم تعجب هي بي؟".... تساؤلات لا تكاد تنتهي، أرهقته بعد أن ملأت تفكيره، تولدت بدايتها حين وقع على خطاب الاستقالة! تلك الاستقالة التي أرغم عليها؛ حتى يتفادى الفضيحة!

* * *

لحقت به هديل في مكتبه ذلك اليوم، بعد فراغه من المرور على جميع مرضاه، لكي تخبره بأن والدها لم يوافق على طلبه بالزواج منها. لم يشفع له كونه أستاذاً مساعداً لمادة الجراحة بكلية الطب، أو كونه جراح تجميل استطاع أن يصنع لنفسه سمعة طيبة بوصفه طبيباً ماهراً وأكاديمياً مجتهداً، متفانياً في البحث العلمي والتدريس للطلبة والأطباء المتدربين. كل هذا وهو لم يتجاوز الخامسة والثلاثين. لم يشفع له إعجاب هديل به، ورغبتها في ألا ترتبط بأحد غيره. فكل هذا لا يهم، لأن أسرة هديل العريقة لا يمكن لها أن تصاهر رجلاً "بخاريًّا"

يأتي لها بنسل من ذوي "العيون المسحوبة والأنوف الفطساء". حتى وجيه، زوج أخت هديل التي أجرى لها مراد العملية، كان من أشد المعارضين لهذا النسب.... "أن يكون طبيب زوجتي شيء، وأن يكون صهري فهذا شيء آخر!".... لم تكن لِجينات وسط آسيا مكان عند عائلة هديل ذات النسب العربي الأصيل!

استطاع مراد قطز، من تعابير وجه هديل القاتمة، أن يعرف النبأ قبل أن يسمعه. لم يكن في حاجة إلى بوحها به، فحديث العيون ليس في حاجة إلى تصديق اللسان.

- "ماذا تفعلين هنا في المستشفى في مثل هذا الوقت الباكر؟ باقي على بداية الدوام أكثر من ساعتين" سأل وهو يدرك جيدا لماذا أتت باكراً.... فقد أرادت أن تتحدث معه وجهاً لوجه، قبل أن يزدحم المكان بالأطباء والطلبة وطاقم الإداريين.

جلست هديل على الكرسي الذي أمامه دون أن تجيب عن السؤال، ثم أخذت عيناها تتسابقان ما بين النظر إليه والنظر إلى الأرض. ظل الصمت هو السائد ثواني غير قليلة، بعدها استجمعت كل ما كان لديها من مخزون من القوة والشجاعة، ثم بدأت بالحديث.....

- "مراد"....

في ذات اللحظة التي قالت فيها اسمه، دخل رجل عليهما بطريقة فظَّة، وقد بدا عليه انزعاج شديد!

- "وجيه! ماذا تفعل هنا؟ هل أصاب هناء أي مكروه؟".

- "أخبرتني أختك بأن الدكتور مر عليها.... كما أخبرتني بأنها لمحتك في الممر! من حسن الحظ أنني قررت المجيء إلى المستشفى وأنا في طريقي للمطار، لكي أرى بنفسي هذه

المهزلة!".

أدرك مراد سر الانزعاج الذي بدا على الرجل، فلم يكن الأمر متعلقاً بصحة زوجته.

- "وجيه! بأي صفة تتحدث معي على هذا النحو، أنت لست بِوَلي أمري، ثم لا تنسَ بأن هذا مكان عملي والدكتور مراد زميلي".

- "لا يا هديل! أنت تعلمين جيداً أنه أكثر من مجرد زميل!".

في تلك اللحظة قرر مراد أن التدخل قد وجب، حتى لا يحتدم الأمر أكثر من ذلك، خاصة وأنه قد بدأت الأصوات تعلو.

- "يا جماعة الموضوع لا يستحق كل هذا، هناك سوء تفاهم"....

- "اخرس أنت!.... فحسابك ليس الآن!".

- "وجيه!!".

انصرف وجيه غاضباً، مكتفياً بما قاله من كلمات قليلة خرجت من فيهه، كطلقات رصاص من بندقية قناص أراد بها أن يصيب في مقتل..... وكأن الذي حدث لم يكن كافياً، فما كاد اليوم ينتهي حتى أخذت الأحداث تتصاعد!

* * *

استدعاء عاجل من رئيس القسم! أعقبه استدعاء من عميد الكلية! وفي اليوم اللاحق كان الاستدعاء من مدير الجامعة!

علم مراد أن شكوى قد قدمت ضده. لم يخبره رئيس القسم أو حتى عميد الكلية بالتفاصيل، واكتفى كل منهما بإخباره أن الأمر خطير جداً، مما استدعى تدخل مدير الجامعة!

- "مع الأسف لا نستطيع البوح بأكثر من ذلك، ولكن من الأفضل لك أن تأخذ إجازة مفتوحة إلى أن ينتهي الأمر". كان ردهما، كلما حاول أن يستفسر أكثر. هذا كل ما استطاع الخروج به من لقاء رئيس القسم واللقاء اللاحق مع العميد، ولكن في اليوم الذي أعقبه، عندما اجتمع مع مدير الجامعة كان الأمر مختلفاً....

- "والله يا دكتور، الأمر خطير جداً! لذلك فضلت التحدث معك شخصيا في الموضوع دون مضيعة الوقت، فالأمر لا يتعلق بسمعتك أنت فقط، ولكن أيضا بسمعة الجامعة".

كان وقع جملة المدير هذه كالصاعقة على مراد، خاصة أنه ليس لديه أدنى فكرة عن ماذا يتحدث، وقد ظهرت جلياً علامات التعجب والاستفهام على معالم وجهه!

- "زوج مريضة من مرضاك تقدم بشكوى ضدك، ولولا المكانة الاجتماعية المرموقة لصاحب الشكوى، وخطورة الاتهام، لجعلنا المسألة تأخذ مسارها الطبيعي من التحقيقات، ولكن من حسن الحظ أنه تربطني علاقة طيبة مع السيد وجيه.....".

- "وجيه!" قاطع مراد، وقد ظن أنه أدرك عما يتحدث مدير الجامعة....

- "هناك لبس في الموضوع. الدكتورة هديل أتتني في المكتب لكي تطمئن على أختها.... أنت تعلم أنها زميلة لي في القسم، ولها كامل الاحترام.... لكن زوج أختها أساء الظن".

- "أتتك الدكتورة هديل لكي تطمئن على أختها أم لكي تقرِّعك

على ما فعلت؟" جاء السؤال بشكل مباغت دون أن يتوقعه مراد، فسبَّب له شيئا من الارتباك.

- "ماذا تقصد؟".

- "أنت متهم بالتحرش بزوجة السيد وجيه، انتقاماً لرفض أسرتها قبول طلب زواجك من أختها الدكتورة هديل!".

كلما عادت ذاكرة مراد قطز إلى تلك الأحداث التي لم تستغرق مدتها الزمنية الثماني والأربعين ساعة، ازدادت رغبته في محو كل ما يتعلق بتلك الحقبة العبثية القصيرة جداً من حياته. ولكن شيئاً ما بداخله، لسبب عجيب غير مفهوم، كان متشبثا بكل مشاعر تلك اللحظات، من إحساس بالظلم، وشعور بالقهر، وحالة من التوهان لعدم إدراك ما كان يحدث من حوله، وفوق كل هذا، الخوف من مستقبل مظلم بسبب فضيحة قد تلحق به دون ذنب اقترفه. تلك المشاعر التي اجتمعت في ذات اللحظة التي فَجّر بها مدير الجامعة قنبلته الهيروشيمية، جعلت من مراد إنساناً آخر، ولأول مرة في حياته، انتابه شعور بعدم القيمة، خاصة بعدما أوضح له مدير الجامعة أن خياراته باتت محدودة، فإما الاستقالة لحفظ ماء الوجه، ومن ثم إغلاق الموضوع على هذا الحد، وإما السير في المسار القانوني الذي قد يسفر عن إدانة تؤدي إلى السجن، وبناءً عليه ضياع سمعته ومستقبله.....

- "خاصة وأن هناك شهوداً!".

- "شهوداً....؟! من؟".

- "بعض الممرضات، وكذلك بعض من زملائك لديهم ملاحظات

عن تصرفات غير لائقة مع بعض مريضاتك".

- "ممرضات؟ وزملاء لي؟ مثل من؟".

- "مثل الدكتورة هديل على سبيل المثال!".

هديـل!.... مـن ضمن جميع الأسـماء، لـم يتخيل مراد، ولو في أحلك الأحوال، أن يكون هذا الاسم من ضمن قائمة شهود الإثبات علـى جـرم لـم يقترفـه.... "حتمـاً هنـاك لبس في الموضـوع، أو ربما هذا مجرد كابوس سأسـتفيق منه الآن".. وخز مراد سـاعده المرة تلو الأخرى حتى يستيقظ وينهي هذا الكابوس السخيف، ولكن الكابوس ظل متشبثاً به، لا يريد الفراق!

- "معالـي المديـر.... هنـاك خطأ..... حتماً هناك خطأ ما.... أنا لم أفعل شيئا كهذا..... استحالة...." صمت مراد قليلاً، محاولاً اسـترجاع تركيزه الذي بعثر من صدمة الاتهام، ثم فجأة قام من على الكرسـي الجلد الأسـود الذي كان جالسـا عليه، مخرجاً من جيبه هاتفه المحمول.....

- "سأتصل لك بهديل الآن! ستخبرك بنفسها أن هناك لبساً في الموضوع..... زوج أختها، ذلك الوغد، يريد تلفيق تهمة لي....".

- "رجـاءً يـا دكتـور! لا داعـي للسـب والقدح. أنـا أعرف وجيه ذكري جيداً منذ سنوات، وهو رجل أعمال مرموق. الكل يشهد له بالنزاهة".

لـم ينتبه مراد لما قاله المدير، فكل اهتمامه كان مُنصبّاً في تلك اللحظـة المجنونـة علـى رقـم محمـول هديـل الذي بدا على الشاشـة الصغيرة. ضغط على زر الإرسال، ثم وضع سماعة المحمول بالقرب

من أذنه اليمنى.

- "ألو، هديل.." صرخ عندما شبك الخط...... ولكن...... لم يكن الصوت الذي رد عليه هو صوت هديل....

- "عفواً إن الرقم الذي طلبته لا يمكن الاتصال به الآن، فضلاً عاود....".

- "دكتور مراد، فكر في الأمر جيداً، وسأنتظر منك ردًّا نهائياً غداً. بإمكانك أنت فقط أن تضع حدًّا لهذا الموضوع. جراح ماهر مثلك يستطيع أن يجد عملاً في أي مستشفى آخر، وسأقوم بكتابة خطاب توصية لك بنفسي، ولكن بشرط أن تتخذ القرار المناسب.... أما إذا أردت أن تحذو حذو المسار القانوني، وفتح التحقيق في الأمر، وهذا طبعا من حقك، فأنا حينها لا أضمن لك العواقب. يكفيك فقط تناول المنتديات للخبر، عندما يتسرب من جراء التحقيقات، وأنت تعلم مدى عشق مجتمعاتنا لمثل هذه الأخبار!".

كان الأمر محسوماً منذ البداية.... ولكن بقي سؤال عالق في ذهن مراد ".... ماذا لو؟"...... "ماذا لو لم أقدم استقالتي؟".... "ماذا لو لم أرضخ للشعور الخاطف بالخوف؟"..... فعلى عكس ما وعد به مدير الجامعة، لم يكن هناك خطاب توصية، ولم ترحب به أي مستشفى من مستشفيات جدة، بعدما تسرب لها خبر جراح الترميم والتجميل الذي اضطر إلى تقديم استقالته تفادياً للفضيحة! وبين عشية وضحاها تحول مراد من الجراح السعودي الماهر إلى الجراح الفاسد المنبوذ!

* * *

"القدر...." لطالما حيرت هذه الكلمة بعض الناس، بقدر ما تجاهلها بعضهم الآخر. ما هو القدر؟ ما سره؟ فهل نخلق نحن أقدارنا؟ أم أننا نسير في طريق مبرمج كسير قاطرة كهربائية على قضبان من حديد، ولا نملك القدرة على تغيير هذا المسار؟....

لم تعد مثل هذه الأسئلة تحير مراد، وهو في طريقه إلى مستشفى الساعدي الدولي، مقر عمله الجديد بالرياض، ولكنها حتماً كانت هي أسئلة الساعة منذ أكثر من عام بعد حادثة الجامعة. كعادة البشر عند الإصابة بالفاجعة، كان الملاذ والخلاص هو نحو فهم كبير وشامل للحدث، نحو فهم يبرر الفاجعة ويخلق منها حكمة كونية تلهمه شيئاً من الصبر. ولكن بقدر ما حاول مراد أن يجد مبرراً لما حدث، بقدر ما شعر بعبثية كل ما كان يحدث من حوله، خاصة بعدما جاءه الرد من جميع مستشفيات جدة التي راسلها من أجل العمل فيها. الرد الذي لم يتوقعه على الإطلاق من المستشفيات التي كانت في يوم من الأيام تخطب وده وتتمنى أن يعمل فيها ولو بشكل جزئي، قبل أشهر قليلة..... الرد بالرفض دون إبداء السبب! علم بعد ذلك أن جميع هذه المستشفيات قد أتاها خطاب من مصدر ما في الجامعة، يحذر من هذا الطبيب الذي أجبر على الاستقالة لثبوت تحرشه بالمريضات. الخطاب لم يرسل بشكل رسمي، ولكنه كان تحذيرا من طبيب حريص على سلامة المرضى من براثن "ذئب شرس يهتك الأعراض، ولم يلقَ الجزاء المناسب على فعلته الشنعاء!"....

كانت الأحوال تزداد سوءاً يوماً بعد يوم، حتى شعر مراد بأن الحياة في جدة قد ضاقت به، ففكر في الرحيل من المدينة التي ولد فيها ونشأ، فما الفائدة من البقاء في مكان ضاق به، حتى لفظه وجعل

منه مذمومًا منبوذاً؟

* * *

استمرت رحلـة مراد عبـر الزمن مع الذكريـات، ورجع بذاكرته إلـى ذلـك اليـوم الممطر بجدة، عندما رنَّ هاتفه المحمول وهو داخل شقته بحي الحمرا. لسبب ما لم يعاود إغلاق محموله ذلك اليوم، بعد فراغه من استعراض الرسائل النصية التي جاءته في الساعات السابقة، كمـا كانـت عادتـه في الأيام الأخيرة. فهل نسـي إغلاقه؟ أم أنه ضغط على زر خاطئ، فظن أنه أغلقه؟ أم أنه تعمد ألا يغلقه في ذلك اليوم لسبب ما؟ بغض النظر عن الإجابة، كانت النتيجة أنه تلقى اتصالا من صديقه براء العسيلي الذي طلب منه أن يتقابلا في القهوة المجاورة لبيتـه، وأصـر علـى طلبـه على الرغم من محاولة مـراد أن يتهرب من اللقـاء بالتحجـج بحجـج لم تقنع صديقه القديـم. حتى حجة الأمطار النـادرة التـي كانت تهطل علـى جدة، وما تحدثه من إغلاق للطرقات وازدحام شـديد للسيارات، لم تفلح في إقناع براء بالعدول عن فكرة اللقـاء علـى فنجـان من القهـوة. رضخ مراد لإلحاح صديقه في نهاية الأمر، وعلى مضض خرج من شقته.....

كان الطريـق مزدحمـاً كمـا توقـع، فميـاه الأمطـار تراكمـت فـي الشـوارع الفرعية بالقرب من عمارته، لتشـكل بحيرات صغيرة، سـادَّةً الطريـق علـى السـيارات فـي المنطقـة، فحاول أن يسـلك طريقا آخر، ولكـن المنافـذ كانـت أغلبها مغلقة.... "لن يسـتطيع براء المجيء إلى هنا في هذه الأحوال السيئة".

قـرر مـراد أن يلغـي اللقـاء، وأن يؤجلـه إلـى وقـت لاحق حين تتوقـف الأمطـار وتجف الطرقات، وعلى الفور أخرج المحمول وبدأ بالإتصال على رقم براء.....

- "عفواً إن الرقم الذي طلبته.....".

أنهى مراد المكالمة فور سماعه ذلك الصوت المألوف الذي سئم منه. كان أمامه الآن أحد خيارين، فإما العودة إلى منزله، خاصة وأن لديه حجة قوية لعدم الالتزام بموعده مع صديقه، أو أن يستمر بالاتجاه نحو المقهى الذي لا يبعد عنه كثيراً..... لم يكن مراد يدرك في حينه أن هذا القرار الذي كان على وشك أن يتخذه، كان كفيلاً بأن يحدد مصيره. أن يرجع أو أن يستمر؟ أي الطريقين يسلك؟..... كم كان يبدو هذا السؤال بسيطاً في حينه. سؤال لم يكن ظاهره يحمل بالنسبة إليه تلك الأهمية الكبرى، ولكنه اكتشف لاحقا أن جوهره كان يحمل كل الأهمية، فجوابه هو الذي حدد مسار حياته إلى الأبد. جوابه هو الذي قاده اليوم إلى شمال مدينة الرياض، إلى الطريق المتجه إلى مستشفى الساعدي.

* * *

لم يستطع براء الحضور إلى المقهى بسبب الأمطار، ولكن مراد وجد صديقاً آخر لم يلتقِه منذ زمن طويل، صديقاً انقطعت علاقته به، بعد أن سافر إلى كندا من أجل التخصص في جراحة التجميل، صديقاً كانت تربطه به علاقة حميمة منذ الصغر، منذ أيام كرة القدم في الحواري، ومعاكسة الفتيات بعد انتهاء دوام المدرسة، ورحلات البحر والصيد. لم يكن سبب انقطاع العلاقة هو المسافة البعيدة بين كندا والسعودية، أو التحاق صديقه بكلية الشريعة على الرغم من مجموعه العالي في القسم العلمي من الثانوية العامة الذي كان يؤهله للالتحاق بكلية الطب، بل وحتى اختلاف الطبائع، بعدما تدين ذلك الصديق، وأصبح من "طلبة العلم" لم يشطب ذكريات السنوات السابقة التي لم تكن جميعها على وفاق مع مسلك حياته الجديد، ولكن الخبر

الذي سمعه مراد، بعد وصوله إلى مونتريال بأشهر قليلة، عن صديقه نديم الزود هو ما شكل نقطة التحول الجوهرية في تلك العلاقة، خبر اعتقاله بسبب وثيقة وقع عليها مع مجموعة من المثقفين وطلبة العلم! حينها أدرك مراد أنه ربما قد آن الأوان لطيّ صفحة الماضي، والتركيز على الحاضر والمستقبل، بعيدا عن مشاكل السياسة وأهلها!

* * *

لم يتعرف مراد في بادئ الأمر على ذلك الرجل الذي ناداه من الركن المقابل في المقهى..... رجل حليق تفوح منه رائحة عطر زكية، كان مرتديا بنطال جينز فاخراً يعلوه قميص عنابي لا يقل ثمنه عن البنطال، ملامح وجهه توحي بأنه لم يتجاوز الثلاثين.....

- "مراد قطز! ما هذه المصادفة الرائعة!".

بُهت مراد من ذلك الرجل الذي أقبل عليه بحميمية لم يألفها إلا من بعض الأصدقاء المقربين، ولكن سرعان ما تعرف عليه عندما أصبح وجهه على مسافة سنتيمترات قليلة من وجهه قبل معانقته، فظهرت له تفاصيل ملامح وجهه التي أعادته أكثر من خمسة عشر عاماً إلى الوراء، إلى ذكريات نديم ما قبل التدين!

هل كانت هذه هي نقطة المفصل؟ تلك النقطة التي تحدد مساراً وتطوي آخر، أم أنه كان حدثاً جاء متتالياً لسلسلة من الأحداث تبدأ مع ولادة الإنسان وتستمر حتى مماته، لتسير كسلسلة الدومينو في مسار معلوم له نقطة بداية ونهاية واحدة؟ عندما التقى مراد بنديم في المقهى في ذلك اليوم الممطر، لم تكن تلك الأسئلة تدور في خلده حينها، ولكنها لسبب ما بدأت تدور، بعد عام أو أكثر من ذلك اللقاء الذي استمر قرابة الساعة وعرف من خلاله أن نديماً بعد خروجه من المعتقل، وبعد السماح له بالسفر، قرر أن يكمل دراسته العليا في

أمريكا، وهناك حصل على الماجستير في العلاقات الدولية من جامعة واشنطن، وبقي بضع سنوات يعمل في مركز من مراكز البحوث المعنية بالشرق الأوسط حتى برز اسمه، من خلال مجموعة من المقالات والبحوث التي نشرت في صحف أمريكية وصحف عربية صادرة من أمريكا وأخرى صادرة من لندن. لم يتطرق نديم لما حدث له في المعتقل، فلم يشأ أن يتحدث عن تلك الحقبة من حياته، واكتفى بالقول بأن فترة السجن مكنته من "مراجعة الكثير من الأمور". كان تركيز نديم في حديثه عن مرحلة ما بعد السجن وكيف أنه لفت نظر أحد أهم رجال الأعمال في العالم، غانم الساعدي، الذي عرض عليه أن يعمل معه مستشاراً إعلاميًّا ومشرفاً على كل ما له صلة بالإعلام والعلاقات العامة في إمبراطورية أعماله التجارية الضخمة التي لا تكاد أنشطتها تحصى من كثرة تنوعها، والتي كانت تضم أيضاً أكبر مجموعة للمستشفيات في العالم العربي والشرق الأوسط.

- "تقصد مجموعة مستشفيات الساعدي؟" تساءل مراد، مندهشا من سماعه أن نديم أصبحت تربطه علاقة بذلك الصرح الطبي الكبير وصاحبه.

- "نعم، هي بعينها... بالمناسبة هل فكرت في الانتقال إلى الرياض؟ سمعت من مدير المستشفى أنهم يبحثون عن جراح تجميل جيد".

مستشفى الساعدي بالرياض؟.... كانت مراسلات مراد مع مستشفيات في بعض دول الخليج وكندا وأمريكا. لم يفكر بالبحث في مستشفيات الرياض، ففكرة العيش في تلك المدينة الجافة بوسط نجد والتي زارها مرات قليلة من أجل إنهاء بعض المعاملات، لم

ترق له كثيراً. فالسعودية كانت بالنسبة إليه هي فقط جدة..... جدة التي لم يعد يجد فيها مكاناً للعمل! جدة التي لم تعد تتسع له؛ وقد أصبح فيها من المنبوذين!

تأمل قليلاً ما قاله نديم.... مستشفى الساعدي.... الرياض.... ولِمَ لا؟ فقد سمع كثيراً عن ذلك المستشفى، وعن رواتبه المرتفعة..... ولكن هل يخبر نديم بما حدث له؟ لو تساءل مدير مستشفى الساعدي عن سبب تركه المستشفى الجامعي بجدة، فبماذا سيجيبه؟

- "نديم، هناك أمر يجب أن أخبرك به.....".

ابتسم نديم بعد سماعه ما قصّه عليه مراد من الأحداث التي جرت له في الأيام الأخيرة.... صمت قليلاً ثم قال:

- "انس جدة..... ودعنا في الرياض".

* * *

اشتد الصداع أكثر بعد رحلة الذكريات، فاضطر مراد إلى أن يوقف سيارته عند محطة للوقود على قارعة الطريق. كان آخر يوم من شهر رمضان، ولم يأخذ إجازة طوال الشهر، بل ظل يعمل كباقي السنة، فلم يكن العمل مع الصوم يشكل له أي عائق من قبل، ولكن قلة النوم في الأيام الأخيرة بسبب ذلك الحلم المتكرر الذي كان يوقظه، جعله دائم الشعور بالتعب.... لذلك عندما رأى المحطة، قرر أن يدخلها، لا لأن سيارته كانت في حاجة إلى المزيد من الوقود، بل لكي يوقف سيارته، وينتظر قليلاً حتى يخف الصداع بعض الشيء. فإما هذا أو أن يكسر صيامه ويتناول حبة بنادول....

ما أن صفّ مراد سيارته، حتى سمع بوق سيارة وراءه، بها أربعة شباب، يُبَوِّق بشدة، فيبدو أنه سد الطريق على تلك السيارة دون أن

يقصد. حرك سيارته قليلاً لكي يمكن السيارة الأخرى من أن تتعداه إلى إحدى مضخات الوقود، ثم رفع مراد يده اليمنى مشيراً بالاعتذار، ولكنه لم يتلقَّ في المقابل سوى الإصبع الأوسط لسائق السيارة، ممتداً من النافذة الأمامية!

- "أنت يا بنغالي!" صرخ الشاب لعامل المحطة، بعد أن خرج من سيارته هو ورفاقه....
- "عبي التانكي!" أنهى الشاب جملته، ثم أشعل سيجارة، ما أثار دهشة العامل.
- "صديق، هذا ممنوع اشرب سيجارة..... هذا بنزين في خطر، بعدين كله ولع نار!".
- "الله يلعنك يا البنغالي! تبي تعلمني وين أشرب السيجارة!!".
- "إيش هذا كلام! أنت ما في مسلم ما في أخلاق!".

ما كاد العامل ينهي جملته، حتى انهال عليه صاحب السيجارة ضرباً وركلاً، ثم شاركه أحد أصدقائه، مجتهدا هو الآخر في الضرب والركل، في حين ظل رفيقاه الآخران يراقبان المكان مانعين أي عامل آخر في المحطة، من الاقتراب لمساعدة زميله!

استغرب مراد من ذلك المشهد الذي كان يحدث أمامه، وما زاد من دهشته أن الأمر لم ينتهِ عند لكمة أو ركلة واحدة، ولكنه استمر حتى بعد انبطاح العامل المسكين على الأرض، معرباً عن استسلامه، وتوالت الركلات منهالة عليه على الرغم من صراخه طلباً للنجدة!

تردد مراد قليلاً، ثم خرج من سيارته متجهاً نحو الشباب. نظر حوله لعله يجد من يؤازره في وقف هذه المشادة، ولكن لم يكن

أحد غيره في المحطة بجانب الشباب الأربعة، والعامل المنبطح على الأرض، وزميله الذي كان يشاهده دون أن يتمكن من فعل شيء.

- "يا جماعة..." ما أن بدأ في التحدث، حتى التفت أحد الشباب، ونظر إليه بعينين متلهفتين للعراك...

- "اسمع يا الصيني أنت، والله لو ما رجعت لسيارتك الآن وانقلعت من هنا، ليصيبك ما يصيب هذا البنغالي!!"

توقف مراد عن السير، ثم أخذ ينظر حوله من جديد، فلعله يلمح سيارة شرطة أو شخصاً آخر يعول عليه في هذه المحنة التي وجد نفسه فيها، ولكن الحال بقي كما هو، دون تغير. كان مدركاً أنه غير قادر على فعل شيء أمام هؤلاء الفتية، خاصة بعد التهديد الصريح الذي تلقاه للتو! فذلك الشاب الأرعن بدا جادّاً في إنذاره! لذلك كان عليه أن يختار، فإما أن يجازف ويبقى، فيحاول مرة أخرى أن يفض الاشتباك مع ذلك العامل المسكين الذي كان في تلك اللحظة قد فقد وعيه من كثرة الركلات التي انهالت عليه، أو أن يرحل عن المكان، فيكفي نفسه احتمال أن تتحول تلك الركلات إليه!

لم يكن الخيار بالنسبة إلى مراد صعباً، فقد آثر السلامة...... آثر الرحيل.

2

"حتماً الأمر لم يكن على ما يرام." ظن مراد..... فالصداع لم يستجب إلى حبتي البنادول اللتين تناولهما عند أذان المغرب. هل تمرد جسمه عليه في آخر يوم من شهر رمضان؟.... "يبدو أنه عام التمرد، فكل شيء في 2011 يتمرد.... مهلا.... لماذا هذه الخاطرة؟ لماذا هذا الربط؟".... لوهلة أتت خاطرة غريبة على ذهنه، ولكنها سرعان ما ذهبت، فما علاقة هذا العام بالصداع والتمرد؟

جلس مراد على الأريكة في مكتبه بقسم الجراحة. شعر بدوار بسيط، على إثره قرر أن يؤجل العملية المتبقية. كانت مجرد شفط دهون لفتاة على وشك الزواج بعد بضعة أشهر، فأرادت أن تجري بعض التحسينات قبيل حفل زفافها المزمع في نهاية العام الميلادي، في مدينة باريس.... "ما زال هناك وقت قبل نهاية العام، سأؤجل العملية أسبوعا أو نحو ذلك، فلن تكون نهاية العالم".. أخذ يفكر.

لم يكن مراد قطز يعشق كثيراً العمليات التجميلية. كان ولعه الحقيقي هو عمليات الترميم التي برع فيها، خاصة عندما كان في المستشفى الجامعي بجدة، ولكن هنا في مستشفى الساعدي، كان المطلوب هو العمليات التجميلية من شفط للدهون، وشد البطن، وحقن البوتوكس، وشفتي نانسي عجرم، وأنف هيفاء وهبي..... فهذه هي العمليات التي تجلب المال في القطاع الخاص. أما عمليات الترميم لمصابي الحروق أو التشوهات الناتجة عن استئصال الأورام

الظاهرة على الجسم وما شابههما، فمكانها المستشفيات الحكومية، لأن جهدها كبير ومالها قليل إذا ما قورنت بعمليات التجميل.... وعلى الرغم من عدم رضا مراد، إلا أنه كان شديد البراعة في هذه النوعية من العمليات، حتى إنه كون لنفسه اسماً في مدة وجيزة نسبياً، منذ قدومه إلى الرياض. هذه البراعة جلبت له تقدير المرضى الراغبين في التجميل، كما أنها جلبت عليه حسد بعض زملاء المهنة، ولكن الأهم من هذا كله، هو أن العمليات التجميلية جلبت لمراد الكثير والكثير من المال!

* * *

بدا مطعم المستشفى شبه فارغ، بسبب إجازة العيد التي بدأت منذ يومين، كما إن الذين لم يأخذوا إجازة كانوا قد ذهبوا إلى منازلهم لتناول الإفطار مع عوائلهم. أما مراد، فكان من القلائل الموجودين في المستشفى.

ما أن دخل إلى المطعم، حتى لمحه تشارلز بارتون، رئيس أقسام الجراحة الذي كان موجوداً هو الآخر من أجل إجراء عملية طارئة، فدعاه للجلوس معه.....

- "ما الذي فعلته هذا؟" تساءل تشارلز بنبرة ساخرة.

- "ماذا تقصد؟"

- "ألم يأتِك الاتصال بعد؟"

عقد مراد حاجبيه، في إشارة منه لعدم فهم مغزى الكلام، ثم فجأة رنّ جواله، وكأن المتصل قد وقّت نفسه على سؤال تشارلز الأخير، وسرعان ما تحولت عقدة الحاجبين إلى رفعة الدهشة، عندما رأى اسم المتصل على شاشة جواله....

- "ألو.."

- "ما هذا يا مراد؟ كيف تلغي حالة بدرية الزويني؟" خرج من سماعة الجوال صوت ناصر القويت، المدير التنفيذي للمستشفى، بنبرته الحادة.

شعر مراد بشيء من الارتباك، ثم أخذ ينظر نحو تشارلز وكأنه كان يريده أن ينقذه من هذه الورطة، ولكن جليسه اكتفى بالابتسام فقط.....

- "الشيخ إبراهيم الصندوق هاتفني للتو، وكان غاضباً جدّاً لما حدث." أكمل ناصر القويت دون أن يترك مجالاً لمراد لكي يرد.....

- "عليك أن تجري العملية في موعدها يا مراد. لن أقبل منك أي عذر في هذا الشأن. الشيخ إبراهيم هدد بأنه إذا لم تُجْرَ العملية في موعدها الليلة، فإنه سيشتكي للشيخ غانم مباشرة!"

- "الشيخ إبراهيم الصندوق؟ تقصد الداعية الشهير؟!"

- "نعم، هو بعينه الداعية الشهير والمستشار الشرعي للشيخ غانم الساعدي صاحب المستشفى، أظنك سمعت به هو الآخر!"

شعر مراد بشيء من الاستياء لهذه النبرة الساخرة التي صاحبت جملة ناصر الأخيرة.

- "عفواً، ولكن ما علاقة الشيخ إبراهيم ببدرية الزويني؟ أتربطها صلة قرابة به؟" لوهلة حدثته نفسه أنه ربما قد يكون الشيخ الشهير هو العريس!

- "هي ابنة أخته وعزيزة جدّاً على قلبه..... مراد، أريدك أن تترك

كل ما في يديك الآن، وتستعد لإجراء العملية. لن أقبل منك أي عذر!"

أنهى ناصر القويت المكالمة دون أن يترك لمراد فرصة للرد، فقد جاءه الأمر وكان عليه السمع والطاعة!.... فلا بد من إجراء العملية!!....الأعذار غير مقبولة!!..... لا بد من شفط الدهون..... لا بد من تعديل قوام العروس!!.....

" لا أستطيع التركيز! إنه الصداع!! الصداع!!" أراد مراد أن يصرخ!.... "إنها مجرد عملية شفط دهون، وليست زراعة كبد! فما المانع لو أُجِّلت إلى ما بعد العيد؟!"..... ولكنه لم يصرخ، واكتفى فقط بوضع وجهه بين كفيه.

- "هل أنت على ما يرام؟" تساءل تشارلز، وقد لاحظ أثر الضيق الشديد على جليسه.

- "صداع شديد.... لهذا أردت تأجيل العملية."

- "أنا آسف لما حصل. حاولت أن أخبرك بأن ناصر هاتفني توّاً ليسألني عن سبب إلغائك العملية، ولكنه سبقني إليك. على أي حال لا تشغل بالك بالموضوع. تناول إفطارك، ثم اذهب إلى بيتك وارتح.... إنس أمر هذه العملية."

- "لا أرغب في إحداث المشاكل.... سأتناول المزيد من المسكنات؛ لعل الصداع يخف بعض الشيء، فأستطيع إجراء العملية."

اقترب شاب أسمر نحيل، حاملاً معه صينية عليها كأس من شراب الفيمتو. وضع الكأس على المائدة ثم سأل مراد على استحياء، بلهجة تونسية، إن كان يرغب في أي شيء آخر؟ رفع مراد رأسه نحو

النادل، لكي يشكره، ولكن ما كاد يفعل حتى أخذ الصداع يشتد عليه أكثر من قبل، فلم يستطع أن يتمالك نفسه هذه المرة.... الألم جاوز قدرته على التحمل!..... حاول أن يقف، ولكنه سرعان ما سقط على الأرض! لسبب ما، أشار بيده نحو النادل وكأنه أراد منه شيئاً.... أو ربما أراده أن يبتعد عنه! حاول مراد قطز التحدث.... حاول أن يُخرِج من فيه بعض الكلمات، لكن سرعان ما غشت الظلمة المكان!

3

صرخات النساء أخذت تعلو، أثناء ما كان رجالهم يتساقطون الواحد تلو الآخر. حتى الأطفال لم يسلموا من الذبح! لسبب ما لم يستطع مراد فعل أي شيء، واكتفى فقط بالنظر من حوله، دون أن يدرك ما الذي كان يحدث، فالأمر برمَّته كان غريباً. حاول التحرك من مكانه، ولكنه لم يستطع. الكل كان يجري من حوله دون أن يعيروه أي اهتمام وكأنه غير موجود، ولكن رجلاً في منتصف العمر ذا لحية كثيفة سوداء تزين وجهاً أبيض يميل إلى الحمرة، كان ينظر إليه. فجأة بدأ مراد يدرك أمراً غاب عليه..... إنه يحلم..... إنه ذات الحلم الذي كان يراه على فترات من حياته...... ولكنه هذه المرة كان يدرك أنه يحلم! كيف يمكن هذا؟ كيف يمكن للإنسان أن يدرك أنه يحلم أثناء الحلم؟ فجأة وجد نفسه في مكان آخر أكثر ألفة، واقفاً بجوار أبيه في قرية ريفية أمام مبنى صغير أشبه بالمقام. أين يقع هذا المكان؟ ثم فجأة شعر بالمكان وكأنه يتلاشى من حوله، أو ربما هو الذي كان يتلاشى من المكان! لم يكن الأمر بذلك الوضوح، حتى شعر بنفسه وكأنه قد استيقظ من نوم عميق!

- "دكتور مراد، سلامات.... حاول ألا تجهد نفسك. لا تحاول الصعود من على السرير!.... رجاءً!" أمسكت ممرضة الطوارئ بذراع مراد؛ ثم نادت زميلاً لها لكي يساعدها.....

- "أنت في الطوارئ. لقد أُصبت بهبوط حاد بسبب نقص السكر.

يبدو أنك لم تتسحَّر جيداً البارحة، ثم أرهقت نفسك في العمل اليوم. كان ينبغي لك أن تتناول العصير فور أذان المغرب."

العصير..... شراب الفيمتو الذي كان يحمله النادل، ذلك الشاب الأسمر النحيل..... تذكر مراد ما حدث له. لقد أغمي عليه فجأة بعد أن زاد عليه الصداع.... أدرك أنه لم يعد يحلم. لقد عاد إلى واقعه، إلى مستشفى الساعدي الدولي، حيث يعمل.

- "أنت الآن بخير. الدكتور بخيت أمر بإجراء فحص آخر للسكر، فقط من أجل الاطمئنان أنه قد عاد إلى معدله الطبيعي."

هز مراد رأسه بالموافقة.... فابتسمت الممرضة، ثم تركت ذراعه لكي تحضر جهاز قياس السكر، وما كادت تذهب، حتى رأى أمامه الدكتور تشارلز بزي العمليات، وقد حضر توّاً من أجل للاطمئنان عليه.

- "ممتاز، ممتاز.... تبدو أفضل بكثير من الأول."

- "أنا آسف تشارلز.... لا أدري كيف حدث هذا، ولكني أشعر بتحسن كبير. أعتقد أني سأستطيع الآن إجراء عملية بدرية...."

- "انسَ أمر تلك العملية السخيفة!" قاطع تشارلز مراد....

- "أرجوك اذهب وارتح في بيتك الآن. لا تشغل بالك بالعمليات، فصحتك أهم. دهون الآنسة بدرية يمكنها الانتظار بضعة أيام أخرى. لن ينفجر الكون إن لم تُشفط تلك الدهون الليلة!"

ابتسم مراد، مُعْرِباً عن شكره لتشارلز الذي لم يُعْفِه فقط من موقف محرج مع المدير التنفيذي للمستشفى، ولكنه أيضاً عرض عليه أن يوصله بسيارته إلى البيت، حيث لم يسمح له طبيب الطوارئ بقيادة

سيارته في هذه الليلة، بعد تلك الإغماءة المفاجئة.

* * *

المسافة من المستشفى إلى المجمع السكني الذي يسكن فيه مراد لم تكن بالبعيدة، ولكن الطرق كانت شديدة الازدحام في ذلك الوقت من الليل بعد صلاة العشاء، وقد خرجت أعداد غفيرة من الناس لقضاء حاجاتهم من مستلزمات العيد، كما جرت العادة، في اللحظات الأخيرة. ظل مراد صامتاً يتأمل العمائر والمباني من حوله، وكأنه كان يشاهدها لأول مرة، فمنذ أن استفاق من الإغماءة التي أصابته، وكأن كل شيء من حوله قد اختلف عما مضى. لسبب ما انتابه شعور غريب بأن شيئاً ما قد تغير. لا يعلم ما هو ذلك الشيء الذي تغير، أو حتى كيف تغير، ولكن شيئاً ما ليس كما هو، ليس على ما يرام.....

- "هل ستذهب غداً إلى الحفل؟" تساءل تشارلز، قاصداً الحفل السنوي الذي يقيمه غانم الساعدي في قصره بحي الخزامى بمناسبة العيد، والذي يدعو فيه كبار موظفي مجموعته، من مسلمين وغير مسلمين، وشركائه وبعض الشخصيات النافذة في البلد.

- "ربما.... لم أقرر بعد."

كان مراد قد جاءته دعوة للحفل من قِبَل سارة القويت، زوجة غانم الساعدي، تقديرا له على حسن نحته لوجهها، وما ترتب عليه من إزالة آثار عدد لا يستهان به من السنوات.

- "أنا شخصياً ذاهب، فهي من المرات القليلة التي أستطيع فيها الحصول على أجود أنواع النبيذ الفرنسي في هذا البلد." قال

تشارلز غامزاً لمراد، ثم أكمل ....

- "أسوأ ما في الحفل وجود ناصر، لكم أكره ذلك الرجل! لم أرَ في حياتي مديراً أسوأ منه، أهم مؤهلاته كونه شقيق زوجة صاحب المستشفى الذي يديره!

- "لاحظت أنك دائم الخلاف معه، أهو سيئ إلى هذا الحد؟".

ظهرت على تشارلز بعض علامات الدهشة....

- "كأنك لا تعلم، طبعاً هو سيئ إلى هذا الحد! الرجل لا يصلح لإدارة بقالة، ناهيك عن منشأة بحجم مستشفى الساعدي الدولي! هل تعلم كم من مرة قدمت استقالتي له؟ لم أعد أحصيها من كثرتها، وفي كل مرة كنت أتراجع عنها بطلب خاص من الشيخ غانم.... أذكر في إحدى المرات، عندما استقال الدكتور بتلر رئيس شعبة زراعة الكلى، أراد ناصر أن يأتي بجراح أمريكي مكانه، كان قد أرغم على تقديم استقالته من أحد المستشفيات الحكومية، بعد أن فاحت رائحته وانفضح أمره، مما سبب حرجاً شديداً لمدير ذلك المستشفى. تخيل أن الرجل كان قد سحبت منه رخصة مزاولة زراعة الكلى في أمريكا، قبيل مجيئه إلى السعودية، بسبب تلاعبه في قوائم المرضى الذين في حاجة إلى أعضاء! أخبرت ناصر بهذا الأمر ومع ذلك كان يريد تعيينه، وفي الوقت نفسه أعطيته السيرة الذاتية لجراح سعودي ممتاز كان قد تدرب مع أحد أصدقائي في شيكاغو، ولكنه لم يرغب فيه، وكان مصراً على ذلك الجراح المزور! حقيقة كدت أجن من موقفه هذا.... سألته لماذا تصر على جراح أجنبي سيئ وتترك ابن بلدك الممتاز، الذي كنت واثقاً بأنه سيطور الشعبة ويرفع من

شأنها؟ هل تعلم بماذا أجابني؟"

- "بماذا؟"

- "قال لي، لا تكن سعودياً أكثر من السعوديين!"

صمت تشارلز قليلاً مستعيداً ذكريات تلك الأحداث.

- "ولكن يبدو أنه استجاب لطلبك، فرئيس شعبة جراحة الكلى الآن هو بندر اليعقوب."

- "هو لم يستجب طوعاً، بل أرغم على ذلك."

- "كيف؟"

- "مع الأسف اضطررت إلى اللجوء لأمر ما كنت أحب اللجوء إليه أبداً، ولو أنه أمر معتاد لكم أنتم، السعوديون." رد تشارلز بنبرة استهزاء.

- "عن أي أمر تتحدث؟"

مرة أخرى نظر تشارلز إلى مراد، ثم هز رأسه مستعجباً....

- "العلاقات الشخصية! فقد عرضت الأمر على الشيخ غانم، وأخبرته بأني لا أستطيع العمل في مستشفى يجلب الأطباء المزورين لكي يصبح مرتعاً لكل من لا يجد لنفسه عملاً في بلده! وعندما طلب مني البديل، أخبرته عن بندر اليعقوب فأمر بتعيينه".

تعجّب مراد من هذه القصة التي سمعها من تشارلز، فلم يكن على علم بظروف تعيين بندر الذي سبقه في المستشفى بنحو عامين، والذي كان من أوائل الأشخاص الذين تعرف عليهم هنا في الرياض،

عندما جاء قبل عام.

- "من أهم إنجازاتي في تلك السنة في رأيي، هو توقيعي لأوراق تعيين بندر وأوراق تعيينك أنت.... لقد حصلت المستشفى على طبيبين سعوديين هما الأفضل في تخصصهما."

استوقفت مراد تلك الجملة الأخيرة...... فهو لم يُعيَّن في العام نفسه الذي عُيِّن فيه بندر..... يبدو أن الأوراق قد اختلطت على تشارلز، وكان يقصد طبيباً آخر عُيِّن في ذلك العام..... فلعل الأزمنة تداخلت على ذهن الجراح الأمريكي العجوز، فخانته ذاكرته! أو هكذا حسب مراد قطز.

4

"…. كمـا يسـتعد الشـعب السـوري للتصويـت علـى التعديـل الدستوري المزمع إجراؤه في منتصف الشهر القادم. ومن المتوقع أن يتم الموافقة على التعديل الذي سيحول النظام السوري من جمهورية إلى ملكية دستورية تحت حكم آل الأسد…."

شيء ما لفت انتباه مراد في هذا الخبر الذي رآه على قناة الأخبار في صباح يوم العيد، وكأن ذاكرته كانت قد سجلت، من قبل، أحداثاً مغايرة لتلك التي كان يشاهدها على التلفاز….. أخذ يتأمل قليلاً مدى متابعته لما كان يدور حوله في العالم. حاول أن يعود بذاكرته إلى آخر مـرة شـاهد فيهـا برنامجـاً إخبارياً أو قرأ صحيفـة، فتبين له أنه ما كان يفعـل هـذا أو ذاك إلا علـى فترات متباعدة….. ألهذا كانت الأحداث التي يشـاهدها أو يسـمعها تبدو وكأنها على غير ما كان يعتقد؟ أخذ مراد يخالج نفسه، وهو يسير نحو مرأب منزله الذي وجده خاوياً….. تذكر حينها أنه ترك سيارته في المستشفى الليلة الماضية، فشعر بشيء من الضيق، فعليه الآن أن يجد سـيارة أجرة، لكي تقله من منزله إلى المستشـفى حيـث تنتظـره سـيارته. لم يكن أمامه خيـار إلا أن يترجل قليلاً حتى محطة البنزين عند الشـارع الرئيس، لعله يجد هناك سـيارة أجرة عابرة….." يا له من يوم!"

* * *

كانت السماء مغبرة، والجو حار جداً. لم يجد مراد في السير إلى

محطة البنزين أي متعة. أخذ يتأمل المنازل من حوله، المتراوحة من فلل متوسطة الحجم إلى قصور صغيرة. أغلب أصحاب تلك المنازل كانوا نائمين، في حين كان السائقون ينظفون السيارات بخراطيم تتدفق منها المياه لتتجمع عند منتصف الشارع، ثم تسير كينبوع يجري نحو مستقره، الحفر التي تناثرت في شوارع الحي.

لم يعتد مراد السير على قدميه في الحي منذ أن سكن هنا، منذ..... "منذ متى؟ منذ متى وأنا أسكن في الحي؟" لسبب ما لم يتذكر مراد اليوم الذي انتقل فيه إلى منزله بالرياض، أو بالأحرى اختلطت عليه الأيام. توقف فجأة بعد أن دخل في شارع فرعي، في اتجاه الشمال، ظن أنه سيأخذه نحو شارع الحي الرئيس، حيث محطة الوقود.... الشارع الفرعي لم يكن هو ذاته الذي كان يقصده. نظر حوله متأملاً المنازل التي تحيط بالمكان..... كأنها اختلفت بعض الشيء، وكذلك الشارع يبدو وكأنه قد تغير، ففي نهايته كان شارع فرعي آخر، وليس الشارع الرئيس.... حك مراد رأسه قليلاً، مبدياً شيئاً من التعجب الممزوج بالقلق من هفوات الذاكرة التي أخذت تتكاثر مؤخراً، ثم تابع سيره.

بعد منعطفات عدة لم يحسبها، وصل مراد إلى محطة الوقود. اتجه مباشرة نحو البقالة، ليشتري زجاجة ماء تروي عطشه، وتمده ببعض السوائل التي فقدها في أثناء سيره الذي طال عن الحد الذي توقعه في ذلك اليوم الحار، ولكنه سرعان ما تنبه إلى أن البقالة كانت مغلقة..... "آخ.... أول أيام العيد!"

- "هذا بكرة في شغل".

التف مراد نحو الرجل الذي خاطبه. كان هو ذاته العامل البنغالي الذي أُبرح ضرباً في اليوم السابق، وقد بدت على وجهه بعض آثار

اللكمات والرفسات. لم يتوقع مراد أن يراه في هذه المحطة.... ما الذي جاء به إلى هنا؟ نظر مراد حوله.... هي ذاتها المحطة التي كان بها بالأمس، ولكن...... تنبه إلى أنه قطع مسافة كبيرة من الحي الذي يسكنه، نحو المستشفى، وكأنه لم يشعر بالوقت في أثناء السير!

- "شكراً...."أجاب مراد، ثم بشيء من التلكؤ سأل....

- "هل كشف عليك طبيب؟ أقصد بعد الذي جرى لك البارحة."

ابتسم العامل، ولم يجب عن السؤال، مكتفياً فقط بالنظر نحو مراد الذي شعر بالخجل لوقوفه أمام الرجل الذي لم يستطع أن يفعل له شيئاً من أجل مساعدته في أثناء ما كان يُعتدَى عليه. لوهلة، تمنى لو أن العامل لامه أو عاتبه على عدم مساعدته له، بدلاً من رسم هذه الابتسامة البريئة على وجهه النحيل البائس..... "لا يوجد شيء يستحق الابتسام!"..... أراد أن يصرخ!

- "هل بلغت أنت أو صاحب المحطة عن هؤلاء الشباب؟ أعتقد أنهم من سكان هذا الحي، فكأني لمحت السيارة التي كانوا يقودونها أمام أحد المنازل."

لم يكن مراد واثقاً من قوله عن الشباب وسيارتهم، ولكنه شعر برغبة شديدة في كسر هذا الصمت غير المريح، ولو بالإدلاء بمعلومة كانت أقرب للتخمين منها إلى الواقع.

- "الله شوف كل شيء. ما في احتاج بلاغ." رد العامل البنغالي، ثم انصرف إلى سيارة الأجرة التي صفّت بجانب إحدى المضخات.

لوهلة بسيطة أراد مراد أن يلحق بالعامل، فيعتذر له، وربما يعطيه بعضاً من المال..... لكنه لم يفعل، وآثر أن يترك المكان، ليبحث عن سيارة أجرة أخرى، غير تلك التي كان العامل البنغالي يزودها بالوقود.

5

بعكس الصباح، كانت شوارع الرياض في المساء مزدحمة. لم يتخيل مراد أن الطريق من منزله إلى قصر غانم الساعدي، بحي الخزامى، سيستغرق كل هذا الوقت، قرابة الأربعين دقيقة أو يزيد، حتى إنه فكر أكثر من مرة في أن يلغي فكرة الذهاب إلى الحفل، وأن يقضي الليلة مع نفسه أمام شاشة التلفاز، ولكن في اللحظة التي أراد فيها أن يأخذ أقرب مخرج يعيده إلى حي الروضة، جاءته رسالة على هاتفه المحمول:

لا تتأخر، أنا في انتظارك

تعجب من اسم المرسل الذي ظهر على شاشة هاتفه:.... سارة.... كان من عادته أن يضع الاسم الكامل لمرضاه ولكل من تربطه به علاقة عمل. أما الاكتفاء بالاسم الأول فقط، فكان مخصصاً للأصدقاء والأهل.... سارة القويت لم تكن لا من هذا، ولا من ذاك!

حاول مراد أن يتذكر عدد العمليات التي أجراها لها.... ثلاث أو ربما أربع عمليات، ما بين شد وجه، وتكبير ثديين، وتشكيل أنف، وشفط دهون و.... بدأ ينتبه إلى أنه ربما يكون قد أجرى لها أكثر من أربع عمليات تجميل.... "ولكن في أقل من سنة؟ كيف؟".... ذاكرته لم تعد كما كانت، فالأحداث أخذت تختلط عليه بشكل غير مسبوق، وكأنه يحمل في دماغه ذكريات شخصين أو أكثر. بل حتى معرفته بالأحداث والأماكن بدت له وكأنها مشوشة. فهو يسير إلى

قصر غانم الساعدي من غير عناء، وكأنما زاره مرات عدة، على الرغم من يقينه أنه لم يزره من قبل! ولكن كيف؟ أخذ يلاحظ أنه لم يطلب خريطة للمكان من أي أحد، بل لم يفكر حتى كيف سيذهب إلى القصر، ناهيك عن التعرف عليه. لم يفكر لحظة واحدة، عندما ركب سيارته وأخذ في الاتجاه نحو حي الخزامى، إنه لم يحصل على أي إرشادات للطريق. كيف يعرف الطريق إلى مكان لم يذهب إليه من قبل؟ إلا إذا كان قد زاره ونسي ذلك..... أخذ مراد يخالج نفسه.... "حتماً لم أذهب من قبل إلى قصر الشيخ غانم." ثم بدأ يشكك في الطريق الذي كان يسلكه.... فحتماً قد التبس عليه الأمر! لا بد أنه يسير في طريق خاطئ، قد يقوده إلى مكان آخر غير ذلك الذي انتوى الذهاب إليه. لوهلة أراد أن يمسك بهاتفه الجوال، ويتصل بتشارلز أو نديم، للاسترشاد عن الطريق، ولكنه لم يفعل. فقد وجد نفسه يصطف وراء عدد من السيارات أمام بوابة قصر كبير مطل على وادي حنيفة. لم يخالجه حينئذ الشك.... لقد وصل إلى وجهته!

6

لا يملـك كل مـن يدخـل قصـر غانم السـاعدي أول مرة إلا أن يتعجب من هذا المكان الذي لا يشبه محيطه الخارجي بأي حال من الأحـوال. فمـن يرى القصر من الداخل بحديقته الغناء التي تتوسـطها بحيـرة كبيـرة متفـرع منهـا نهر صغير يـدور حول المبنى السـكني، لا يتصور أنه لا يزال في مدينة صحراوية جرداء تعاني شـحاً في المياه، وكأنـه فـي لحظـة دخولـه قد انتقل بطريقة سـحرية إلى عالم آخر غير ذلك الذي تركه في الخارج. فمنذ أن تفتح البوابة الخارجية، والطريق الأسفلتي يتحول إلى شكل آخر، معبد بالحجارة الصغيرة التي قيل إنها تم استيرادها من فرنسا، لإعطاء الانطباع بأن الراكب يسير على طريق من طرق أوروبا القديمة، محفوف بأشجار البلوط والتين الممتدة على مسـافة خمس مئة متر قبل أن ينعطف الطريق نحو جسـر خشـبي يعلو النهـر، لينتهـي عنـد المدخل الدائري للمبنى السـكني الذي هو أشـبه بنسـخة مصغـرة لقصر فرسـاي الفرنسـي، بنوافيره الفارهـة ومنحوتاته وأعمدتـه الرخاميـة، وإن كان قصـر السـاعدي هـو الأصغر حجماً إلا أنـه كان يبـدو الأكثـر ترفـاً وبهـاء، ولعـل هذا ما يجعـل الزائر يصدق المبلـغ الـذي أشيع عن تكلفة بناء القصر، الـذي تجاوز المليار ريال على أقل تقدير! ولم يكن هذا سوى مبلغ ضئيل، مقارنة بالثروة التي قدرتهـا مجلة فوربز لغانم السـاعدي فـي قائمتها لأغنى أغنياء العالم،

والتي كان هو على رأسها بثروته البالغة مئة مليار دولار!

* * *

صَفّ مراد سيارته بجانب شجرة بلوط مزينة بالأنوار، عند معبر مشاة بالقرب من بحيرة القصر. كان هذا أقرب موقف وجده مع تزاحم السيارات التي سبقته إلى مكان الاحتفال السنوي الذي امتلأ بالضيوف من رجال ونساء في أبهى حُلَلِهم. عند الباب كان يقف خادم مخصص لأخذ مفاتيح السيارات من المدعوين الذين لم يأتوا بسائقيهم، وفي مقابله خادمة تأخذ العباءات من النساء. لم يشعر مراد للحظة أنه غريب عن المكان، بل كان كل شيء من حوله مألوفاً وكأنه قد جاء إلى القصر عدة مرات من قبل. كان يدرك خطواته جيداً، بل أنه أخذ بالتوجه نحو القاعة الرئيسة دون عناء، بشكل اعتيادي، وكأنه كان من أصحاب المكان! ولكن سرعان ما انفضّ ذلك الشعور، عندما أخذ الصداع الشديد يعاوده من جديد، ما جعله يقف في مكانه بجانب أريكة حريرية، قبيل دخوله القاعة.

- "مراد، هل أنت بخير؟" جاءه الصوت من الخلف. التفّ، فرأى تشارلز الذي كان قد دخل تواً....

- "تبدو مجهداً بعض الشيء. هل عاودك الصداع من جديد؟".

- "نعم يبدو كذلك. لكني حسبت لهذا الأمر، فجلبت معي البنادول."

- "جيد، ولكني قلق بسبب هذا الصداع الذي أخذ يتكرر عليك بشكل مستمر في الآونة الأخيرة. أريدك بعد إجازة العيد أن تذهب إلى أحد أطباء الأعصاب، لتشخيص سبب هذا الصداع".

- "الأمر بسيط لا يحتاج....." لم يكمل مراد جملته، إذ اشتد

عليه الصداع فأخذ يمسك رأسه بكفيه.

- "دكتور مراد، هل أنت بخير؟" جاء السؤال من النادل الذي كان قد اقترب منهما حاملا المرطبات.

- "محمد، هل بالإمكان أن تجلب للدكتور مراد كأساً من الماء".

- "طبعاً طبعاً، في الحال."

ما أن ذهب النادل حتى بدأ الصداع يخف بعض الشيء عن مراد، بعد أن شحب وجهه وتصبب منه العرق.... لوهلة شعر بالحرج من سوء مظهره، فتحرك مسرعاً نحو بهو جانبي حيث توجد دورة مياه للضيوف. لم يكن بالمكان أحد سواه وتشارلز الذي تبعه إلى داخل دورة المياه.

- "مراد، الأمر قد زاد عن حدّه. لا يجب أن نسكت على....."

- "هذا النادل، أليس هو ذاته الذي يعمل في مطعم المستشفى؟" قاطعه مراد، راشاً على وجهه الماء البارد من الصنبور.

- "ما أهمية النادل الآن؟! لا تحاول تغيير الموضوع....."

- "رجاءً تشارلز!" صرخ مراد....

- "أجبني عن السؤال!"

لوهلة عمّ الصمت المكان، حيث فوجئ الطبيب الأمريكي العجوز من هذه النبرة الحادة التي لم يألفها قط من مراد....

- "نعم هو.... يبدو أنك أصبحت أفضل حالاً الآن.... عن إذنك، سأذهب للسلام على الشيخ غانم، ثم سأنتقل إلى القاعة الغربية كالمعتاد؛ لعلي ألقاك هناك لاحقاً".

شعر مراد بالحرج الشديد لما بدر منه من صراخ في وجه تشارلز. أراد أن يعتذر له، ولكنه كان قد غادر دورة المياه، مستاءً مما حصل....

جلس مراد على أريكة رخامية بجانب الحوض، وقد شعر بتحسن ملحوظ بعد اختفاء الصداع تماماً وكأنه لم يكن..... أخذ يفكر في ذلك النادل الشاب الذي رآه للمرة الثانية. وجهه الأسمر النحيل كان مألوفاً، وكأنه التقاه مرات من قبل. من الواضح أن تشارلز يعرفه جيداً.... هل كان يخدم في مطعم المستشفى منذ زمن ولكنه لم ينتبه له؟.... لا يمكن، أخذ مراد يفكر، فهو لا ينسى الوجوه، خاصة لو أنه من المفترض كان يخدِّم عليه منذ مدة من الزمن.....

- "يا إلهي! ما هذا الذي يحدث لي؟ هل بدأت أصاب بالخرف المبكر، أم أنني أفقد صوابي؟"....

- "مراد هل أنت بخير؟ أخبرني محمد بما جرى لك!"

دخلت سارة القويت، بلهفة واضحة، دورة المياه، مناولة مراد كأس الماء، وبجانبها شقيقها ناصر.

- "شكراً..." ردّ مراد بشيء من الخجل، ثم ارتشف من الماء ما يكفي لبلع حبتي البنادول....

- "صداع بسيط، ليس أول مرة."

- "ولكن وجهك شاحب." وضعت سارة كفّها الأيمن على خد مراد الذي شعر بالدهشة من هذا التصرف غير المتوقع، خاصة أمام أخيها الذي لم يَبْدُ عليه الاكتراث، لا من تصرف أخته هذا أو من الوعكة التي ألمت به....

- "أنا بخير، مدام سارة." ردّ مراد، شاعراً بالارتباك، وهو يزيل يد زوجة الشيخ غانم من على خدّه.

- "مدام سارة؟! " أطلقت صاحبة القصر ضحكة يكسوها السخرية، بعد ترديدها لعبارة مراد....

- "أنت حتماً ليس على ما يرام..... ماذا أصابك؟ هل تشعر بالحرج من ناصر؟" دنت سارة من مراد ثم طبعت قبلة سريعة على شفتيه....

- "هل تود الاستراحة قليلاً في غرفة الضيوف؟"

- "لا!! أنا بخير!" جاء الرد سريعاً من مراد الذي كاد يفقد عقله مما قد جرى للتو على مرآى من ناصر القويت. الأمر برمته كان بالنسبة إليه أشبه ما يكون بالعبث!.....

- "حسناً، إذاً سأسبقك أنا إلى القاعة الغربية. لا تتأخر علي، وحاول ألا تطيل الجلوس مع غانم وضيوفه هذه المرة.... إلى اللقاء."

باغتته بقبلة أخرى قبل أن تلتفت وتترك المكان بصحبة أخيها الذي لم يُبْدِ أي دهشة مما قد حدث في دورة المياه، على العكس من مراد قطز الذي ظل واقفاً في مكانه مشدوهاً، غير مصدق ما قد جرى!

7

من القواعد التي تعلمها غانم الساعدي، عندما بدأ رحلته مع جمع الثروات الطائلة، أن المال وحده غير كافٍ إن لم تصاحبه مكانة اجتماعية مرموقة تضفي عليه شيئاً من الزخم، ليس فقط على الصعيد المحلي، ولكن أيضاً على الصعيد الإقليمي والدولي، لذلك كان حريصاً كل الحرص على أن يظهر بصورة الرجل النشط، صاحب الأيادي البيضاء، الجواد المعطاء، المثال للمسؤولية الاجتماعية وصاحب المشروعات الخيرية، ليس فقط في بلده ولكن حتى في جميع بلاد المسلمين وغير المسلمين. كذلك نشاطه الثقافي، كان لا يقل أهمية عن نشاطه الاجتماعي. فقد أسس جمعية ثقافية مهمتها دعم الأعمال الأدبية العربية، كما قام بإنشاء عدة جوائز ثقافية تحمل اسمه. وبطبيعة الحال لم يفته الجانب الديني، لذلك كان ينفق الملايين سنوياً من أجل بناء المساجد وصيانتها في عدد من المدن والقرى، وكان معروفاً عنه مساعدة المحتاجين من طلبة العلم.... هذه الواجهة الاجتماعية كانت ذات أهمية بالغة للشيخ غانم الساعدي، لأنه كان على قناعة تامة بأن المظهر دائماً ما يطغى على الجوهر في المجتمعات العربية بصورة عامة والخليجية بصورة خاصة. فهو يؤمن بأنه يستطيع أن يفعل ما يشاء في حياته الخاصة طالما أنه يحافظ على الشكل المتفق عليه ظاهرياً والذي ترتضيه الأعراف الشكلية الموروثة. لذلك كان دائم الحرص في حفلات الأعياد التي يقيمها،

على أن يفصل بين ما كان يدور في القاعة الرسمية التي يستقبل فيها جميع المدعوين إلى الحفل من مستشاريه وكبار الموظفين في شركاته وشركائه من داخل السعودية وخارجها وبعض الشخصيات النافذة التي تربطه بهم إما علاقة اجتماعية أو علاقة عمل، وبين ما كان يدور في قاعة الاحتفال بالركن الغربي من القصر، حيث الأجواء أقل رسمية وأكثر مرحاً، والتي لم يكن مسموحاً بحضورها إلا للخاصة من الضيوف المتقبلين والمتشوقين لأجواء أكثر تحرراً من تلك التي كانت تميز القاعة الرسمية، حيث النقاشات السياسية والتجارية، بل وحتى الفلسفية والعلمية، خاصة عندما كانت تحضر الحفل شريكته الأمريكية فيرجينيا تَبْت.

* * *

"هل يوجد في العالم اليوم من هو أذكى من هذه المرأة؟"... كان هذا السؤال على غلاف مجلة تايم منذ سنوات عدة، فوق صورة لفيرجينيا تَبْت مبتسمة، وكأنها كانت هي التي تسأل. لم يكن السؤال نابعاً فقط من قدراتها العجيبة التي تحدثت عنها الصحف منذ أن كانت في سن المراهقة، حيث دخلت جامعة هارفارد وهي إبنة الثلاثة عشر ربيعاً، ثم حصولها على الدكتوراة في الفيزياء وفي الكيمياء الحيوية في سن العشرين، هذا بجانب تمكنها من سبع لغات، بل وفي اختبار معدل الذكاء الذي أخذته وهي في العاشرة، حصلت على مئتي درجة، عشرون في المئة زيادة على ألبرت أينشتاين! كانت وقتها حديث مدينة سياتل بذكائها المتوهج الذي مكنها من الحصول على المركز الأول على مستوى الولايات المتحدة في مسابقة العلوم والابداع، مما جعل الكل يتوقع لها مستقبلاً باهراً في السلك الأكاديمي، خاصة بعد حصولها على منحة دراسية من

جامعة هارفرد، وبالفعل بعد تخرجها عملت أستاذاً مساعداً في جامعة برنستون عدة سنوات، كانت خلالها تُلقي أيضاً العديد من المحاضرات المخصصة للعامة، والتي لاقت رواجاً جيداً حتى إن محطة البي بي إس حولت بعض هذه المحاضرات إلى برامج وثائقية عن غرائب العلم واكتشافاته المثيرة التي غيرت فهم البشرية لكيفية عمل الكون، من خلال نظرية النسبية وفيزياء الكم، وعن التطورات العلمية التي كان يشهدها العالم وأحدث النظريات الفيزيائية التي تحاول التقريب بين مجالات القوى الأربعة المختلفة، كنظرية الوتر والوتر الخارق. إلا أنها فجأة عند بلوغها الثلاثين قررت أن تترك السلك الأكاديمي وتتجه لعالم الأعمال، منشئة شركة للتكنولوجية الحيوية برأسمال كبير.

الذي أثار فضول الصحف حينها هو أن شركاءها كانوا مجموعة من رجال الأعمال من بلدان عدة، يتصدرهم غانم الساعدي. عندما سألت مجلة تايم فيرجينيا، ضمن الموضوع الذي أجرته عنها في ذلك العدد الذي تصدرت غلافه، عن سر ذلك التزاوج بين أحد أغنى رجال العالم وإحدى أذكى نسائه؟ أجابت بكل ذكاء.....

- "حتى ننجب عالماً جديداً ومغايراً لكل ما سبق أن رآه الإنسان من قبل!"

* * *

- "مستحيل هذا الذي تقولينه... فقواعد الحياة ثابتة، وإلا كانت الفوضى!"

كان الشيخ إبراهيم الصندوق متحمساً في ردّه على فيرجينيا التي، كعادتها كلما التقته، كانت تستثيره بأطروحاتها الفلسفية المستمدة من

خلفيتهـا العلميـة. وعلـى قدر ما كان الشـيخ إبراهيـم يملؤه الحماس الـذي كان فـي أحيـان ليسـت بقليلـة يمتزج بالغضـب، كانت هي في قمـة هدوئهـا، معطيـة إياه كافة الوقت لكي يعبر عن مدى اختلافه في الرأي معها، دون أن تقاطعه حتى يفرغ من حديثه، فتواصل هي سرد حججهـا مسـتغلة بعـض مـا كان يقولـه كحجة عليه، مما كان يسـتثير غضبه! حتى إنه فكر أكثر من مرة في أن يترك المجلس ويغادر، لولا خوفه من أن يضايق هذا الفعل صاحب الحفل الذي كان مستمتعاً جداً بالحوار الدائر بينهما.

- "أتفق معك يا شيخ إبراهيم بأن قواعد الحياة ثابتة، ولكن فهمنا لهـذه القواعـد هـو المتغير." ردت فيرجينيـا بلغة عربية خالية من اللحن...

- "فمثـلاً كان الإنسـان إلـى قبـل نحـو مئة عـام يعتقد أن الزمن ثابت غير متغير، ويسير في اتجاه واحد، إلى أن أثبت أينشتاين أن هـذه النظـرة غيـر صحيحة، وأن الزمن عبارة عن بعد رابع متصل بالمـكان، وأنـه نسـبي.... الزمن الذي يمر على شـخص يتحرك غير الذي يمر على شـخص سـاكن، وبقدر سـرعة ذلك الشخص المتحرك، بقدر ما يتباطأ الزمن. هذه حقيقة علمية أثبتتها التجربة، ولكـن الكثيـر مـن النـاس لا يدركونها، لأنهـم لا يلاحظونها في حياتهم اليومية حيث السـرعات بطيئة جداً إذ ما قارناها بسـرعة الضوء. هذا مثال واضح على أن الواقع كما يراه الإنسان والواقع كمـا هـو قـد لا يكونـا ذات الشـيء. بل هنـاك ما هو أدهش من ذلك، فبحسب فيزياء الكم، العالم كله قائم على الاحتمال وليس علـى اليقيـن، فـكل شـيء قابل للتحقـق مهما كانـت غرابة ذلك

الشيء. هي فقط مسألة احتمال. قد يكون ذلك الاحتمال ضئيلاً وقد يكون كبيراً، وهذا ما يحدد مجريات الحياة اليومية."

- "هذا هراء! كيف يكون كل شيء تحت رهن الاحتمال، وكأنه لا يوجد سبب ومسبب. هذا الذي تقولينه يناقض أبسط قواعد العقل، فإن كان كل شيء رهن للاحتمال، فهذا يعني أن هناك احتمالا بأن يتحول هذا الشاي الذي أشربه إلى قهوة." رد الشيخ إبراهيم ساخراً، ما أضحك بعض الحضور.

- "يا أبا عبدالله، إن كنت ترغب في القهوة، نحضرها لك بدلاً من أن تنتظر حتى يتحول شايك إلى قهوة.... قد يطول انتظارك يا شيخنا." قال غانم الساعدي ممازحاً، مثيراً هو الآخر المزيد من ضحكات الحضور.

- "بحسب ميكانيكا الكم، إمكانية أن يتحول شايك إلى قهوة أمر في إطار الممكن وليس المستحيل، هي فقط مسألة احتمال، ولكنه احتمال في غاية الضآلة قد يستغرق مليار سنة لكي يتحقق، ولذلك لا نلاحظه في حياتنا اليومية. ولكن بحسب نظرية الوتر الخارق، فهو قد حدث في عالم آخر موازٍ لعالمنا هذا."

- "فيرجينيا، أنت الآن بدأت تدخلينا في عالم الخيال والأعاجيب، وكأننا بدأنا نترك الحديث العلمي الجاد." قال صاحب الحفل، بنبرة بدا عليها الاستخفاف.

- "ما قلته قد يبدو أشبه بالخرافة أو الخيال العلمي، ولكنه في صلب الفيزياء الحديثة، اليوم.... نعم، فالعالم الذي بدأنا نكتشفه منذ مئة عام من خلال نظرية النسبية ونظرية الكم، والآن

من خلال نظرية الوتر الخارق، ليس هو ذاته الذي يعتقده الكثير من الناس."

- "أنا لا أومن بمثل هذه النظريات التي تشكك الإنسان في واقعه وفي كل شيء من حوله، وكأنه لا توجد ثوابت تدين بها البشرية منذ أن خُلق آدم عليه السلام! مثل هذه النظريات لا تخدم أحداً سوى دعاة الإلحاد، ولذلك نرى شبابنا اليوم تائهين وفاقدي الثقة في كل شيء، بسبب مثل هذه النظريات التي سرعان ما تأتي نظريات أخرى، ولو بعد حين، فتبطلها!" ردّ الشيخ إبراهيم بحماسه الخطابي المعهود.

- "العلم يبحث عن الحقيقة، وليس له دخل في توهان الناس من عدمه.... ثم عفوا يا شيخ إبراهيم، من قال بأن هناك ثوابت في فهم الإنسان لهذه الحياة. هذه ليست إلا خرافة ابتدعها بعض الناس لكي يمرروا قناعاتهم على الآخرين."

- "لا حول ولا قوة إلا بالله. كيف لا توجد ثوابت؟ وماذا عن القيم الإنسانية، ولن أقول لك القيم الإسلامية، فأعلم جيداً أنك غير مسلمة وبالتالي....."

- "على رسلك يا أبا عبدالله، ديانة فيرجينيا هذا شيء يخصها، فلا نريد للحوار أن يتحول لمحاسبات دينية، وإلا من الأفضل أن ننهيه الآن." قال غانم الساعدي بحزم، مقاطعاً الشيخ إبراهيم، وقد شعر بأن مجريات المناقشة بدأت تأخذ مجرى غير الذي كان يرغب هو فيه.

- "تساؤل الشيخ إبراهيم في مكانه، ومن حقه أن يبدي استغرابه

مما قلت." قالت فيرجينيا موجهة حديثها إلى الشيخ غانم، راسمة على وجهها ابتسامة تشي بأنها لم تتضايق، بل على العكس ترغب في مواصلة النقاش.....

- "شيخ إبراهيم، اسمح لي بأن أوضح لك قصدي، بتجربة ذهنية بسيطة.... تخيل أنك محبوس على سطح عمارة، ووجدت قنبلة ستنفجر بعد لحظات وأنه لا يوجد سوى خيارين: إما أن تنفجر القنبلة على السطح، فتموت أنت، أو أن تلقي بها على الشارع، فيموت رجل آخر، من سوء حظه أنه كان واقفاً تحت العمارة..... ماذا تفعل في هذه الحالة؟ تتركها تنفجر فيك، أم تلقي بها فتتسبب في موت شخص غيرك؟"

- "هذا سؤال افتراضي، ومن ثم لست مكلفاً بأن أجيب عنه." قال الشيخ إبراهيم، مبدياً عدم ارتياحه لسؤال فيرجينيا.

- "أعلم جيداً أنه سؤال افتراضي..... قلت لك إنها تجربة ذهنية، ولكنها ستوضح الفكرة بشكل جيد، ولكن عليك أن تسايرني في هذه الأمثلة، وإلا فلا معنى للنقاش."

- "أجبها يا شيخ إبراهيم. أنا شخصياً سألقي بالقنبلة على الشارع، فلا يوجد ما هو أعز من النفس." قال غانم الساعدي، وقد وافقه عدد من المستمعين للحديث، بمن فيهم مستشاره الإعلامي، نديم الزود.

- "أتفق مع الشيخ غانم، سألقي بالقنبلة وأدعو الله أن يسامحني، ويحتسب الرجل الآخر من الشهداء." أجاب الشيخ إبراهيم الصندوق أخيراً.

- "عظيم، وهذا ما سيفعله أغلب الناس. لكن اسمح لي الآن بأن أصعِّب الخيار قليلاً... ماذا لو أن أكثر من شخص واحد كان واقفاً تحت العمارة، اثنان على سبيل المثال، ماذا ستفعل حينها؟ هل ستلقي بالقنبلة؟ هل حياتك تساوي حياة شخصين؟"

- "الأمر ليس باليسير. أحمد الله لأنني لم أوضع في مثل هذا الموقف، حتى لا أضطر إلى اتخاذ قرار كهذا."

- "أنا سألقي بالقنبلة... يا روح ما بعدك روح." هذه المرة كان نديم هو المبادر بالإجابة التي أضحكت الحضور.

- "ماذا لو أن عدد الأشخاص الذين تحت العمارة أكثر من اثنين.... ثلاثة... أربعة.... عشرة.... ما هو الحد الذي ستقف عنده وتقول بأن حياتك لا تساوي حياة كل هؤلاء؟ دعني أغيّر السيناريو بعض الشيء، وهذه المرة أريدك يا شيخ إبراهيم أن تجاوبني دون تردد. ماذا لو كان بالإمكان أن تلقي بالقنبلة إما على الجانب الأيمن فتقتل شخصاً واحداً، أو على الجانب الأيسر فتقتل شخصين. أي جانب ستختار لكي تلقي بها؟"

- "طبعاً الجانب الأيمن، فموت شخص واحد أهون من موت شخصين." أجاب الشيخ إبراهيم باطمئنان هذه المرة.

- "حتى لو أن الشخص الواحد هذا مسلم، والإثنين غير مسلمين؟"

لم يتوقع أحد من الحضور هذا السؤال المحرج، فعمّ الصمت المكان للحظات قليلة، قبل أن يقطعه الشيخ غانم.

- "فيرجينيا.... حقيقة لا أفهم ما الذي تحاولين الوصول إليه من هذه الأمثلة الافتراضية...."

- "ولكنها في واقع الأمر ليست افتراضية على الإطلاق." قاطعت فيرجينيا....

- "مثل هذه القرارات تتخذ بشكل يومي في جميع أنحاء العالم بشكل مستتر. أنا فقط قدمتها بشكل فظ، ما أثار عدم الارتياح. فهل تعلم مثلاً أن العالم يصرف سنوياً ما يزيد عن خمسة عشر مليار دولار من أجل أبحاث مرض الأيدز، وفي المقابل لا يصرف سوى مليار ونصف على أبحاث مرض الملاريا، هذا مع العلم أن عدد المصابين بالأيدز حول العالم في حدود الثلاثين مليون شخص، في حين أنه يوجد أكثر من مئتي مليون مصاب بالملاريا، مع العلم أن كليهما مرضان فتاكان..... العالم قرر أن يلقي بالقنبلة على مرضى الملاريا من أجل إنقاذ مرضى الأيدز، أليس كذلك؟ والسبب واضح؛ لأن الذي يمتلك المال أصابه الأيدز ولم تصبه الملاريا، وكما أن الإنسان يُقَدم حياته على حياة الآخرين، فهو أيضاً يُقَدم حياة عشيرته على حياة باقي العشائر..... والأمر لا يقف عند هذا الحد، فمثل هذه القرارات تُتَّخذ بالنسبة إلى أمور كثيرة أخرى، مثل تحديد أولوية صرف الميزانية على سبيل المثال. فكل ريال أو دولار أو يورو يصرف على أمر ما، هو في نهاية المطاف يصرف على حساب شيء آخر؛ لأن الموارد مهما كانت كثيرة فهي محدودة..... وهنا يكمن السؤال: ما المعيار الأخلاقي الذي يتم به اتخاذ مثل هذه القرارات؟"

مرة أخرى عمّ الصمت المكان، فلم يُبْدِ أحد الرغبة في التعليق على ما قد قيل، خاصة وهم يدركون مدى قدرة فيرجينيا على مقارعة الحجج وسرد المعلومات المدعمة بالأرقام والوقائع التي تخدم آراءها. الكل، بمن فيهم الشيخ إبراهيم، كان يدرك أن مناظرة فيرجينيا تَبْت أشبه بالرهان الخاسر. لذلك آثر الجميع الصمت.

8

- "محمـد...." نـادت سـارة القويـت النادل، الـذي كان يخطو مسرعاً، حاملاً معه كأساً من الماء.....

- "هل تعلم إن كان الدكتور مراد قد حضر؟"

- "نعم، حضر منذ قليل، ولكن يبدو أنه ليس على ما يرام."

- "ليس على ما يرام؟ ماذا تقصد؟" تساءلت سارة بلهفة لم تحاول إخفاءها.

- "رأيته ماسكاً رأسه، وكأنه قد أصيب بصداع شديد. كان الدكتور تشارلز معه وطلب مني أن أحضر له الماء."

أخذت سارة الكأس من محمد ثم سألته....

- "أين هو الآن؟"

- "رأيته يتجه نحو دورة المياه الجانبية."

انطلقت سـارة مسـرعة نحو دورة المياه التي أشـار إليها النادل، حيـث ذهـب مـراد، حاملـة معهـا كأس الماء، ومـا كادت تنعطف في الممر الذي يؤدي إلى المكان، حتى قاطعها شقيقها ناصر.

- "سارة، أريدك في أمر هام."

- "ليس الآن."

- "ولكن الأمر لا يحتمل التأجيل، ولن يأخذ من وقتك الكثير. أريدك أن تقنعي غانم بأن يُرَسِّي مشروع توسعة المستشفى على وجيه، وياحبذا لو أن الأمر يتم الليلة."

- "ولماذا الليلة بالذات؟"

- "وجيه قادم من جدة خصيصاً من أجل حضور الحفل، وقد وعدته بأن يتم التوقيع الليلة، أو غداً على الأكثر".

نظرت سارة إلى أخيها، شاخصة العينين، وقد ملأهما الدهشة والغضب!

- "ومن الذي سمح لك بأن تدعو ذلك الرجل؟! أنت تعلم جيداً أني لا أطيقه.... يا إلهي عليك يا ناصر! حقيقة، لقد نكدت علي الليلة!"

- "سارة.... رجاءً، فالمشروع يساوي نصف مليار ريال!"

- "وبالطبع لك عمولة، كما هي العادة!"

- "سارة...."

- "لا بأس." صمتت أخته قليلاً.....

- "اعتبر المشروع قد رسا عليه، ولكن بشرط ألا تأتي به إلى القاعة الغربية. لا أريد أن أراه!..... والله لولا أني أحترم زوجته الدكتورة هديل، لما سمحت لأمثاله بأن يدخلوا القصر، ولكن من أجل عين تكرم مدينة."

بدأت سارة تتجه نحو دورة المياه بعجل، ولكن ناصر قاطعها مرة أخرى.

- "علامَ الاستعجال؟"

- "مراد ليس على ما يرام. يبدو أن الصداع قد عاوده من جديد. أريدك أن تجري له الفحوصات اللازمة غداً."

- "غداً إجازة. إن شاء الله بعد....."

- "قلت لك غداً! حتى لو اضطررت إلى أن تأتي بأطباء من تحت الأرض!" قاطعت سارة أخاها بحزم، ثم عاودت سيرها من جديد.

- "سارة، مهلاً.... هناك مسألة أخرى كنت أنوي التحدث معك بشأنها."

توقفت سارة عن السير ثم التفتت نحو ناصر. من تَلَكُّئِه في الحديث، شعرت بما كان يريد قوله، خاصة أنها لم تكن المرة الأولى التي يفاتحها في هذا الأمر.

- "ماذا تريد؟"

- "مراد.... علاقتك معه......"

- "إياك أن تكمل...." قاطعت سارة أخاها وقد استشاطت غضباً حتى بدا جلياً على نبرة صوتها وتعابير وجهها الذي كان قبل قليل مثالاً للفتنة والترغيب، ثم تحول فجأة إلى نموذج في الترهيب....

- "والله يا ناصر إن تجرأت مرة أخرى وذكرت علاقتي بمراد، أو حتى ساورتك نفسك بأن تتدخل في هذا الأمر الذي لا يعنيك، ليكوننَّ حسابك معي عسيراً!".

- "أنا... أنا.... فقط خائف عليك...."

- "لا تخف علي، فأنا أعلم جيداً ما الذي أفعله.... من الأجدر لك أنت يا أخي، أن تنظر إلى حالك، لأن رائحتك أنت هي التي بدت تفوح."

- "إن كان على العمولة التي أحصل عليها، فأنا أشاركك في كل شيء..."

ظهر الارتباك بشكل واضح على ناصر الذي فوجئ بجملة شقيقته الأخيرة التي باغتته من حيث لا يعلم.

- "أنا لا أتحدث عن العمولة." قالت، وقد ارتسمت على وجهها ابتسامة خبيثة.

- "عن ماذا تتحدثين إذاً؟"

- "عن مديرة علاقات المرضى، الجميلة.... ما اسمها؟" بدا واضحاً عليها أنها كانت تعلم الاسم جيداً، ولكنها تلاعبه....

- "نعم تذكرت.... دنيا السويعي أليس كذلك؟"

دُهِشَ ناصر مما سمعه.... فكيف عرفت بالأمر الذي حرص أشد الحرص على أن يبقيه سراً، وقد أخذ جميع سبل الحيطة والحذر؟

- "هذه مجرد شائعات....."

- "ناصر أرجوك، لا تمتهن ذكائي. هل تعتقد حقاً، ولو للحظة، بأن هناك شيئاً يدور من حولي وأنا لست على دراية به.... أنت إذاً لا تعرفني جيداً يا شقيقي الصغير..... والآن دعني أذهب لكي أطمئن على مراد... بل لماذا لا تأتي معي أنت أيضاً لكي تطمئن عليه؟"

لم تنتظر سارة الإجابة، بل أدارت ظهرها لأخيها، وانطلقت إلى دورة المياه، حيث يوجد مراد. كانت تدرك جيداً أن ناصراً لن يسعه سوى اللحاق بها، لكي يطمئن هو الآخر على عشيقها، أو على الأقل، لكي يتظاهر بذلك، على مضض!

9

أراد مـراد أن يتـرك الحفـل، خاصـة بعد الـذي جرى على مرأى من ناصر القويت. الأمر برمته كان عبثياً، فما الذي جعل سارة زوجة غانم الساعدي تتصرف مثل هذا التصرف غير اللائق؟!..... والأدهش منه هو صمت أخيها، وكأن ما حصل أمر طبيعي اعتاد عليه، فلم يجد فيـه أي بـأس! كيف سـيواجه الشـيخ غانم؟ أخـذ يفكر، ماذا لو علم بمـا جـرى؟..... ولكـن مـا معنى هـذا التصرف؟ لا يوجد شـيء بينه وبيـن سـارة، فهي مجـرد عميلة، أجرى لها بعـض عمليات التجميل، مثلهـا مثـل غيرهـا.... "هل صدر مني تصـرف جعلها تعتقد أن الأمر كان أكثر من ذلك؟"..... أخذ يراجع عدد المرات التي التقاها، كانت كلها في المستشفى...... ولكنه التقاها أيضاً هنا في القصر، أو ربما في أماكن أخرى..... بدأت ذاكرته تتداخل والأحداث تتضارب..... " يا إلهي! ما الذي أصابني؟!"....

- "مراد!.... مراد!..." جاء الصوت منادياً من خلف، وهو على أعتاب باب القصر.
- "إلى أين أنت ذاهب؟"
- "نديم.... كنت.... كنت...." لم يعرف بماذا يجيبه.
- "قابلت تشارلز منذ قليل، وأخبرني بما حدث."
- "ماذا تقصد؟!.... لم يحدث شيء!" ردّ مراد بنبرة دفاعية حادة.

- "الصداع..... ماذا دهاك؟ هل أنت على ما يرام؟" رَبَتَ نديم على كتف مراد، ثم قاده إلى الداخل.....

- "هيا بنا، فالكل كان يسأل عنك."

- "الكل؟"

- "فاتك نقاش فيرجينيا مع الشيخ إبراهيم.... شعرتُ لوهلة بأن الرجل كان سيخلع مداسه ويقذفها به!" قال نديم ضاحكاً، غير منتبه للدهشة التي كانت ظاهرة على وجه مراد....

- "لا أحد يستطيع مجاراة فيرجينيا مثلك أنت. الجلسة من دونك ليس لها ذات الطعم."

- "نديم، عن ماذا تتحدث؟ ما دخلي أنا بمثل هذه الأمور؟"

توقف نديم فجأة، وأخذ يمعن النظر في وجه رفيقه، ثم استغرق في الضحك....

- "أنت تمزح أليس كذلك؟ إنها دعابة من دعاباتك الخبيثة.... لا، لا، لن تنطلي علي هذه المرة. أنا لست تشارلز المسكين."

عاود نديم الضحك وهو يقود مراداً إلى داخل القاعة الرئيسة، غير مكترث بنظرات الدهشة التي بدت جلية على وجه رفيقه.

* * *

بعد الانتهاء من مصافحة الحضور، جلس مراد بجوار فيرجينيا التي أخذت تتحدث معه بحميمية لم يفهم لها معنى. حتى غانم الساعدي كان يلتفت إليه موجهاً له الحديث من فترة لأخرى، وكذلك كان يفعل عدد من الحضور، باستثناء الشيخ إبراهيم الذي بدا وكأنه متضايق منه بعض الشيء.

- "لماذا هذا الصمت يا شيخنا الفاضل." قال غانم مداعباً....

- "أرجو ألا تكون مازلت غاضباً من الدكتور مراد، لأنه لم يُجرِ العملية بنفسه لابنة أختك".

- "يبدو يا شيخ غانم، أن قريشاتي لم تعد تعجب الدكتور." لم يحاول الشيخ إبراهيم إخفاء نبرة العتاب التي بدت واضحة في حديثه.

- "لا، فأما هذه فمستبعدة تماماً. مراد تعجبه قريشاتك وقريشات كل أحد." قال نديم مداعباً في محاولة منه لتلطيف الأجواء، خاصة بعدما لاحظ صديقه، وقد بدأ يتلعثم في الحديث على غير عادته، بل لم تمضِ نصف ساعة أخرى حتى أخذ يلاحظ أن شيئاً ما لم يكن على ما يرام. فلم تكن عادة مراد أن يظل صامتاً أغلب الوقت، وحين يتحدث يقتصد في كلامه وكأنه لا يجد ما يقوله....

- "هل أنت مجهد الليلة؟ أنت لست..... لا أدري كيف أقولها..... لست على عادتك."

وجد مراد في سؤال نديم فرصة لكي يستأذن، وينصرف من المكان....

- "نعم، أنا فعلا مجهد الليلة، لذلك أظن أنه من الأفضل أن....."

لم يترك نديم فرصة لمراد لكي يكمل عبارته....

- "أعلم جيداً ما الذي سينعشك، ويزيل عنك هذه الحالة التي أنت عليها. كلها دقائق قليلة وينادى على العَشاء. حينها ننطلق نحن إلى القاعة الأخرى. أنت مثلي في حاجة إلى شيء من الفرفشة،

فاليوم عيد!"

لم يفهم مراد قصد نديم من الحاجة إلى الفرفشة، ولكن بالفعل لم تمضِ الدقائق حتى نودي على العَشاء، وبدلاً من السير مع الحضور إلى قاعة المآدب، وجد نفسه يسير مع رفيقه في اتجاه آخر، نحو قاعة الاحتفال بالركن الغربي من القصر.

10

"إنـه الجنـون بعينـه!.... أن يكـون المـرء فـي مـكان كهـذا ولا يسـتمتع بـكل مـا فيـه،" هكذا حدّث تشـارلز نفسـه، "فكل شـيء في الحفـل جميـل!"..... القاعـة الكبيرة وشـرفتها المطلة علـى الحديقة الخلفية ذات الانخفاض المتدرج إلى بحيرة متوسـطة الحجم، والتي لا تقل روعة عن مثيلتها في الحديقة الأمامية للقصر، الفرقة الموسيقية التي تعزف مقطوعات متنوعة من الجاز القديم من حقبة العشرينيات، النبيذ الأحمر المعتق الذي أخذ يدغدغ براعم تذوقه، بل وحتى النساء اللواتي كن يتلألأن بحليهم وفسـاتين السـهرة الكاشـفة..... كل شيء فـي الحفـل كان رائعـاً، وأجمـل مـا فيـه أن الأجـواء كانـت تذكـره بالقصص التي سمعها وقرأها عن أمريكا في عصر الجاز، قبيل الكساد الاقتصـادي العظيـم، عندمـا كانـت الخمر ممنوعة والناس يختلسـون شـربها فـي حفـلات كهذه فـي قصور الأغنياء. تلك الأجـواء الغرائبية مـن تاريـخ بـلاده، المليئة بالمغامرة والإقبـال على الحياة وعدم القلق بشـأن المسـتقبل، والمليئة بالفرح والمرح وأجمل موسـيقا الجاز!.... عصر آل جولسـون ولويس أرمسـترونج ودووك إلنكتون.... نعم، كل شيء في الحفل كان جميلا ورائعاً، وكأنه قد عاد بآلة الزمن إلى أحب العصور إلى قلبه....

- "ليت الزمن يقف بي هنا، فلا اضطر بعد ساعات للرجوع إلى

أرض الواقع من جديد".

* * *

- "انظر إلى تشارلز، لا أحسب أن أحداً مستمتع بالحفل مثله." قال نديم ممازحاً وهو يشير إلى الطبيب الكهل الذي كان يرقص مع إحدى طبيبات المستشفى.....

- "بالمناسبة هل أخبرك عن السيارة البورش التي أهديت إليه حديثاً؟"

- "سيارة؟" ردَّد مراد بغير مبالاة، حيث كان باله مشغولاً بأمور أخرى غير تلك التي يقصها عليه نديم.

- "البورش! أهداها إليه أحد النافذين ممن أجريت له عملية زراعة كلية...."

- "ولكن تشارلز لا يجري مثل هذا النوع من العمليات، فهذا ليس تخصصه."

قاطع مراد، غير مقتنع بما قاله نديم.

- "أعلم هذا جيداً، ولكن من الذي قال بأن تشارلز هو الذي أجرى العملية؟ هل سمعتني أدعي هذا؟"

- "ولكنك قلت....."

لم يكمل مراد العبارة، حيث لفت انتباهه أمر آخر عند الشرفة.

- "أنا، وأنت وكل من يعمل في المستشفى يدرك جيدا من الذي أجرى تلك العملية، وأن تشارلز لم تكن له أي علاقة بالمريض سوى أنه رئيس للقسم الذي يعمل فيه الجراح الذي أجرى العملية، ولكن الأمر بالنسبة إلى المريض خاضع، في نهاية

المطـاف، للانطبـاع الذي أخذه، أو دعني أقول أكثر صراحة، بما تـم إيهامـه بـه.... نعـم، تشـارلز لم يُجْرِ العمليـة، ولكنه: "رئيس أقسام الجراحة، ويدير كل صغيرة وكبيرة، ويشرف على مجريات أمـور كل عمليـة، حتـى إن لم تكن في صميم تخصصه..." هذه هي الصورة التي يظهرها تشارلز للجميع بمباركة ناصر القويت، ومـن ثـم كلاهمـا يربحان: تشـارلز يحصل علـى البورش وناصر ترتفـع أسـهمه لـدى النافذيـن، لأنـه وفّـر لهـم الجـراح العالمي ذا العينين الزرقاوين".

توقف نديم عن الحديث، عندما لاحظ أن رفيقه لم يعد ينصت إليه، وإن تظاهر بغير ذلك، والتفت إلى ما كان يسترعي انتباهه، نحو الشرفة.

- "سارة متألقة الليلة أليس كذلك؟ صراحة أنت ساحر، ولست جراحـاً! أظنهـا تشـكل لـك دعايـة متحركة." قال نديـم، ممازحاً مـراداً الـذي لـم يلتفـت كثيراً إلى ما كان يقولـه رفيقه، ولا حتى إلى سارة ذاتها. ما شد انتباهه كان أمراً آخر لم يحسب حسابه، ولـم يخطر أبداً على باله أن يكون!

فـي أول الأمـر شـك عنـد اللمحـة الأولـى.... "لا يمكـن! غير معقـول أن تكـون هـي!".. أخـذت ضربـات قلبه تتسـارع، وهو يمعن النظر...." هل من المعقول؟!".... لمح جانب وجهها في أثناء حديثها مع سارة، فبدأ شكه يتزحزح، حتى التفتت ورأى وجهها جلياً، فزالت كل آثار الشـك نهائياً، وتيقن كيقينه من نفسـه ومن المكان الذي هو حاضر فيه!.... "هديل!"

* * *

تحـرك مـراد نحوهـا دون تفكيـر. أراد أن يواجههـا، أن يسـألها

لـم فعلـتْ مـا فعلـتْ؟ مـا الذي جعلها تشـهد ضـده؟ لمـاذا تنكرت لـه؟ هـل أُجبـرت علـى هذا الفعل؟ أسـئلة كثيرة لطالمـا حيرت عقله وأقضَّـت مضجعـه، وهـا هي ذي الفرصـة تأتيه لكي تجيب هديل عن التسـاؤلات....." لا بـد أن تشـرح لـي كل شـيء، ولـن أرضـى بغير ذلك!"....

- "آه..... مراد حسناً أنك أتيت. دعني أعرفك على...."

سرعان ما بدأت سارة بتقديم رفيقتها، ولكن مراد قاطعها....

- "أعرفها جيداً، وهي كذلك تعرفني جيداً."

- "عفواً..." بدت الدهشة واضحة على هديل....

- "هل سبق وأن التقينا من قبل؟"

وقـع السـؤال كالصاعقـة علـى مـراد...." ياللبجاحـة.... تتنكر لي!"....

- "لم أكن أعلم أن سنة من الزمان كفيلة بأن تنسيك الشخص الذي شهدت ضده زوراً! الشخص الذي كان ذنبه الوحيد أنه فكر في الزواج منك في يوم من الأيام".

- "مراد!"

شعرت سارة بحرج شديد مما كان يحدث أمامها. أخذت تتلفت يمنة ويسـرة، حتى انتبهت لنديم، الذي أدرك على الفور، من تلفتات زوجة الشيخ غانم الحرجة، أن هناك طارئاً قد حدث، فأسرع نحوهم.

- "مـراد أنـت لسـت علـى مـا يـرام.... يبدو أن هناك لبسـاً في الموضوع. هذه الدكتورة هديل زوجة السيد وجيه...."

- "الآن اتضح كل شيء!" قاطع مراد....

- "إذاً كان الأمر مدبراً من وجيه! كانت عيناه عليك، على الرغم من كونه زوج أختك".

- "مراد أرجوك كف عن هذا الهراء!" بدت سارة في غاية الحرج من رفيقتها التي أسكتتها الدهشة، ولم تَدْرِ ماذا تفعل مع هذا السيل من الاتهامات التي أتتها من شخص، بدا بشكل جلي من تعبيرات وجهها، أنها لم تتعرف عليه.

- "مساء الخير جميعاً..... هل كل شيء على ما يرام؟" على الرغم من السؤال إلا أن نديماً أدرك من ملامح مراد الغاضبة، والحرج الشديد الذي بدا جلياً على سارة، وتعابير الدهشة المرسومة على وجه رفيقتها، أن الأمور لم تكن كذلك.

- "نديم، اسمح لي بأن أقدم لك هديل التي حدثتك عنها منذ عام، عندما التقينا مصادفة في المقهى بجدة." قال مراد بنبرة متهكمة....

- "هاهو ذا سبب قدومي إلى الرياض!"

- "مراد، عمَّ تتحدث؟ هل أنت بخير؟! يبدو عليك الإرهاق".

- "رجاءً نديم، خذ مراد إلى استراحة الضيوف، ودعه يرتاح قليلاً هناك".

- "أنا بخير ولست في حاجة إلى الراحة!..... نديم، هل نسيت ما حدثتك عنه في جدة؟ كيف ذلك وقد تعاطفت معي، ودبرت لي العمل في مستشفى الساعدي، فلولا ذلك الحديث لما كنت هنا!" ثم نظر مراد إلى سارة....

- "ولما أجريت لك ما أجريته من عمليات!"

- "مراد، أرجوك! لماذا لا تأتي معي..."

- "لا، لـن آتـي معـك حتـى تخبرهما عن الذي حدثتك عنه في جدة".

- "عن أي أمر تتحدث؟! حقيقة أنا لا أدري ما الذي تشير إليه. فأنـا لـم ألتـق بك في جدة منذ سـنوات طويلة، وحتماً لسـت أنا الذي جاء بك إلى مستشـفى السـاعدي الذي تعمل فيه منذ قرابة الثلاث سنوات".

صعق مراد مما سمعه للتو، حتى إنه للحظة شعر بدوار كاد يفقده توازنه. أن تنكر هديل ما حدث، فهذا أمر له تفسيره، ولكن أن ينكر صديقـه نديـم لقاءهمـا في جدة منذ عام، وما جرى هناك من حديث، فهذا أمر آخر تماماً، وليس له إلا تفسير واحد!

11

...." إنه الجنون بعينه! نعم الجنون، أن أعتقد أنني المحق وكل الآخرين على خطأ. لا، بل أنا المخطئ. حتماً أنا من هو على خطأ. الأحداث التي ظننتها قد وقعت، هي في الواقع لم تحدث..... نعم، لقد توهمتها جميعاً! لا يوجد تفسير آخر غير ذلك. كثرة العمل قد أرهقتني.... هو ذاك..... نعم، كثرة العمل هي التي أرهقتني، وجعلتني أتوهم حدوث ما لم يحدث، وأنكر ما قد حدث!.... لا بد لي أن أستعيد ذاكرتي! لا بد لي أن أستعيد نفسي! لا بد لي أن أستعيد حياتي!".....

ظل مراد يحدث نفسه، مستلقياً على السرير بمفرده في ملحق الضيافة الذي أصرت سارة أن يأخذه نديم إليه، لكي يستريح قليلاً. كان من الواضح له الاهتمام الكبير الذي أبدته نحوه، وخوفها الشديد عليه الذي لم تحاول إخفاءه. حتى إنه قد بدا جلياً له بأن علاقتها به لم تكن مجرد علاقة عابرة قائمة على مشرطه الجراحي، بل الأمر كان أبعد من ذلك بكثير! ولكن مراد، وعلى الرغم من العاطفة الكبيرة التي لم تكن تخفيها سارة القويت له، لم يكن يشعر بأي شيء تجاهها. بالنسبة إليه، كانت مجرد عميلة أجرى لها عدداً من عمليات التجميل.... "كيف تطور الأمر إلى ما وصل إليه؟"..... حاول مراراً وتكراراً أن يتذكر أي شيء، ولكن دون جدوى!

- "حبيبي، هل أنت بخير. أقلقتني عليك."

لم ينتبه مراد، المغرق في التفكير، إلى صوت الباب، وهو يفتح ثم يغلق.

- "مدام سارة....."

- "مدام سارة؟؟ ماذا أصابك؟! لماذا تتحدث معي هكذا؟! فلا يوجد أحد غيرنا هنا."

لم يعرف مراد بماذا يجيبها وهي تقترب منه. حاول أن يقوم من على الفراش، ولكنها كانت أسرع منه. لفَّت ذراعيها حول رأسه، ثم ضمته إلى صدرها.

- "حبيبي..... أخبرني، صارحني..... هل ضايقك أحد؟ هل ضايقتك أنا دون أن أدري؟"

- "أرجوك! نحن في منزل زوجك!" رد مراد، محاولاً إبعاد نفسه عنها.

- "ومنذ متى كان هذا الأمر يقلقك؟! لماذا لم تقل لي هذا في المرات السابقة؟!"

مرة أخرى شعر مراد بدهشة عارمة تعصف بعقله.... "المرات السابقة! عن أي مرات سابقة تتحدث؟!"......

- "هذا الشخص!..... هذا الشخص الذي تصفينه...... ليس أنا!.... هذا ليس أنا!"

كانت هذه هي الإجابة الوحيدة التي استطاعت أن تخرج من فيه......

لم تَرُد سارة عليه، بل ظلت تنظر إليه بدهشة، ممعنة النظر إلى عينيه، ثم سرعان ما تحولت هذه الدهشة إلى شيء من الغضب،

عندما شعرت بأن مراداً وكأنه يصدها أو يريد التنصل من علاقته معها! وفجأة، من غير أن تنبس بحرف، قامت من موضعها، فأدارت ظهرها إلى مراد، ثم انطلقت نحو الباب....

ما أن خرجت سارة حتى، دخل نديم، الذي كان هو الآخر في غاية الدهشة مما جرى أمامه في هذه الليلة، ومما انكشف له من علاقة مراد مع زوجة غانم الساعدي، التي لم تخطر له على بال! وما زاده حيرة أكثر، أنه في خضم شغف سارة بعشيقها، لم تأبه بافتضاح أمرها، وكأنها أرادت له ولغيره أن يعلموا بأمر هذه العلاقة!

- "يالها من ليلة!" قال نديم وهو يجلس على السرير، ناظراً إلى مراد الذي ظل واقفاً في مكانه الذي لجأ إليه، بعدما أفلت من عناق سارة.....

- "يبدو أن هناك أموراً كثيرة أجهلها عنك...... فعلاً أنت، كما وصفتك فيرجينيا، بحر عميق ليس له قرار.... أعتقد أنه من الأفضل لك أن تترك الحفل بعد أن ترتاح، وسأحاول، بطريقتي الخاصة، أن أصلح ما جرى مع الدكتورة هديل. أنا واثق أن زوجها لن يكون سعيداً بما حدث لها الليلة، إن قررت أن تحكي له ما صدر منك! ناهيك طبعاً عن ردة فعل ناصر القويت. أما بخصوص الأمر الآخر، فهذا يحتاج إلى جلسة مطولة".

- "عن أي أمر آخر تتحدث؟" تساءل مراد، على الرغم من شِبه معرفته بقصد نديم الذي اكتفى بالابتسام، ولم يجب عن السؤال.

- "هيّا، سأتركك ترتاح قليلاً، وسأذهب أنا لكي أنقذ ما يمكن إنقاذه.... بالمناسبة، ذلك النادل التونسي، أظن اسمه محمد، حلفني بأن أبلغك تمنياته لك بالمعافاة. كان يريد الدخول

عليك بنفسه، للاطمئنان، ولكني صَرّفته."

- "النادل التونسي.." ردّد مراد بتعجب.
- "الذي يراه، وهو قلق عليك، يعتقد أن صداقة ما تربطه بك!"
- "محمد ماذا؟" وكأن أمراً ما قد راعه، تساءل مراد شاخصا عينيه إلى نديم الذي أومأ بعدم فهمه للسؤال.....
- "ما هو اسم عائلته.... محمد ماذا؟" كرر السؤال.
- "وما أدراني أنا باسم عائلته!"

لم ينتظر مراد لكي يشرح لنديم سبب السؤال، وعلى الفور انطلق نحو الباب دون أن يلتفت إلى رفيقه الذي أصابته دهشة عارمة من هذا التصرف المفاجئ!

* * *

هناك شيء ما غريب، فالأمور ليست على ما يرام! هناك خطأ ما قد حدث.... قد يبدو الأمر جنونياً، ولكن لا مفر من الخلاصة.... فإما هو أو العالم قد أصيب بالجنون! لوهلة ظن أن المشكلة قد تكمن فيه، ولكن صوتاً خافتاً بداخله كان يثنيه عن ذلك الظن. كاد مراد أن يطمس ذلك الصوت، ولكنه لم يفعل، فشيء ما جعل الصوت الخافت يعلو في رأسه..... الصداع...... الذاكرة المتأرجحة..... الأحداث التي جرت له ومن حوله...... هناك إجابة، حتماً لا بد أن تكون هناك إجابة، حتى وإن لم يكن هو يعرفها بعد..... كان عليه أولاً أن يتأكد من شيء، كان عليه أن يتأكد من اسم عائلة ذلك النادل التونسي!

خرج مراد إلى جناح الخدم الخارجي، حيث قيل له أنه قد

ذهب. لهفته في السؤال عليه جعل رئيس الخدم بالقصر يشعر بشيء من الريبة من هذا الشاب الذي جلبه للمساعدة في هذا الحفل الكبير، بناء على توصية من ناصر القويت.....

- "سيدي، هل بالإمكان أن أخدمك أنا بدلاً من محمد؟"..... لا، لا يمكنك أن تخدمني أنت..... كاد يجيبه مراد، لولا أنه لم يشأ إضاعة الوقت في حديث غير مجدي. أراد أن يسمعها من محمد بنفسه. أراد أن يتأكد من أمر بدأ يخالجه، أمر أخذ تتضح بعض معالمه، حتى إن كل ثانية كانت تمر عليه لم تكن إلا لتزيده يقيناً بأنه ليس هو المجنون!

دقّ على باب جناح الخدم، الواقع في الجانب الشرقي من حديقة القصر. المكان كان منزوياً بين الأشجار، بعيداً بعض الشيء عن المبنى السكني..... دقّ على الباب مرة أخرى...... لا أحد يجيب..... كاد مراد يرجع لكي يبحث عن النادل في مكان آخر، لولا أنه سمع صوتاً بالداخل..... فتح الباب، ثم أخذ ينادي بصوت مسموع. المكان كان مظلماً، وكأنه لم يوجد أحد بداخله في تلك اللحظة.... ولكن الصوت كان أقرب للهمسات، قادماً من الطابق العلوي. بحث مراد عن مفتاح الضوء، حتى ينير المكان قبل أن يواصل الدخول.....

- "محمد؟..... محمد، هذا أنا الدكتور مراد....."

لم يجب أحد، فمن الواضح أن المكان كان خالياً..... ولكن ماذا عن تلك الهمسات القادمة من فوق؟..... قرر أن يصعد، فقط للتأكد..... تتبع أثر ذلك الصوت الذي سمعه..... كان قادماً من غرفة في آخر الممر، ولكنه عندما وصل إليها، توقفت فجأة الهمسات....

- "عفواً..... هل يوجد أحد بالداخل؟..... أنا الدكتور مراد، أبحث عن محمد النادل." مرة أخرى لم يأتِه ردّ، فقرر أن يفتح الباب، لكي يتأكد من مصدر تلك الهمسات التي سمعها.... الغرفة كانت مظلمة بعض الشيء. قليل من الإضاءة الخارجية كانت تدخل من النافذة المغلقة.... "لا يبدو أن أحدا موجود هنا. لعلي كنت أتوهم سماع تلك الهمسات...." كاد مراد يخرج من الغرفة، لولا أنه لمح شيئا ما على الأرض بالقرب من السرير. لم يتبين في بادئ الأمر ذلك الشيء، ولكنه سرعان ما أخذ يعي ما كان يراه!.... على عجالة بدأ يبحث عن مفتاح الإضاءة، متحسساً إياه بكفه الأيمن، على الحائط المجاور للباب. ثوانٍ قليلة، حتى وجد ما كان يبحث عنه، فأضيئت الغرفة، وسرعان ما تأكد مما رآه!..... ركض نحو الجثة الملقاة على الأرض. كانت جثة النادل التونسي محمد! جثة هامدة مغمضة العينين! تفحصها مراد على عجالة..... لم يكن هناك أي أثر لسبب الوفاة، وكأنه قد أصيب بسكتة قلبية. فجأة سمع مرة أخرى الهمسات، ولكنها هذه المرة كانت قادمة من خلفه. ما كاد يدير وجهه لكي يتبين الأمر، حتى شعر بضربة قوية على مؤخرة رأسه، فتحول كل شيء من حوله إلى سواد!

12

- "كثير من الناس لا ينتبهون إلى التفاصيل الصغيرة، مع أن السر يكمن في تلك التفاصيل، ولذلك تستطيع تقسيم البشر إلى فئة قليلة تنظر فترى، وأخرى كثيرة تنظر ولا ترى شيئاً غير ما أريد لها أن تراه، ولكن في نهاية المطاف، هكذا هي الحياة، لا تستقيم من غير قلة خاصة وكثرة عامة".

لم ينتبه مراد إلى الحديث الموجه إليه، أو حتى إلى الذي كان يقوله، فكل همه في تلك اللحظات التي كان يستفيق فيها من الغيبوبة التي أصابته، هو أن يثبت رأسه الذي كان يترنح، وبصره الذي كان يتعافى من الزغللة..... حاول استعادة الأحداث التي جرت له قبل أن يفقد وعيه...... كانت هناك جثة..... محمد النادل التونسي....... ثم شعر بضربة هوت على مؤخرة رأسه...... لم يشعر بشيء بعد ذلك إلى أن بدأ يستعيد وعيه، ثم سمع أحدا يتكلم..... الصوت بدا مألوفاً، سمعه من قبل، بل منذ مدة قليلة.

- "سأسألك سؤالا...... تستطيع أن تعتبره أهم سؤال في حياتك، لأن الإجابة عليه هي التي ستحدد مسار الأحداث."

- "فيرجينيا؟!"

الدهشة التي أصابت مراد في تلك اللحظة، التي تبين فيها له شخص محدثه، لم تَفُقْها سوى دهشته من المكان الذي كان متواجدا

فيه والأشخاص المحيطين به! كان جالساً على سطح ناطحة سحاب! استطاع أن يدرك من المباني المحيطة به، بأنه كان على قمة برج الساعدي! كانت أمامه فيرجينيا واقفة، ومن حولها ثلاثة رجال مفتولي العضلات، يرتدون بذلاً سوداء..... حرسها الخاص!

- "ما معني هذا؟ لماذا أنا هنا؟"

- "مراد، الليلة أنا الذي سوف أوجه السؤال. إن استطعت الإجابة، فسأمنحك الفرصة لكي تسأل كيفما تشاء..... والآن أجبني. القطة، هل هي حية أم ميتة؟"

- "ماذا؟".

اقتربت فيرجينيا من مراد، ثم انحنت، مقربة رأسها من رأسه، حتى كادت تلامسه، ثم قالت بصوت هامس، ممعنة النظر إلى عينيه:

- "كيف فعلتها؟..... لا أدري، ولكن من الأفضل التخلص منك الآن، ثم البحث عن الإجابة بنفسي، مع العلم أني قد لا أحصل عليها وأنت ميت، من أن أخاطر وأبقيك حيا لكي أحصل عليها منك."

ما أن أكملت فيرجينيا جملتها، حتى وجد مراد نفسه يهوي من سطح البرج العالي. الأمر برمته لم يستغرق الكثير من الوقت، وكأن الذين ألقوا به من السطح كانوا في انتظار إشارة متفق عليها.... لا شيء غير العبث كان في تلك اللحظات.... فعن أي قطة تتحدث؟ وأي شيء ذلك الذي فعله، دون أن تدري فيرجينيا؟ ما أن بدأ في طرح تلك التساؤلات حتى وجد نفسه يطرح سؤالاً أهم، عندما ألقي به من السطح..... لماذا؟..... لم يحاول البحث عن الإجابة، فكل شيء بالنسبة إليه قد انتهى، فلا شيء أصبح يهمّ الآن..... لا

هديل!.... لا علاقة سارة به!.... لا النادل التونسي محمد!.... لا أحداث العالم من حوله!.... لا شيء أصبح يهمّ، سوى أنه يتساقط نحو الأرض!

يقال بأن الإنسان عند الموت يرى شريط حياته بكل تفاصيلها، تمرّ أمامه كشريط سينمائي. في تلك اللحظة كان مراد يرى أكثر من مجرد سنوات حياته. بل شرائط سينمائية كان يراها في لمح البصر!..... ولكن هذا كله لا يهم الآن، فما هي إلا لحظات حتى ينتهي كل شيء! فالأرض كانت تقترب منه بسرعة مذهلة!.... أقل من ثانية، هذا كل ما تبقى له. أقل من ثانية، وتنتهي حياته دون أن يجيب عن السؤال الأخير، لماذا؟!

ولكن قبيل لحظة الارتطام بفيمتو(ألف ترليون جزء) من الثانية، كل شيء من حوله تبخر، وكأنه لم يكن! وفي وسط هذا اللاشيء، سمع صوتاً مألوفاً يهمس....

- "ما من شيء سيكون إلا وقد كان.... ما من شيء سيزول إلا وقد زال!"

13

تضاعفت أسعار السلع في مدينة أترار، الواقعة على الحدود الشرقية من مملكة خوارزم، حتى أصبح صاع الأرز، الذي كان يساوي درهماً منذ شهر، يساوي الآن ثلاثة دراهم، هذا إن وجد. تجار الغلال كانوا يعزون هذا الغلاء إلى قلة القوافل القادمة من الصين ومن الهند، مع تزايد حملات المغول التي كانت تحرق الأخضر واليابس في بلاد الشرق. أما العامة من الناس فكانت تعزو هذا الغلاء إلى جشع ينال خان، والي أترار وشقيق تركان خاتون أم السلطان علاء الدين محمد خوارزمشاه. فرفعه للضرائب على التجار، جعلهم يزيدون من أسعارهم لكي يعوضوا خسائرهم، حتى وإن كان ذلك على حساب العامة من الناس. كره أهالي مدينة أترار ينال خان منذ عامه الأول من توليه الولاية، حتى أصبحوا في حديثهم عنه وراء الجدران، يبدلون لقب "الخان" بلقب "تشوك" (الصغير)، وقد تنامى إلى سمع ينال هذا اللقب الذي ما زاده إلا حنقا على الأهالي، فكرههم كما كرهوه!

حاول عدد من أعيان أترار لقاء السلطان علاء الدين، لكي يطلبوا منه عزله، ولكن اللقاء كان دائماً ما يكون مع الوزير نجم الدين كبلك، الذي كان يعدهم خيرا دون أن ينتج عن هذا الوعد أي شيء، حتى يئسوا، خاصة بعدما أدركوا أنه لا الوزير نجم الدين ولا حتى السلطان ذاته يستطيع عزل ينال تشوك طالما أن تركان خاتون لا توافق على ذلك. فالسلطان لا يستطيع عصيان أوامر أمه صاحبة النفوذ القوي

في مملكة خوارزم، فثلث الجيش من عشيرتها، وهم لا يأتمرون إلا بأمرها أو أمر من تُخوِّله.

كان الكل يدرك مدى سطوة تركان خاتون، حتى إنه من شدة سطوتها على ابنها السلطان، جعلته يبرّ بقسمه الذي أقسمه في لحظة غضب على زوجته الثانية نوران خاتون، أم ابنه البكر جلال الدين منكبرتي، بأن تبيت خارج ملكه ثلاث ليالٍ!

* * *

بقدر كره العامة من مملكة خوارزم للسلطان علاء الدين محمد وأمه تركان خاتون، بقدر ما كانوا يحبون نوران خاتون وابنها جلال الدين. لم تكن نوران فقط من أشرف قبائل الترك، ولكنها كانت الابنة الوحيدة لقاضي بخارى، أبي عبدالله محمد بن بشتاق النيسابوري، الذي توفي قبل نحو عقدين ونصف، بعد أن ملأت سيرته العطرة مدينة بخارى وكل مدن خوارزم. فلم يشهد أهالي بخارى قاضياً بعدله ونزاهته وعفة يده، وفوق هذا كان لا يبخل على أحد بعلمه أو بماله، حتى مات فقيراً ولم يورِّث ابنته نوران سوى العلم وحسن الخلق.

كانت نوران في شبابها من أجمل نساء بخارى، ولم يفق جمالها سوى دماثة أخلاقها، كما كانت شديدة القرب من أبيها، وقد أخذت عنه الكثير من العلم قبل أن تأتيه المنية. كانت وفاة القاضي أبي عبد الله فاجعة لكل أهالي بخارى الذين أكرموه حياً وبعد مماته من خلال ابنته، حتى إن أعيان المدينة عندما قرر علاء الدين محمد، وحينها كان أميرا على بخارى في عهد أبيه، الزواج من امرأة ثانية، لكي تنجب له ولداً لم تستطع زوجته الأولى إنجابه، اقترحوا عليه نوران، خيرة فتيات مدينة بخارى.... هكذا كان مدى حب الأهالي للقاضي

أبـي عبداللـه محمد بن بشـتاق النيسـابوري، الذي انعكـس بعد وفاته على ابنته نوران، وبقدر حب العامة لها، بقدر ما كانت تركان خاتون تحمل في نفسها عليها، حتى إنها من شدة كرهها لها، استطاعت إقناع ابنها بألا يجعل جلال الدين ولياً للعهد، على أمل أن تنجب له زوجته الأولى قطر الندى ولدا يكون هو الخليفة لوالده بدلاً من ابن نوران! وقـد كان لهـا مـا صبت إليه، عندمـا أنجبت قطر الندى ابنا بعد ولادة جـلال الديـن بأعوام عـدة، وبذلك أصبح غياث الدين، الابن الأصغر للسلطان، مع مرور السنين هو المحظي لدى تركان خاتون، لا لعلمه أو حسن خلقه أو حتى لبراعته في فنون القتال، فلم يكن يحظى بأي شيء من ذلك على عكس أخيه الأكبر جلال الدين، ولكن لأنه فقط ليس ابن نوران بنت أبي عبدالله محمد بن بشتاق النيسابوري!

* * *

كانت مدينة أترار هي الحاضرة الأخيرة لقافلة الأمير جلال الدين منكبرتي المصاحبة لأمه نوران خاتون، قبل أن تخرج من حدود مملكة خوارزم لكي تبيت ثلاث ليالٍ خارج ملك السلطان علاء الدين محمد، حتى يبّر بقسـمه الذي أقسمه عليها في لحظة غضب يوم عودته إلى بخارى من بعد غزوته الفاشلة لِما تبقى من أراضي العراق تحت حكم الخليفة العباسي، الناصر لدين الله أحمد بن الحسن، ومن ثم لبغداد، في محاولة لإسـقاطه وضم بغداد والعراق لملكه، ثم إعلان سـقوط خلافـة بنـي العبـاس وتنصيب من يختـاره، خليفة جديداً للمسـلمين! ولكن جيوش الناصر لدين الله استطاعت أن توقع به هزيمة، اضطرته للرجوع إلى مملكته على أمل أن يعيد الكرَّة من جديد في العام المقبل بعـد التقـاط الأنفـاس.... كانت ابنتـه فيروز وزوجهـا، القائد الفارس ممدود الخوارزمي، من بين ضحايا تلك الحملة!

- "أنت السبب في موتها!.... قلت لك مراراً بأن الله لن يبارك لك في حملتك هذه التي تشنها على المسلمين من أهالي العراق!" صرخت نوران في وجه السلطان، عندما علمت بنبأ موت ابنتها الصغرى وزوجها.

- "ويحك!..... هل أصابك الجنون، حتى تخاطبي السلطان هكذا!" كان ردّ تركان خاتون التي كانت حاضرة في المجلس.

- "هذا عقاب من الله... عقاب من الله!" استمرت نوران في البكاء.

- "هدِّئي من روعك، فإن مصابك هو مصابي، بل إن مصابي أعظم. أنت فقدت ابنة، أما أنا ففقدت ابنة وعدداً من خيرة قادة جيوشي." جاء رد السلطان علاء الدين.

- "تباً لك ولجيوشك التي تقاتل المسلمين عوضاً عن مقاتلة أعداء الله!"

- "بنو العباس هم أعداء الله! ففسادهم قد عمّ البلاد والعباد! والله إن شرهم لأشد من شر الفرنجة! ألم تنصتي معي إلى فتوى قاضي القضاة أبي عبدالعزيز يحيى بن ريحان، بكفر الخليفة العباسي، لتعديه على حدود الله بسماحه للمسكرات في حانات بغداد، وسكوته على الزنادقة والفرق الضالة التي تبث سمومها على مسامع الناس، فتفتنهم عن دينهم؟".

- "فلتذهب أنت وقاضي قضاتك إلى الجحيم!" صرخت نوران بحرقة في وجه زوجها الذي امتلأ بالغضب.

- "والله لئن لم تكفِ عن هذا الصراخ....."

- "ماذا ستفعل أيها السلطان العظيم؟!..... ماذا ستفعل أكثر مما فعلته يا قاتل ابنتي!"

لم يتمالك السلطان نفسه، خاصة وأن صراخ زوجته كان على مسمع ومرأى من أمه التي أبدت امتعاضاً واضحاً مما كان يجري أمامها..... فكان القسم الذي أتى بنوران خاتون إلى مدينة أترار من أجل الاستراحة والاستزادة بالمؤونة، قبل أن تنطلق إلى خارج مملكة خوارزم، حيث بلاد المغول، لكي تبيت ثلاث ليالٍ خارج ملك السلطان علاء الدين محمد خوارزمشاه!

14

كل شيء من حوله قد تغير.... " أين ذهبت المباني؟ أين فيرجينيا وحراسها؟" لم يرَ حوله سوى أرض سهلة خضراء تحيط بها جبال شامخة في الأفق.... " كيف حدث هذا؟ أهذا هو الموت أم أني أحلم؟".... ظل مراد ينظر حوله في جميع الاتجاهات، في حالة من التوهان، باحثاً عن أي شيء يفسر له هذا الذي يحدث! ولكن لا شيء سوى أرض خضراء وسماء زرقاء ونسمات ريح باردة قادمة من الشرق.... كيف جاء إلى هذا المكان؟ كاد يجن وهو يحاول استعراض جميع الاحتمالات الممكنة، فلم يجد أي احتمال قادر على تفسير هذا الأمر الذي قد صار. لوهلة أراد أن يصرخ بكل ما أوتي من قوة، ولكن صوته خانه، فلم يتجاوز حنجرته من الخوف! ثم فجأة، وهو في هذه الحالة من الحيرة والترقب، سمع أصوات عواء ليست ببعيدة...... " ذئاب!"

- "لا تخف، فلن تستطيع إيذاءك.... هم يخافونك أكثر من خوفك أنت منهم. فالذئاب لديها قدرة كبيرة على الاستشعار، حتى تلك الأشياء التي لا ترى بالعين المجردة."

نظر مراد، على عجل، خلفه حيث كان المتحدث الذي ظهر فجأة من حيث لا يعلم، فمنذ لحظات لم يكن هناك أحد، وكأنه قد ظهر من باطن الأرض!

أخذ الرجل يقترب منه..... استغرب مراد من هيئته التي بدت وكأنها قد خرجت من مسلسل تاريخي، كتلك التي دائماً ما تعرضها

الفضائيات في شـهر رمضان! فقد كان الرجل يرتدي سـروالا يعلوه قميـص أبيـض يكاد طولـه يصل إلى تحت ركبتيه بقليل، ومن فوقهما عباءة سوداء، وعلى رأسه عمامة خضراء. أخذ الرجل ينظر إلى مراد بتمعن شديد، يتفحصه كما يتفحص العالم شريحة تحت مجهره.

- "أرجوك ساعدني.... لا أعلم كيف جئت إلى هذا المكان.... أيـن أنـا؟ مـن أنـت؟ مـا هـذا الـذي حـدث؟.... هـذا جنون! جنـون!.... بـل هـو حلـم! لا يمكن إلا أن يكـون حلماً! لا، بل كابـوس!.... أرجـوك سـاعدني، لكي أسـتفيق منـه!" أخذ مراد يكـرر صرخاتـه، والرجـل يترقبـه دون أن يقاطعه، تاركاً إياه حتى يفرغ من حالة الهيجان التي قد أصابته! وبعدها فقط، قال بصوت هادئ....

- "الحيـاة والمـوت.... النـوم واليقظـة.... الحلـم والواقـع.... الأخضر واليابس.... الماضي والمستقبل.... متضادان، ولكنهما أقرب لبعضهما البعض مما قد يتخيل الكثير من الناس.... لعلي لا أستطيع الآن الإجابة عن معظم الأسئلة التي قد سألتها، ولكني أستطيع أن أجيبك عن سؤالك عن هذا المكان الذي أنت فيه.... أنت على مسافة مئتي ميل، جنوب شرق مدينة أترار."

تعجّب مراد من ردّ الرجل، ثم أخذ ينظر حوله مرة أخرى....

- "أترار؟ أهذه مدينة من مدن منطقة جازان؟ من الذي جاء بي إلى هنا؟"

- "بل هي على مسافة بعيدة من الجزيرة العربية، وكذلك أنت."

- "علـى مسـافة بعيـدة!.... وكيـف جئت إلى هنا؟ هل أنت مع فيرجينيا؟"

لـم يجـب الرجـل، واكتفـى فقط بالتحديق في مـراد الذي ما أن يهدأ قليلاً، حتى سرعان ما يصاب بحالة من التوتر الشديد والهيجان، وكأنه بندول متأرجح، لا يجد لنفسه مستقراً بين الهدوء والتوتر.

- "لماذا لا تجبني؟ لا بد أن هناك مؤامرة!.... نعم، هو ذاك، هناك مؤامرة تحاك لغرض أجهله! ولكن...." توقف مراد عن الحديث، عندما تذكر أنه أُلقِي به من على سـطح برج السـاعدي، ثم تذكر ذلك الذي حدث له قبيل الارتطام!....

- "كثيراً ما يسأل الإنسان أسئلة لا يجد لها جواباً، لأنه يسألها في غير وقتها وفي غير موضعها، تاركاً السؤال الأهم الذي نادراً ما يشـغله، ظناً منه أن لديه الإجابة، في حين أن الإجابة الصحيحة أبعد ما تكون عن مخيلته...... كان أحرى بك أيها الغريب، أن تسأل نفسك: من تكون؟"

تعجّب مراد من جملة الرجل الأخيرة....

- "أنا مراد قطز جراح التجميل...."

صمت ولم يكمل، فأخذ يفكر متسائلاً: "ولكن أي مراد؟ الذي أعتقـده أنـا؟ أم ذلـك الـذي يعتقده الأخرون من حولـي؟"... ثم نظر إلـى الرجـل وإلـى هيئتـه الغريبـة..... "هل يعقل أن يكـون محقاً؟ أم أنه مجنون يهذي بما لا يفقه؟ أو لعله يرغب لسـبب ما في تشـكيكي في نفسي؟"

الكثيـر مـن التسـاؤلات أخـذت مـن جديد تعصـف بذهن مراد، تاركـة إيـاه فـي حالة شـديدة مـن التوهان...... فهل كان فعلاً يسـأل السـؤال الخاطئ، تاركاً سـؤالاً أهم تتفرع منه باقي الأسـئلة؟ هل حقاً لم يكن يعرف نفسـه التي عاش معها طيلة هذه السـنين؟ إن لم يكن

يعـرف نفســه، فمـا الـذي يعرفـه إذاً؟........ "لا، مسـتحيل! أنا مراد قطـز جـراح التجميـل! أنا العاقل، والعالـم من حولي هو المجنون! أنا المحق، والناس من حولي هم الذين أصابهم الخرف! أنا أعرف نفسي جيداً.... نعم، أعرف نفسي جيداً. المشكلة ليست في أنا!" ظل يردد سراً، على أمل أن يصدق ما كان في قرارة نفسه قد بدأ يشك فيه.

15

أقبـل الفـارس عدواً على فرسـه على القافلـة الموفدة من الخان الأعظم للمغول إلى مملكة خوارزم، والتي كانت قد خيمت منذ الليلة السـابقة على مسـافة مسـيرة ثلاثة أيام من مدينة أترار، وجهتها الأولى قبيل الذهاب إلى المدينة العظيمة بخارى، حيث يقبع السـلطان علاء الدين محمد خوارزمشاه.

وجـد الفـارس طريقـه إلى قائد القافلـة، تانوكي، لكي يخبره بما شاهده في المكان الذي أرسل إليه بشكل سري ودون علم أحد.

- "سيدي.... لقد وجدته. هو ليس ببعيد عنا...."

ابتسـم تانوكـي، حيـث كان يـدرك جيداً أن الفارس سـيجده في المـكان نفسـه الـذي أخبـر بـه تَبْتِنْكَـر.... " فكبيـر الكهنـة لا يخطـئ أبداًا!"....

- "ولكن....." أكمل الفارس بتردد.

- "ولكن ماذا؟" سأل تانوكي بحزم.

- "كان وحده.... لم يكن معه أحد."

استغرب تانوكي مما سمعه.... "لكن تَبْتِنْكَر تحدث عن رجلين، وليس رجلاً واحداًا!".

- "أمتأكد أنت من أنه هو ذاته الذي وصفته لك؟"

- "نعم سيدي، هو كما أخبرت.... رجل لا بالطويل ولا بالقصير،

قوي البنيان، وجهه مستدير وذو لحية كثيفة سوداء، ويرتدي على رأسه عمامة خضراء.... هو كما وصفته لي دون أي فارق، ولكن لم يكن معه ذلك الشخص الآخر."

الفارس وصف الرجل الأول كما سمعه تانوكي من تَبْتِنْكَر.... "ولكن أين الرجل الثاني؟!".... كان تانوكي يدرك جيداً أن قتل رجل واحد لن يجدي. لا بد من قتل الرجلين معاً! هكذا أمره الكاهن تَبْتِنْكَر، وإن لم يظهر سوى الرجل ذي العمامة الخضراء، فكان عليه أن ينتظر حتى يظهر رفيقه، وإلا فلن يتعرف على الرجل الثاني الذي لم يستطع الكاهن وصفه، لسبب ما لم يفصح عنه.

الأمر برمته كان غريباً بالنسبة إلى تانوكي، ولولا معرفته الجيدة بقدرة تَبْتِنْكَر وما يستطيع أن يفعله به من أهاويل، لما وافق على هذه المهمة التي لم يعلم بها أي أحد من التجار، أو حتى الأميرة ياسمي، حفيدة جنكيز خان، المصاحبة للقافلة.

أدرك تانوكي أنه لا بد من الذهاب بنفسه إلى مكان الرجل، ليتبين الأمر. فلا مجال للخطأ هنا، لأن مستقبل المغول، كما أخبره الكاهن تَبْتِنْكَر، كان مرهوناً بتلك الخطوة!

16

تساؤلات كثيرة لم يكن لها جواب، فالأمر لم يعد يتعلق فقط بما كان يحدث له الآن، بل أيضاً بما حدث له وبالعالم من حوله، منذ زمن قل أو طال. حتماً الأمر لا علاقة له "بمن يكون هو؟". فهذا سؤال فلسفي لا معنى له، سيصرفه عما هو أهم! بات مراد على قناعة بأنه لو استطاع أن يفهم سر تلك الأحداث، فسينكشف له كل شيء.

أمور كثيرة كانت تمرّ عليه دون أن يعيرها اهتماماً كبيراً بدت الآن وكأنها جزء لا يتجزأ مما يحدث له..... ولكن السؤال كيف؟.... أدرك أن الجواب عن هذا السؤال لن يجده وهو في هذا المكان المجهول له، والذي أتاه بطريقة لا يستطيع تفسيرها لسبب يجهله ولا يعلمه، ولكنه كان يعلم أن الجواب لا بد وأن يجده مع فيرجينيا تبت، آخر من رأى قبل أن يأتي إلى هنا! لذلك كان التصرف الوحيد الذي رآه مجدياً هو أن يعود إلى الرياض ويستشير صديقه نديم الزود بعد أن يخبره بما قد حدث.... "لا أظنه سيصدق كلمة مما سأقولها له، وخاصة بعد الذي جرى في الحفل، لكن لا يوجد عندي خيار آخر الآن. لا بد من العودة إلى الرياض وبعدها يكون لكل حادث حديث".....

- "عفواً يا أخ....." نادى مراد الرجل الذي كان لاهيا عنه في الدقائق الأخيرة بمراقبة الأفق في اتجاه الشمال وكأنه كان يترقب قدوم شخص ما.....

التفت الرجل نحو مراد، ثم اقترب منه.

- "عبدالرحمن، تستطيع مناداتي بهذ الاسم."

- "وأنا مراد.... لو سمحت يا أخ عبدالرحمن، هل لديك أي وسيلة مواصلات تأخذني بها إلى هذه المدينة التي أخبرتني عنها على بعد مئتي ميل؟"

- "أترار...."

- "نعم، أترار.... هل تعلم إن كان يوجد بها مطار؟"

ابتسم عبدالرحمن، دون أن يجيب مراد الذي بدا عليه الاستياء والتعجب من صمت الرجل الذي بدا له وكأنه قروي بسيط من سكان بادية هذا المكان.....

- "يا أخ عبدالرحمن هل بالإمكان أن تدلني على أقرب شارع رئيس من هنا حتى أبحث لنفسي عن أي سيارة تأخذني إلى أترار، فالشمس توشك أن تغرب، ولا أظن أنه من الحكمة أن نبقى هنا في العراء كثيراً."

- "لا تخف، فلن نبقى في العراء طويلاً. بعد قليل سننضم إلى قافلة متوجهة إلى مدينة أترار."

- "قافلة؟.... تقصد أن بدواً رحلاً سيمرون من هنا.... آاااه." ظن مراد أنه فهم سر الهيئة الغريبة للرجل.... "فهو حتماً أحد أفراد هذه القافلة من البدو، لعله كان يتجول في المنطقة، عندما عثر علي"..

- "هاهم قد وصلوا...."

نظر مراد إلى حيث كان الرجل ينظر، وإذ بدا يلوح له في الأفق عدد من الفرسان على خيولهم يعدون عدواً باتجاههما، وكأنهم كانوا

في سباق مع الريح.... لوهلة شعر مراد بالارتياح، ولكن سرعان ما زال هذا الشعور عندما اقتربوا، ورآهم عن قرب!

* * *

- "حياك رب السماء الزرقاء." قال تانوكي موجهاً حديثه للرجل الذي كان مطابقاً بالتمام لوصف تَبْتِنْكَر.
- "حياك رب العالمين." أجابه عبدالرحمن.

أخذ تانوكي ينظر حوله.... لم يكن هناك أي أثر لرجل ثانٍ.

- "هل أنت بمفردك أيها الرجل؟"
- "وهل ترى غيري وغيركم في المكان؟" أجاب عبدالرحمن وقد أحاط به أربعة من فرسان المغول.
- "وماذا تفعل وحدك هنا في هذا الخلاء؟ ألا تخشى على نفسك من الذئاب؟"
- "الذئاب لا تخيفني أيها الفارس."
- "وما الذي يخيفك إذاً؟ نحن؟" سأل تانوكي مستهزئاً، ما أثار ضحك باقي الفرسان.
- "بل يخيفني الذي خلقك وخلقني وخلق الذئاب."

لم يعجبه تانوكي رد الرجل، ولوهلة أراد أن يشهر سيفه وينهي أمره، ولكن تَبْتِنْكَر كان واضحاً في تعليماته.... "يجب قتل الرجلين".. ولكن لم يكن في المكان سوى رجل واحد.... فأين ذهب الثاني؟!....

فكر تانوكي قليلا في الخطوة المقبلة، ثم عزم أمره، فلم يكن هناك من مفر....

- "أنا تانوكي قائد القافلة التي تحمل الأميرة ياسمي حفيدة ملك ملـوك الأرض جنكيـز خـان. نحـن فـي طريقنا إلـى أترار، ومن ثم إلى بخارى. إن كانت وجهتك هي وجهتنا، فإني أدعوك إلى مرافقتنا."

لـم يكـن أمـام تانوكي غيـر أمرين، فإما أن يقبـل الرجل مرافقته وبذلـك يشـتري بعـض الوقت حتى يتصـل بتَبْتِنْكَر، ويخبره بما وجد، فيتلقـى منـه تعليمـات جديـدة، أو أن يقتلـه فـي الحـال إن رفـض مرافقته.... "فرجل واحد أفضل من لاشيء!"

- "أشكرك أيها الفارس تانوكي على عرضك الكريم. لا مانع عندي من مرافقتكم." أجابه عبدالرحمن، وقد تحقق له ما أراد!

* * *

ذهل مراد مما حصل للتو!.... جنكيز خان؟!..... المغول؟!..... غيـر معقـول!..... ثـم كيف لم يروه؟!.... "ما هـذا المكان الذي أنا فيه؟! هذا عبث! عبث! كل شيء يحدث لي هو عبث!"..

- "أنتم!.... لماذا لا ترونني؟! أنا هنا! لماذا لا تسمعونني؟!" أخذ مراد يصرخ في وجه فرسان المغول، ولكن دون جدوى، فبالنسبة إليهـم هـو لا وجـود لـه! ثم فجـأة تنبه إلى أمر، فأخـذ ينظر إلى أطرافه، وهنا كانت الفاجعة الكبرى التي لم يتنبه لها منذ أن وجد نفسه وسط هذه السهول المحاطة بالجبال!....

- "أين يداي؟ أين ساقاي وقدماي؟ أين جسدي؟!".... لأول مرة انتبه منذ أن ألقي به من ناطحة السحاب..... منذ أن وجد نفسه فـي هـذا المكان الغريـب، وعلى ما يبدو، في هذا الزمان البعيد، إلى أنه قد أصبح بلا جسد!

17

دخل الأمير جلال الدين منكبرتي على والدته نوران خاتون فوجدها كعادتها من بعد صلاة الفجر تراجع مع حفيدها محمود بن ممدود، ذي الاثني عشر ربيعاً، آخر ما حفظه من القرآن الكريم. كانت تصحح له أي خطأ في التجويد، كما كانت تفسر ما استشكل عليه من معانٍ للآيات. في السابق كان هذا الدور منوطاً لإبنتها فيروز التي هي بدورها تلقت العلم عن أمها، ولكن بعد وفاتها، عندما صاحبت زوجها في غزوة أبيها السلطان علاء الدين محمد الأخيرة، أخذت نوران على عاتقها مهمة تدريس حفيدها، قبل أن ترسله إلى دمشق لتلقي العلم عن فقهاء الشام. لم تكن نوران ترغب لحفيدها أن يصبح مقاتلاً كأبيه، بل عالماً جليلاً كأبيها القاضي محمد بن بشتاق النيسابوري، ولذلك كانت تبقيه دائما بجوارها، بعيداً بقدر الإمكان عن زوجها السلطان وحتى ابنها الفارس المغوار جلال الدين، فيكفيها فقدان ابنتها..... لم ترغب نوران خاتون في أن تفقد حفيدها أيضاً.

- "صبحك الله بالخير يا أماه."

- "وإياك يا بني. هل سنرحل اليوم من أترار؟"

- "بل غداً بإذن الله. ما زلت أنتظر مجيء فرسان الطليعة الذين أرسلتهم، فنحن سائرون إلى أراضٍ استولى عليها المغول. لا بد من الحذر."

- "وما الذي يستطيع فعله لنا هؤلاء الهمج؟ فارس واحد من فرسان خوارزم باستطاعته قتل مئة من فرسانهم!" قاطع محمود بحماس شديد.

- "وخاصة لو كان الفارس الخوارزمي هو أنت." قال جلال الدين ممازحاً ابن أخته.

- "دع محموداً وشأنه يا جلال الدين. مستقبله مع العلم والعلماء، وليس في ميادين القتال والحروب."

- "يا أماه، نحن ملوك هذه البلاد وأمراؤها، والناس ينتظرون منا الحماية وجلب الغنائم، أما العلم فله رجاله، وقد سخرهم الله لخدمتنا، فأجزلنا لهم العطاء، ولم نبخل، فلماذا نزاحمهم؟ والله أخشى إن زاحمناهم في عملهم، أن يزاحمونا في عملنا".

- "كأني أسمع أباك يتحدث. أهذا ما أنشأتك عليه؟ ماذا أقول، غير حسبي الله، فلعلي أجد في محمود ما افتقدته فيك." قالت نوران خاتون هازَّة رأسها، مبدية عدم الرضا عما قد سمعت للتو من ابنها.

- "أقسم لك يا أماه إنك لن تجدي مني إلا كل ما يجلب لقلبك السرور، وأن أكون سلطاناً عادلاً يرفع من شأن العلم والعلماء."

- "هذا إن ولاك أبوك ولاية العهد." قالت نوران مقاطعة ابنها الذي بدت عليه الدهشة من جملة أمه الأخيرة.

- "ولِمَ لا يوليني وأنا ابنه البكر؟"

- "لأن تركان لا تريد ابن نوران أن يصبح هو السلطان، بل حفيدها الآخر غياث الدين ابن محظيتها قطر الندى، وأبوك لن

يتجرّأ على مخالفة أمرها."

- "يا أماه كفاك سوء الظن بالجدة تركان، فأنا من دمها ونسلها كحال غياث الدين، ولم تَجْرِ العادة على أن يتخطى الأخ الأصغر أخاه الأكبر."

- "مشكلتك يا بني أنك شديد الثقة بالناس، وأخشى ما أخشاه أن تضع ذات يوم ثقتك فيمن لا يستحقها، ويكون في هذا سبب هلاكك!" صمتت نوران خاتون قليلاً، وكأنها أرادت لابنها أن يفكر فيما قالته له، قبل أن تكمل حديثها....

- "ألم تلاحظ كيف استُقبِلنا في أترار البارحة؟ أهكذا يُستقبَل من سيصبح سلطاناً ذات يوم؟"

- "وماذا عن استقبالنا عند أبواب المدينة؟ والله إن الأهالي لكادوا يحملون الأحصنة التي كنا نمتطيها، من شدة فرحهم بقدومنا."

- "لا تحكم فقط على ما تراه، فلربما ما لم تَرَه، هو ما ينبئ بالخبر اليقين."

- "وما عسى أن يكون هذا الشيء الذي لم أَرَه يا أماه؟"

- "والي أترار.... شقيق تركان خاتون!"

18

بقدر حب بورته وتاموجين لياسمي، بقدر ما كان تَبْتِنْكَر يتوجس منهـا، ويشـعر بنفـرة تجاههـا. البعض عـزا ذلك لكونها ابنة جوشـي، الابن البكر لتاموجين، والذي حملت به بورته في الوقت نفسه الذي وقعت فيه أسيرة لدى شيليدو، خان المركيت. كان تَبْتِنْكَر من الذين يعتقدون أن جوشـي ابن غير شـرعي لتاموجين، وأن الخان الأعظم نسـبه لنفسـه فقط لكي يدرأ العار عن زوجته ومعشـوقته بورته، فحبه لها كان مضرباً للأمثال لدى القاصي والداني، لذلك كان تَبْتِنْكَر يعلم جيداً بأن تاموجين سـيحب جوشـي وإن لم يكن ابنه، فقط لأنه جزء من بورته، حتى وإن كان جزؤه الآخر من ألد أعدائه، شيليدو!

كان تاموجين صارماً مع كل من يحاول التشكيك في بنوة جوشي له، حتى إنه قطع رأس أحد قادته ذات يوم، عندما سمعه يتحدث عن جوشـي واصفاً إياه بأنه من سـلالة المركيت، وبذلك أخرس كل من كانت تسـاوره نفسـه، وإن كان من أفراد عائلته، بأن يشـكك في نسب جوشي وبنيه. لعل ذلك كان من الأسباب التي جعلت ياسمي تتلقى اهتمامـاً مضاعفـاً مـن تاموجين وبورته، حتى وإن لم يلقَ ذلك ترحيباً من الكاهن الأعظم تَبْتِنْكَر!

لم تكن ياسمي أجمل حفيدات جنكيز خان فقط، ولكنها كانت أيضـاً أكثرهـن ذكاء وأكثرهـن شـجاعة. كانـت دائماً مـا توصف بأنها نسـخة جديدة من جدتها مع مزيج من حكمة الخان العظيم ودهائه.

وما كانت شجاعتها إلا رديفاً لفضولها الكبير، الذي جعلها ذات يوم تتجرأ على فعل ما لم يتجرأ عليه أحد من قبل، عندما دخلت إلى خيمة تَبْتِنْكَر وهو في أحد خلواته الروحية، لكي ترى ماذا كان يفعل الكاهن عندما يغيب عن الأنظار بالأيام. كان مهيباً ذلك اليوم الذي سُمِعت فيه صرخة لم يسمعها أحد من قبل! صرخة أشبه بانفجار رعد في سماء عاصفة! الكل ظن حينها أن تَبْتِنْكَر سيلقي بلعنته على ياسمي، التي بدا وجهها شاحباً، سواء من هول ما رأت في خيمة الكاهن أو من صرخته الغاضبة التي أيقظت النائم! ولولا أن بورته تدخلت في الوقت المناسب لكانت لعنة تَبْتِنْكَر قد حلت على الفتاة الصغيرة التي لم تكمل عامها الثامن على وجه الأرض حينذاك. لم تخبر ياسمي أحداً بما رأته في خيمة الكاهن، ولم يتجرّأ أحد من حولها أن يستعلم، فالكل كان يعلم جيداً أن الاطلاع على أسرار تَبْتِنْكَر دون إذنه هو من أكبر المحرمات التي قد تجلب على صاحبها الخسران في عالم الأحياء والأرواح، على حد سواء. لذلك، منذ ذاك العهد، كانت ياسمي موصومة لدى غالبية المغول بالسوء، وإن لم يتجرَّأ أحد على التصريح بذلك، مخافة غضب جنكيز خان! وهذه من الأسباب التي جعلت ياسمي تنشأ بعيدة عن باقي الأطفال، وهو ذاته ما جعل جدها وجدتها يغدقان عليها عطفاً مضاعفاً عن باقي نسلهما، وهو أيضاً ما جعل جنكيز خان يوكل بتعليمها إلى بعض مستشاريه ممن لا يدينون بديانة معظم المغول، الشامانية، ومن ثم لا يرتابون من غضب الكاهن الأعظم تَبْتِنْكَر. ومن هؤلاء كان المسلمون والنصارى والمانَوِيّون الذين وجدوا طريقهم إلى بلاط خان المغول الذي فتح بابه للجميع بشرط الإقرار والاعتراف به ملك ملوك الأرض. ولكن على الرغم من هذه المكانة المتميزة لدى جدها وجدتها، وعلى الرغم

من جمالها وشجاعتها وحدة ذكائها، لم تكن ياسمي، بعدما أينعت زهرتها وتفتحت، محل رغبة لرجال المغول. فهي لم تكن فقط ابنة جوشي المشكوك في نسبه، بل كانت أسوأ من ذلك..... فهي تلك الفتاة التي كادت تحلّ عليها لعنة الكاهن الأعظم تَبْتِنْكَر!

* * *

اقتربت ياسمي من الرجل الذي انضم أخيراً إلى القافلة، والذي خَمَّنت من ملابسه أنه من بلاد المسلمين. كانت تشعر بالملل الشديد، فأرادت التحدث مع شخص غير الذين رافقتهم على مدى الأسابيع التي مضت منذ أن تحركت القافلة من قراقورم، عاصمة بلاد المغول. ظلت تتأمل الرجل قليلاً قبل أن تفتح معه باب الحديث....

- "أنا ياسمي ابنة جوشي ابن ملك ملوك الأرض جنكيز خان." قالت بفخر واعتزاز لم تحاول إخفاءهما.....
- "ومن تكون أنت أيها الرجل الغريب؟"
- "عبدالرحمن." أجاب باقتضاب.
- "أنت لست من أهالي هذه البلاد..... كأنك من العرب."
- "وكيف عرفت هذا؟"
- "من بشرتك البيضاء المائلة إلى الحمرة، وأنفك المستقيم، وحاجبيك المقوسين، فهذه كلها من ملامح العرب، ولكن يبدو من وجهك المستدير أن أحد أجدادك قد تزوج من الترك."

أمعن عبدالرحمن النظر إلى الفتاة، ثم قال.....

- "طلاقتك في الحديث بلسان العرب لا يفوقه سوى فطنتك. قد أحسن صنعاً من عَلَّمك."

ابتسمت ياسمي لمديح الرجل الذي شعرت، من قلة عباراته واقتضابها، بأنه قد لا يكون بذلك القدر من العلم أو الذكاء، بحيث تستطيع أن تمضي في الحديث معه وقتاً أطول.... "لعله مجرد أعرابي جاء من جزيرة العرب للبحث عن الرزق في بلاد ما وراء النهر".....

كادت أن تنطلق بفرسها نحو مقدمة القافلة، ولكن عبدالرحمن كانت لديه، هو الآخر، ملاحظة.....

- "أحسبه رستم بن يزدشير المانوي.... قد أجاد في تعليمك لسان العرب وأحوالهم، ولكنه أساء في تلقينك عقيدته المثنوية".

ذهلت ياسمي مما قاله الرجل، فأخذت تنظر إليه شاخصة.... ثم سألته بنبرة كساها التعجب....

- "كيف عرفت؟"

أشار عبدالرحمن إلى رصيعة صغيرة كانت ترتديها حول عنقها، نصفها أسود والنصف الآخر أبيض....

- "التقيت برستم منذ زمن ببغداد، قبل أن يسافر إلى بلادكم بعد أن ضاقت به بلاد المسلمين. سمعت أن جنكيز خان أكرمه لعلمه، على الرغم من أنه لم يقتنع بعقيدته. لكن يبدو أنه قد نجح معك، فيما فشل فيه مع جدك."

شعرت ياسمي بشيء من الغضب من جملة عبدالرحمن الأخيرة، وكأنه كان يمتهن ذكاءها.....

- "أنا لست طفلة ساذجة، حتى أقتنع بكل ما يقال لي."

- "ولكنك اقتنعت بتعاليم ماني التي نقلها إليك رستم."

- "وما بال تعاليم ماني؟ أليست تدعو إلى الخير ونبذ الشر؟"

أجابت ياسمي بحماس واضح.

- "الدعوة إلى الخير ونبذ كل ما هو شر، هذا أمر حسن. ولكن القـول بـأن هنـاك إلهين، إله النور وإلـه الظلام، الأول يصدر منه كل ما هو خير والثاني يصدر منه كل الشرور، فهذا أمر قبيح."

- "قبيح!" صرخت ياسمي في وجه عبدالرحمن....

- "وما أدراك ما القبيح! أنت لم ترَ القبيح! لم ترَ الشر وهو يحيك بشروره في الظلام، لكي يخفي وجهه القبيح!"

نظر عبدالرحمن إلى عيني الفتاة، وكأنه كان ينتظر لحظة انفعالها هذه، ثم سأل....

- "وهل رأيت أنت الشر وهو يحيك بشروره في الظلام؟"

صمتت ياسمي ولم تجب.... أرادت أن تقول له نعم، لقد رأت مـا لـم يـرَه أحـد مـن قبلها.... رأت مـا لم يجب لها أن تـراه، عندما تسـللت إلـى خيمـة الكاهـن تَبْتِنْكَر، وها هي ذي تدفـع الثمن بعد أن كبرت وأينعت. "فحتى حفيدة جنكيز خان لا تستطيع أن تقف أمام قوة إله الظلام عندما يكشر عن أنيابه!" أرادت أن تخبره بأنها لن ترى أبويها وإخوتها وجدها وجدتها وكل من أحبها وأحبتهم! "كل هذا من صنيعـة إلـه الظـلام الذي تنكره أنت عن جهل!" ولكنها اكتفت بجملة بسيطة....

- "هناك أمور لا يعرفها الكثيرون."

- "هذا قول صحيح، فهناك الكثير مما يجهله الكثيرون، ولعلي أكون أحد هؤلاء الكثيرين، ولكن أتسمحي لي بسؤال على سبيل الاسترشاد؟"

اكتفت ياسمي بهزّ رأسها، دلالة على الموافقة.

- "الكذب، هو عمل قبيح أليس كذلك؟ من فاعله؟ إله النور أم إله الظلام، على حسب ما تؤمنين أنت".

- "بالطبع إله الظلام."

- "حسناً.... رجل قرر أن يتوب عن الكذب، فقال: كنت أكذب والآن قد توقفت. من هو مصدر المقولة هنا، أهو إله النور أم إله الظلام؟"

- "بالطبع إله النور."

- "ولكن إله النور لا ينتج عنه الكذب بحسب زعم المانوية، فكيف يقول إنه كان يكذب والذي كان يفعل هذا هو إله الظلام؟ وإن كان مصدر المقولة هو إله الظلام، فقد صدق. فكيف له هذا وهو الذي لا ينتج عنه الصدق".

بهتت ياسمي من هذه الأحجية التي وجدت نفسها قد وُضعت فيها من حيث لا تدري. حاولت أن تجد مخرجاً لهذا المأزق ولكنها لم تجد! حاولت استرجاع كل ما تعلمته من رستم بن يزدشير.... "فحتماً مثل هذا السؤال قد مر عليه من قبل.... لا بد وأن يكون قد مر عليه!".... ولكن.... ولكن لم تسعفها الذاكرة بأي شيء.... لا شيء على الإطلاق سوى الحيرة!..... "تباً لك أيها الرجل الغريب! فأنت لم تَرَ الذي رأيته أنا.... إن لم يكن ذلك هو إله الظلام، فمن يكون إذاً؟!"

فجأة سمعت ياسمي، وهي في وسط حيرتها هذه التي وضعها فيها عبدالرحمن، صوتاً أشبه ما يكون بصوت الرعد، عند مقدمة

القافلة، أعقبته صرخات، ثم حالة من الفوضى والارتباك.....

- "مولاتـي الأميـرة!..... مولاتـي الأميرة!" جاء صراخ الفارس، وهو يعدو بفرسه نحو ياسمي وكأن تنيناً كان يلاحقه!
- "ما بالك يا أكوداي؟.... ما كل هذا الصراخ؟" سألت ياسمي الفارس الذي كسا الخوف ملامح وجهه.
- "تانوكي يا مولاتي.... تانوكي!" أخذ الفارس يلهث.
- "ماذا عن القائد تانوكي؟ هل أصابه مكروه؟".
- "لقد خرّ من على فرسه! ثم سقط ميتاً على الأرض".
- "سـقط ميتاً؟! كيف يحدث هذا فجأة لفارس قوي ومسـتصح مثل تانوكي؟".

تردد أكوداي، فلم يعلم بماذا يجيب أميرته...... كيف يفسر لها ما حدث؟ لقد كان القائد يتحدث معه بطلاقة كعادته، ثم فجأة، ومن غير مقدمات، خرّ صريعاً واضعاً يده على صدره، وكأنه طعن في قلبه، ولكن دون أن يكون هناك أي أثر للطعن!

19

الحيـاة.... المـوت.... لـم يعد هناك أي معنـى للكلمتين، ففي أي هذين الحالين هو؟ أميت أم حي؟ أم أنه في حال آخر لم يسمع بـه؟ حـاول مـراد أن يجيـب عن تسـاؤلاته، ولكنه لم يسـتطع، فكيف يسـتطيع الإنسـان أن يجيب عن شـيء يجهله؟ عن شـيء لم يسمع به أو يشاهد مثله قط! والأمر الذي لا يقل عجباً هو أنه لسبب ما، هذا الرجل الغريب، عبدالرحمن، كان الشخص الوحيد القادر على رؤيته! والأغرب من ذلك أنه لم يكن متعجباً مما كان واقعاً، وكأن هذا أمر معتاد بالنسبة إليه!..... "ومع ذلك لا يحاول مساعدتي. لا يحاول أن يشرح لي هذا الذي يحدث. لماذا لا يجيبني عن تساؤلاتي؟"....

- "أحـي أنـا أم ميـت؟ إن كان هـذا هو المـوت، فأخبرني حتى أستريح!" صاح في وجه عبدالرحمن، ثم انتابته حالة من الضحك لجملتـه الأخيـرة، ضحـك يخبئ مـن ورائه قلقاً شـديداً ممزوجاً بالحـزن والوهـن..... "(إن كان هـذا هو المـوت، فأخبرني حتى أستريح)..... فهل أصبح الموت مريحا لي الآن؟"

ولكن عبدالرحمن لم يجبه إجابة واضحة تشفي الغليل. فحديثه كالألغاز، كان يجعله يتوه أكثر مما هو تائه....

- "إن رغبت في الحياة فأنت حي، وإن رغبت في الموت فأنت ميت...."

- "وهل يرغب الإنسان العاقل في الموت؟!"

- "وهل كل إنسان عاقل؟"

وهكذا، كانت إجابات عبدالرحمن لا تزيد مراداً إلا حيرة.....

- "لماذا لا تجبني بشكل واضح؟! لماذا لا تخبرني عن هذا الوضع الذي أنا فيه؟".

- "لأنك أنت الشخص الوحيد القادر على الإجابة عن تساؤلاتك.... لماذا لا تجرب الكف عن الشكوى، وتحاول رؤية الحقيقة من حولك؟"

- "ومن قال لك إني لم أفعل؟ حاولت، ولكني لم أفلح!"

- "أنت نظرت، ولكنك لم تحاول أن ترى..... هناك فرق كبير بين النظر والرؤية."

النظر؟.... الرؤية؟..... "وما الفارق بين الاثنين؟".... أراد مراد أن يسأل، ولكنه لم يفعل. كان يدرك أنه لا جدوى من السؤال، فلن يجد إلا جواباً يزيد من حيرته، فظل يائساً وبائساً مع نفسه، غير راغب في التفكير أو الحديث أو حتى السير مع القافلة.... ثم فجأة تنبه إلى أمر لم يكن في الحسبان! تنبه إلى أنه على الرغم من عدم رغبته في السير، إلا أنه كان يسير مع القافلة دون أن يتحرك! بل إن رؤيته للأحداث التي كانت تقع من حوله هي أشبه بمشاهدة شريط سينيمائي لا تخضع فيه معايير الزمان أو المكان لما ألفه من قبل! كان يشاهد الأحداث من خلال أكثر من زاوية واحدة، دون أن يعرف كيف كان بمقدوره فعل هذا! فكان يشاهدها تارة متزامنة وتارة متعاقبة، ما زاد من هول الأمر! ولكن العجيب في المسألة، أنه مع مرور الوقت

أخـذ يعتـاد علـى مثل هذه الرؤى المتعددة للأحداث، ثم بدأ يتسـاءل إن كان بمقـدوره التنقـل بيـن هذه الأحداث وزواياها المختلفة، أم أنه كان يـرى مـا يـراد لـه أن يراه؟ ولكـن إن لم يكن بمقـدوره التحكـم، فمـن هـو إذاً الـذي كان يتحكـم؟ هـل لعبدالرحمـن هـذا أي يـد في المسألة؟ أخذ مراد يتساءل من جديد...... " حتماً عبدالرحمن لديه جميع الإجابـات، ولكنه لسبب ما لا يريد الإفصـاح عنها!.....لماذا يفعـل معـي هكـذا؟..... لمـاذا؟!" وما أن عاودته حالـة الهيجان هذه مـن جديـد، حتى سـمع صوتاً كالرعد قادماً مـن مقدمة القافلة. حينها لمح شـيئاً أشـبه ما يكون بالظل، ولكنه يتحرك من دون جسـد! كان يسير بين القافلة دون أن يراه أو يتنبه لوجوده أحد من المغول. ظهر هذا الظل في مقدمة القافلة في اللحظة التي سمع فيها صوت الرعد، ثـم سـرعان مـا اختفى، ولكن قبيل اختفائه حـدث أمر غريب زاد من دهشـة مـراد! لقـد نظر إليه ذلـك المخلوق الهلامي بوجه لم يسـتطع تبيان ملامحه، وإن بدا له مألوفاً لسبب ما، ثم ابتسم، قبل أن يلامس صدر قائد القافلة بذراع من دخان أسود!

* * *

دب الذعر في وسط القافلة، حينما انتشر خبر موت تانوكي.... فكيـف حـدث هـذا لـه فجأة؟ هـل أصابته لعنة؟! أخذ فرسـان القافلة يتساءلون.

- "هل كان يشكو من أي شيء؟" سأل شيخ التجار، محمد بن إسحاق البخاري، وقد أخذ بذمام الأمور، في محاولة منه لتهدئة وضـع القافلـة التـي كانت قاب قوسـين أو أدنى مـن دخولها في فوضى عارمة.
- "لا، بل كان يتحدث معنا بشكل طبيعي، دون أن يظهر عليه

أي عناء." أجاب عدد من الفرسان.

- "حسناً... ما حدث قد حدث، ولا يوجد من هو أقوى من الموت الذي قد يباغت صاحبه فجأة ومن غير ميعاد، ولكن عليكم الآن بالتماسك، وأن تختاروا فيما بينكم قائداً جديداً للقافلة، حتى نعاود سيرنا بهدوء، ولا تنسوا أن هذه القافلة تحمل ما هو أهم من البضائع الثمينة...... تحمل حفيدة جنكيز خان!"

* * *

- "لقد رأيت ما حدث!" صرخ مراد مخاطباً عبدالرحمن الذي بدا هادئاً في خضم هذا المشهد المريب، وكأنه غير آبه بما قد حدث تواً، أو على غير دراية به.....

- "لا أفهم كيف لم يَرَه أحد غيري؟!"

- "لم يَرَوه كما لم يَرَوك أنت." أجابه بكل هدوء.

- "وماذا عنك أنت؟..... هل رأيت ذلك الشيء، كما رأيته أنا؟!"

- "رأيته كما أراك الآن." أجاب عبدالرحمن دون أن يبدي أي تعجب يذكر، وكأنه كان يتحدث عن رؤية طير في السماء، مما زاد من دهشة مراد!

- "وهل هذا أمر طبيعي؟!.... ألا يخيفك ما قد حدث للتو؟"

- "لا...."

- "لا؟!.... على ماذا لا؟ على أن هذا أمر طبيعي، أم على أنه يخيفك؟"

- "على كليهما."

صُدم مراد من هذه الإجابة المقتضبة التي لم يتوقعها.....

- "أهذا كل ما لديك لكي تقوله؟"
- "أحسب ذلك.... لقد سألتني، فأجبتك."
- "إذاً أجبني عن سؤالي هذا!.... ما هو ذلك الشيء الذي رأيناه؟!"
- "سؤالك يحمل في طياته تناقضاً غريباً."
- "ماذا؟!" تساءل مراد مشدوهاً.
- "تدَّعي أنك رأيت، ثم تسأل ما هذا الذي رأيته.... أنت لم ترَ شيئاً. نظرت إليه، بل نظرت إلى وجهه، ولكنك لم ترَ شيئاً، حتى وإن حسبت خلاف ذلك."
- "سئمت من ألغازك هذه!" صرخ مراد وقد ملأه الغيظ! صرخ بكل ما أوتي من قوة، حتى ظن أنه لو كان صوته مسموعاً لعمّ صراخه القافلة بأكملها، ولأسمع كل فرد فيها....
- "لماذا لا تجيبني بوضوح؟!..... لماذا لا تُعْلِمني عن هذا الذي يحدث من حولي، وكأنك مستمتع بجهلي؟!"

لم يجبه عبدالرحمن في الحال، بل تركه قليلاً حتى يهدأ، ثم نظر إليه قائلاً....

- "عندما يحين وقت التعلم، فسوف يظهر المعلم."

20

نزح ينال خان، كعادته كل مساء، إلى حجرته الخاصة في قصر الربيـع، مختليـاً مـع جواريـه، مسـتمتعاً بغنـاء إحداهـن بصوت عذب علـى آلـة العـود، وتمايـل جارية أخرى في رقص مثير يسـر الناظرين، وبلمسات أنامل أخريات كن يُدَلِّكن جسده السمين بشتى أنواع الدهون المعطـرة التـي جلبـت له من بلاد الهند والسـند. كان على وشـك أن يختار من بين الصبايا الملاح من ستقضي معه باقي الليلة في مضجعه، عندمـا اسـتأذن وزيـره خالد بن منصور فـي الدخول للحديث معه في أمـر هـام لا يحتمـل التأجيـل إلى الغد. أبدى الوالي امتعاضاً شـديداً لهذا التطفل البغيض على وقته الخاص، فكل أمر من وجهة نظره كان قابلاً للتأجيل، خاصة وإن تعارض مع لحظات السمر التي كانت تنسيه هموم اليوم من شؤون الحكم والرعية التي ما كانت لتنتهي أبداً....

- "مولاي، اعتذر عن الإزعاج، ولكن أمرا مهماً قد طرأ، فأردت إخبارك به".

- "وما عساه ذلك الأمر الذي لا يحتمل التأجيل إلى الغد." قال الوالـي بلهجـة حادة لا تقبل التأويـل، مبدياً الضيق، لقطع خلوته مع القيان.

- "جاءني خبر الآن بأن فرسان الطلائع الذين أرسلهم الأمير جلال الدين قد عادوا بعد أن شاهدوا قافلة في طريقها إلى أترار، موفدة إلينا من خان المغول."

نظر ينال خان إلى وزيره، مستهجناً هذا الخبر الذي سمعه منه، ولم يشعر بأنه بتلك الأهمية....

- "ويحك، ألهذا أزعجتني".

- "مولاي، هذه أول قافلة تصل إلى مملكة خوارزم، منذ أن...."

- "ثم مهلاً، منذ متى وكان لهؤلاء الهمج خان أوحد، حتى يرسل لنا بالقوافل؟" سأل الوالي، مقاطعاً وزيره.

- "عفواً يا مولاي، ولكني أخبرتك منذ شهور عدة عن الذي صار من توحد قبائل التتار والمركيت والنيمان وبعض قبائل الترك من سكان السهول الشرقية، كلهم تحت راية المغول بقيادة رجل يلقبونه بجنكيز خان".

- "نعم.... صحيح، أذكر أنك أخبرتني بشيء من هذا القبيل.... ولكن ما عساها أن تحمل تلك القافلة من بضائع؟ فبلاد المغول قاحلة جرداء، لا يوجد فيها خيرات."

- "مولاي، لقد دانت مملكة شمال الصين للمغول، فأصبح جنكيز خان هو المتحكم في طريق الحرير."

- "شمال الصين! وكيف دانت لمثل هؤلاء الهمج؟! سبحان الله، ينزع الملك ممن يشاء!.... أتظن أن القافلة محملة بالحرير وباقي خيرات الصين؟" بدأ لعاب الوالي يسيل، لهذه الخاطرة.

- "نعم يا مولاي، وأيضاً بما هو أهم من ذلك."

- "وما عساه أن يكون ذلك الشيء الأهم من حرير الصين؟"

- "حفيدة من أحفاد خان المغول، أرسلها مع رسالة يحملها شيخ تجارهم إلى السلطان علاء الدين!"

21

لـم يَـرَ سـكان مدينـة أتـرار قافلة كتلـك التي دخلـت عليهم في صبـاح ذلـك اليـوم. عدد الجمال يـكاد لا يحصـى، وجميعها محملة بشـتى أنواع البضائع من الأرز والحبوب والبهارات وأصناف الحرير وأجـود الصـوف، وكأن المغـول أرسـلوا بـكل مـا لديهم إلـى مملكة خـوارزم! ولـم يكـن حجم القافلة فقط هو الـذي أدهش الأهالي، بل حتـى الأسـعار الزهيـدة التي كانـت تباع بها البضائـع، فالذي كان في السابق يباع بدرهمين أو ثلاثة من قبل تجار أترار، تجار المغول كانوا يبيعونه بدرهم! وما أن ذاعِ الخبر في كافة أرجاء المدينة، حتى انهال النـاس علـى القافلة حتى اضطر العسـس إلـى أن يضعوا الحواجز من أجل السيطرة على تدفق هذه الأعداد الهائلة من الخلق!

فـي اليـوم الثانـي مـن القدوم إلـى مدينة أتـرار، أذن لمحمد بن إسحاق البخاري بأن يدخل على الوالي الذي ذهل عندما رأى رجلاً مسلماً من بخارى يتزعم تجار قافلة المغول!

- "إن أذن لـي مـولاي الوالـي، أقـص له ما حدث معي، وكيف آل مآلي إلى ما أنا عليه الآن."

أشار ينال خان بيده لشيخ التجار بأن يستمر في حديثه....

- "نعم يا مولاي، فلقد ولدت ونشأت في مدينة بخارى العظيمة التـي لا يوجـد مثلهـا في جميع البلاد، ويعلم الله كم أنا مشـتاق لرؤيتها مجدداً بعد هذه الغيبة الطويلة التي أخذتني من بلد لبلد،

وجعلتني أرى حال العباد وكيف أن الله قادر على الرفع من شأن الضعيف اليائس، وإذلال الجبار المتعنت.... رأيت يا مولاي ممالك عظيمة وقد تهالكت على أيدي من لا تحسبهم قادرين على إخضاع قرية صغيرة، فما بالك بإخضاع مدن محصنة بأسوار عالية!

بدأت رحلتي يا مولاي، عندما انقطع بي السبيل في بخارى بعد أن توفي والدي، وأنا لم أكمل عقدي الثاني. كانت أمي ذات جمال وحسب، وقد كانت لا تزال في ريعان الشباب عندما توفى عنها أبي، فكثر خطابها حتى وافقت على رجل كان ظاهره الصلاح، ولكن سرعان ما تبيَّن لي أن الظاهر قد يخفي من ورائه النقيض.... أساء زوج أمي معاملتي، وسرق ما تركه لنا أبي من أموال، حتى إني شكوته إلى قاضي بخارى حينذاك، محمد بن بشتاق النيسابوري، رحمة الله عليه، الذي عرف بعدله وأمانته. ولكن يا مولاي، وكأن الأقدار قد شاءت على خلاف ما شاءه العبد الفقير، مات القاضي العادل قبل أن ينظر إلى قضيتي وجاء من بعده قاضٍ آخر، وشتان ما بين السلف والخلف! حكم القاضي لصالح زوج أمي، وقد علمت بعد ذلك أنه تلقى الرشوة حتى ينطق بما نطق به من حكم جائر، وليت الأمر قد انتهى عند هذا الحد، بل بعدها وجدت نفسي بلا مأوى، حيث طردت من بيت أبي بعد أن خيَّر ذلك الزوج الظالم أمي بينه وبيني، فاختارت، سامحها الله وغفر لها عما فعلت، بأن تُبقي على زوجها، وكان هذا يعني تخليها عن ابنها!

ضاق بي الحال يا مولاي، وما عدت بقادر على البقاء في بخارى، فلم أجد لنفسي من سبيل سوى السفر إلى بلاد الله الواسعة، بحثاً عن الرزق، ولا أخفي عليك سراً يا مولاي الوالي،

بأني أيضاً أردت الابتعاد عن ذكريات السوء! مضت السنون، وسحت في مختلف البلاد، وزرت مدناً شتى، والتقيت بمختلف ألوان البشر. منهم من تلقيت عنه العلم فانتفعت، ومنهم من رأيت في أفعاله العجب، فذهلت.... اكتشفت يا مولاي أن العالم مليء بالأسرار التي قد لا تخطر على بال بشر، وأنه بقدر ما فيه من شرور بقدر ما فيه من نور، وبقدر ما فيه من جهل بقدر ما فيه من علم. وهكذا استمر الحال بي حتى وجدت نفسي وقد دخلت على مدينة زونكدو العظيمة، عاصمة مملكة الجين بشمال الصين. لم أرَ في حياتي يا مولاي مدينة تضاهي تلك المدينة سوى بخارى وربما سمرقند! فقد حباها الله بالماء والزرع، وحبا نساءها بالجمال الأخاذ ورجالها بالعلم والحكمة. كما كانت أسواقها مليئة بشتى الخيرات وبأزهد الأسعار! وفوق كل هذا وذاك، فقد حباها الله بالأمن والأمان، حيث إن المدينة يحوط بها سور عظيم لا يفوقه سوى سور أعظم يحيط بمملكة الجين كلها. سور يا مولاي، لو أنك رأيته، لظننت بأن الذي بناه قوم من العمالقة، لا يستطيع خرقه لا إنس ولا جان! ولكن لأن الكمال فقط لله، فمهما علا شأن البشر، يبقى من سِيَمهم النقصان، فقد مُلك على أولائك القوم رجل كان يدعى إكزوانكزونك، وبقدر ما يتمتع به رجال مدينة زونكدو من حكمة، بقدر ما كان ذلك الملك يفتقر إليها، وبقدر ما كانت نساؤها يتمتعن بالجمال، بقدر ما كانت أخلاقه قبيحة! ففي أثناء تجوالي، حينذاك، بين مختلف ساحات المدينة، وجدت جمعاً غفيراً من الناس يحيطون بقفص لا يصح إلا للحيوان، وقد وضع فيه رجل بأمر من الملك، ثم منع عنه الماء والطعام!

عندما سألت، علمت أنه فارس من فرسان إحدى عشائر المغول يدعى تاموجين، كان قد أُسِر من قبل خان قبيلة النيمان الذي كانت

تربطه عداوة ضارية مع أسيره، حتى إنه من شدة كرهه له، لم يرغب في قتله ليموت ميتة الفرسان، كما جرت العادة عند قبائل السهول، بل أراد أن يبقيه حياً حتى يذله، فيجعله مضرباً للأمثال لكل من كانت تساوره نفسه بأن يشن غارة على النيمان. فما وجد من شيء يذله به أسوأ من أن يبيعه كعبد وضيع لتاجر من تجار مملكة الجين الذي بدوره أهداه للملك إكزوانكزونك الذي أمر بوضعه في قفص كالحيوان وعرضه على عامة الناس، عندما أخبره كبير كهانه أن طالع ذلك الفارس المغولي يُنبئ بالويل والدمار على مملكة الجين، بل وعلى ممالك العالم كافة!..... لا أخفي عليك سراً يا مولاي، فإنني عندما وجدت حال ذلك المسكين على ما هو عليه، أشفقت عليه وتذكرت القول المأثور: ارحموا عزيز قوم ذل، فعزمت أمري وتوكلت على ربي، وقبيل صلاة الفجر، ذهبت إلى القفص، وكان يحيط به ثلاثة حراس، فعرضت على كل واحد منهم ديناراً لكي يسمحوا لي بأن اقترب منه فوافقوا جميعاً، وعندما اقتربت من القفص، هَرّبت للأسير، في حنكة الظلام ودون علم الحراس الثلاثة، قطعة من الخبز مع شربة من الماء، ثم دعوت له بأن يفك الله أسره إن كان مظلوماً، فوالله يا مولاي، إن الذي يذوق طعم الظلم لا يقبله على غيره، حتى وإن كان من ألد أعدائه، فناهيك عن فارس مسكين وقد جار عليه الدهر!

وهنا حدث أمر ما كان في الحسبان، إذ أمسك بيدي ذلك الفارس الأسير، فخفت، وقد حسبت أنه أراد بي السوء! ولكنه سألني فقط عن اسمي، وبعد أن أخبرته، وفرائصي ترتعد، قال لي بلسان فهمته، إذ هو شبيه بلسان الترك: لن أنسى لك هذا، وعندما أخرج من الأسر، وأصبح ملك ملوك الأرض، سأبحث عنك وأرد لك المعروف

أضعافاً مضاعة!.....

أصدقك القول يا مولاي، فإنني كدت أضحك مما قاله ذلك الأسير المسكين، فحاله كان من السوء ما جعلني أظن أنه لن يبقى على ظهر البسيطة أكثر من يوم أو يومين على الأرجح، وها هو ذا يعدني بأن يرد لي معروفي بعد أن يصبح ملك ملوك الأرض! ولكني لم أضحك، واكتفيت بترجمة قول الله عز وجل له: إنما نطعمكم لوجه الله لا نريد منكم جزاء ولا شكوراً.... ثم تركته على حاله هذا....

مضت الأيام، ونسيت أمر ذلك الفارس الأسير، وقد أخذتني مشاغل الحياة حتى توارد إلى سمعي أنه قد استطاع الفرار من سجنه. علمت بعد ذلك أن زوجته بورته هي التي ساعدته على الفرار، ولكن تلك قصة أخرى.....

والله يا مولاي، أني فرحت عندما سمعت بفراره، ودعوت الله أن يرشده إلى حسن السبيل، ولك أن تتخيل أيها الوالي، كم كانت دهشتي بعد ذلك الحدث بسنين عدة، عندما جاءني عدد من الفرسان وأنا في مدينة كشغر بعد أن فتحها المغول، وأخبروني بأنهم كانوا يبحثون عني، منذ سنوات، في بقاع الأرض كافة بأمر من خانهم الأعظم.... طبعاً لم أفهم حينها الأمر، حتى الفرسان لم يكونوا على علم بسبب طلب خانهم البحث عني، ففرسان المغول عرف عنهم الطاعة العمياء لأوامر قادتهم دون السؤال أو الاستفسار. ذهبت معهم وأنا لا حول لي ولا قوة، حتى أخذوني إلى معسكر ملكهم الملقب بجنكيز خان، وكم كانت دهشتي يا مولاي، عندما وجدته هو ذاته ذلك الأسير البائس الذي أحسنت إليه منذ سنين طوال في مدينة زونكدو، وقد بحث عني كما وعد، لكي يرد لي المعروف!"

عمّ الصمت مجلس الوالي، بعد أن أسر محمد بن إسحاق البخاري الحضور بقصته العجيبة التي شرحت لهم كيف لرجل مسلم من بخارى، بعد عقود من الترحال، أن يصبح أحد المقربين من ملك المغول.....

لم تمضِ هنيهة من الزمان حتى قطع الوالي ذلك الصمت، متسائلاً عن أمر آخر شغل باله، نقلته إليه عيونه في السوق......

- "قد قيل لي بأن أترار لم تشهد مثل قافلتكم من قبل، وإنها محملة بأجود البضائع."

- "نعم يا مولاي، وتعبيراً عن شكري وشكر باقي تجار القافلة لمقامكم الكريم، ولفتحكم لنا أسوار المدينة العظيمة، فقد حملت معي بعض الهدايا التي أرجو من الله أن تنال إعجابكم.... إن أذنت لي يا مولاي، أدخلها عليكم."

أشار ينال خان إلى حاجبه، فعلى الفور فتح باب المجلس ليدخل منه العشرات من العبيد، يحملون معهم صناديق ملئت بما يسيل له اللعاب من البهارات والعطور وأجود أنواع الأقمشة من الحرير والصوف، حتى إن الوالي كاد يقفز من مجلسه، ليتفحص بيديه ما افتتنت به عيناه!

- "هناك أمر آخر، أرجو أن يأذن لي مولاي الوالي." قال محمد بن إسحاق بشيء من التردد.

- "هات ما عندك." رد ينال خان وعيناه تتأرجحان بين محدثه والصناديق المكدسة بالهدايا الثمينة.

- "والله يا مولاي، إني لأجد شيئاً من الحرج مما سأطلبه، ولكن الأمر ليس لي، بل هو طلب طلبه مني رجل غريب انضم إلى

قافلتنا قبل أيام قليلة، ونحن على مشارف أترار. ولولا أني، وكذلك الأميرة ياسمي، وجدت منه ما وجدته من سعة العلم وحسن الخلق، لما حملت رسالته هذه التي أمنني عليها."

- "وما عسى أن تكون هذه الرسالة؟"

بشيء من التردد أجاب محمد بن إسحاق على سؤال الوالي....

- "عفوا يا مولاي، ولكن صاحب الرسالة حلفني بألا أبوح بها إلا.... إلا في حضرة الأمير جلال الدين."

- "ويحك يا رجل! ومن يكون صاحبك هذا، حتى يشترط على مجلسي؟!" صرخ ينال خان غاضباً.

- "المعذرة يا مولاي...."

- "على أي حال، الأمير جلال الدين مشغول الآن، وليس من المعقول أن استدعيه لكي يستمع إلى رسالة رجل مجهول، حتى وإن أبدى ما أبداه من سعة العلم وحسن الخلق على حسب زعمك!".

- "سبحان الله الذي يودع سره في مَن يشاء من عباده!" قال شيخ التجار، وقد ملأته الدهشة، ثم أكمل....

- "لقد أخبرني عبدالرحمن بردكم هذا على طلبه، ثم قال لي بأنه علي أن أصبر قليلاً، حتى يدخل الأمير جلال الدين علينا بعد قليل!"

ما كاد محمد بن إسحاق يفرغ من جملته حتى فُتِح باب المجلس، ودخل منه الأمير جلال الدين منكبرتي، ومعه ابن أخته محمود بن ممدود، وقد جاء ليخبر ينال خان بأنهم سيغادرون اليوم

أترار إلى خارج مملكة خوارزم.

لم يستطع الوالي إخفاء دهشته مما حدث في التو.... "أخدعة هذه أم عمل الجن والشياطين؟".. فشعر بشيء من الريبة والتوجس، حتى إن الأمير جلال الدين لاحظ الأمر. ولكن الدهشة بلغت ذروتها وعَمَّت جميع الحضور، عندما أبلغ محمد بن إسحاق البخاري رسالة عبدالرحمن.

- "مستحيل!" صرخ الوالي

- "كيف يمكن لهذا المجهول أن يأتي بما عجز عنه جميع علماء الدولة؟!" أضاف الوزير خالد بن منصور.

الكل كان رافضاً لما سمعوه من شيخ تجار المغول، إلا الأمير وابن أخته، اللذين كانا يبحثان عن أي مخرج ينقذهما، وينقذ نوران خاتون من السفر إلى بلاد المغول! فكانا على أتم الاستعداد لكي يستمعا إلى ذلك الرجل الغريب، الذي يدعي أن لديه المخرج الشرعي لمسألة اليمين الذي أقسمه السلطان علاء الدين محمد على زوجته بأن تبيت خارج ملكه ثلاث ليالٍ، دون أن يضطر السلطان إلى أن يحنث بقسمه، أو تضطر الأميرة إلى أن تبيت خارج مملكة خوارزم!

22

ظل مراد بعد حادثة الفارس المغولي في حالة من الصمت والترقب، فلم يجد ما يقوله بعد ذلك الذي رآه ولم يستوعبه، وكأن الحال الذي وجد نفسه عليه بعد السقوط من البرج كان غير كافٍ بحد ذاته، حتى يشاهد بأم عينه ذلك الكائن الهلامي الأسود، وهو يقتل بلمسة يده الضبابية! لم يجد ما يستطيع فعله سوى الترقب، فلعله هذا ليس إلا كابوساً، وفي أي لحظة سيستفيق منه، ليكتشف أنه مازال في الرياض وعلى فراشه المريح في حجرته المكيفة الباردة. ولكن واقع الحال كان بخلاف ما يتمناه، وإن كان الأمر يبدو أشبه بالحلم، إلا أن شيئاً ما بداخله كان يشعره بأن ترقبه سيطول.... ويطول..... ويطول! أخذ مراد بعد مدة وجيزة يدرك أن هذا الحال الغريب لم يكن حلماً، بل واقعاً جديداً غير مألوف وغير مفهوم، ولكي ينجو بنفسه من براثن الحيرة، كان عليه أن يرى!

"أنت تنظر ولكنك لا ترى".. ما هو ذلك الشيء الذي ينظر إليه دون أن يراه؟ أخذ يفكر ويتساءل معتمداً على ذاته، بعد أن تيقن أن عبدالرحمن على الرغم من كونه الشخص الوحيد القادر على التفاعل والحديث معه، إلا أنه لسبب ما لم يكن راغباً في مساعدته، أو هكذا بدا له، بل إن ذلك الرجل الغريب كان يزيده حيرة على حيرته!

بدأ يلاحظ ما كان يجري من حوله من أمور القافلة التي سرعان ما عاودت سيرها بعد دفن جثة الفارس المغولي، ولم يفتح

أحد مجدداً الحديث عما جرى له، واكتفوا بالتفسير البسيط السابق بأن أجله قد انتهى. ما أدهش مراداً أن عبدالرحمن، الذي رأى ما رآه ومن ثم كان على علم بحقيقة ما قد جرى، لم يحاول إيضاح الأمر لأحد، لا للأميرة المغولية أو حتى لشيخ التجار الذي بادر بأخذ زمام الأمور..... ولكن بعد فترة من التفكر والتأني، أدرك مراد أن الصمت ربما كان أفضل الحلول، فما عساه كان سيقول: إن كائنا غير مرئي هو الذي قتل قائد القافلة! من الذي سيصدقه؟! لا، بل الصمت كان خياره الوحيد.... "ألهذا يا ترى هو قليل الحديث؟ هل يرى أشياء أخرى لا يراها غيره، ومن الصعب استيعابها؟ هل هذا هو سر صمته؟"....

* * *

كانت المدة المتبقية على وصول القافلة إلى أترار يومين فقط، وعلى الرغم من قصر المدة بمقاييس ذلك الزمان إلا أن حدثين عظيمين جريا على مدى هذين اليومين، لفتا انتباه مراد بشكل كبير، وجعلاه يتحير في أمر عبدالرحمن أكثر من قبل....

الأمر الأول حدث في اليوم الذي أعقب مقتل تانوكي، وكان حينئذ مراد قد تنبه إلى التنوع الغريب الذي كان يشكل القافلة المغولية. فمعظم التجار إن لم يكن جميعهم من المسلمين، على خلاف الفرسان الذين كانوا أكثر تنوعاً. فعدد قليل منهم كانوا من النصارى، تبين له هذا من الصلبان التي يرتدونها حول أعناقهم، وعدد آخر من البوذيين، فقد رآهم في وقت من أوقات الاستراحة، وهم يصلون لتمثال صغير على هيئة بوذا، ولكن الغالب الأعم من الفرسان كانوا يدينون بديانة لم يسمع بها من قبل، ولكنه استنتج مما سمعه من حديثهم أنها ديانة غالبية المغول بمن فيهم جنكيز خان، وأن

فحواها الإيمان بإله واحد يسمونه "رب السماء الزرقاء"... الغريب أنه علـى الرغـم مـن هـذا التنوع الظاهر في المعتقد، إلا أنه لم يكن هناك استقطاب مبنيّ على هذه المعتقدات. فمعظم التجار والفرسان كانوا على وئام مع بعضهم بعضاً، بل إن الذي تولى مهمة قيادة الفرسان بعد مقتـل تانوكـي كان من النصـارى القلة، ولم يُبدِ الغالبية، من أصحاب الديانة المغولية، الاعتراض على ذلك، بل حتى ذلك القائد النصراني لـم يُبـدِ هـو الآخـر أي اعتـراض على أخـذ الأوامر من شـيخ التجار المسـلم. ولكـن المدهـش فـي الأمر، أن هذا الوئام لم يسـتمر طويلاً بين التجار المسـلمين وأنفسـهم، إذ أخذ واحد منهم، اسـمه عكرمة، يؤلـب بعـض التجار على محمد بن إسـحاق، فـي محاولة منه لخلعه من مشـيخة التجار، وكانت حجته في ذلك أنه من أهل البدعة، لأنه يعتمد في أحكامه الشرعية بين التجار المسلمين على الرأي والقياس. تسـبب هـذا الخـلاف الذي انقسـم علـى إثره تجار القافلـة إلى فريق: (فريق ذهب إلى ما ذهب إليه عكرمة من رفض القياس في الأحكام، وفريق آخر وقف بجانب محمد بن إسـحاق) إلى توقف السـير، حتى يتم الفصل في الأمر!

لم يحاول أي من الفرسـان التدخل، فمسـؤوليتهم كانت تنحصر في حماية القافلة، أما شأن التجار فهو بينهم وحدهم، ولا يحق لغيرهم التدخـل فيـه إلا مـن ارتضوه حكمـاً. هكذا كانت أوامر جنكيز خان، وهكـذا اسـتمر الخـلاف بين عكرمة وجماعته مـن جهة، وبين محمد بن إسـحاق وجماعته من جهة أخرى، إلى أن حدث أمر أنهى النزاع وأعاد الوئام بين التجار من جديد، وذلك عندما اسـتأذن عبدالرحمن عكرمة بأن يسأله سؤالاً واحداً.....

- "وجه اعتراضك على شيخ التجار محمد بن إسحاق البخاري هو

أنه يستخدم القياس في الأحكام، وهذا على حسب زعمك غير جائز." بدأ عبدالرحمن حديثه.

- "نعم، هذا صحيح، فلا قياس في الشرع! هناك فقط النصوص!" رد عكرمة، ثم أيده عدد من التجار....

- "فكيف نتخذ من مبتدع كمحمد بن إسحاق شيخاً علينا، يفتينا في معاملاتنا".

- "لا والله هذا لا يجوز أبداً...."

وتوالت الصيحات على هذا المنوال، إلى أن سأل عبدالرحمن سؤاله الذي أدهشت بساطته عكرمة ورفاقه.....

- "ما حكم الذي يرمي المحصن، ثم لم يأتِ بأربعة شهداء؟"

- "ويحك يا رجل، وما علاقة هذا بما نحن فيه من حديث؟!" رد عكرمة مبدياً امتعاضه من السؤال ومن سائله.

- "أجبني، ولعله يأتيك البيان."

- "حكمه كما جاء في كتاب الله، أن يجلد ثمانين جلدة، ولا تقبل له شهادة أبدا".

- "وما الدليل على قولك هذا؟"

لم يجب عكرمة، ولكنه اكتفى بالتحديق إلى عبدالرحمن، مبدياً دهشته من هذا السؤال الذي بدا له في غاية السذاجة، حتى إن رفاقه أخذوا يتذمرون مما عدّوه إضاعة للوقت، دون طائل مرجو، بل وكذلك محمد بن إسحاق أخذ يشعر بشيء من الحرج لهذا السؤال الذي كأنه صدر عن رجل ليس له باع كبير في الفقه.....

- "إسمع أيها الرجل، إن كنت جاهلاً بكتاب الله، فالأولى بك أن تتعلمه قبل أن تسأل الآخرين لكي تختبرهم." أدار عكرمة ظهره لعبدالرحمن، ثم عاد ليخاطب محمد بن إسحاق....

- "الأمـر لـم يعـد لـك يا أبا الحسـن، فنحـن الذين جعلنـاك علينا قاضيـاً ونحـن مـن نملك خلعك. من الأفضل لـك، حفاظاً على ماء الوجه، أن تتنازل عن الأمر طواعية وإلا....."

- "لم تجبني عن السؤال." قال عبدالرحمن، مقاطعاً عكرمة الذي استشاط غضباً فأخذ يصرخ....

- "ويحك، هل جننت يا رجل! انصرف من هنا، وإلا قسماً بالله العظيم لأقطعن دابرك من هذه القافلة".

- "من ذا الذي تقطع دابره من القافلة دون إذني؟"

أقبلت ياسمي نحو التجار، وقد وصل إلى مسامعها الصراخ.

- "عفواً مولاتي الأميرة، ولكن هذا أمر بيننا معشر التجار، وجدك جنكيز خان أمر بأن يترك شأن ال......"

- "لست في حاجة لأن تذكرني بما أمر به جنكيز خان." قاطعت ياسمي، ثم أردفت....

- "ولكن هذا لا يعطيك الحق بأن تسيء إلى ضيفي".

- "عفواً مولاتي، ولكني لم أقصد."

- "لقد سألك سؤالاً يسيراً، فلماذا لا تجيبه؟"

نظـر عكرمـة نحو عبدالرحمن الذي ظـل واقفاً في مكانه منتظراً الإجابة عن السؤال الذي طرحه.

- "الدليل من سورة النور: والذين يرمون المحصنات ثم لم يأتوا بأربعة شهداء فاجلدوهم ثمانين جلدة ولا تقبلوا لهم شهادة أبدا وأولائك هم الفاسقون..... والآن يا مولاتي، وقد أجبت عن سؤال ضيفك، هل تأمرينه بأن يتركنا وشأننا، حتى نفرغ من أمرنا هذا".

- "ولكنك لم تأتني بالدليل بعد." قال عبدالرحمن بنبرة هادئة، وما كاد يفرغ من قولته هذه حتى تذمر عكرمة ومن معه وتململوا، مبدين استياءهم من هذا الرجل الجاهل الذي ينكر ما هو معلوم.

- "هل أصابك الصمم يا رجل، أم أنك تنكر كتاب الله؟!"

- "الآية التي ذكرتها من سورة النور تتحدث عن رمي المحصنات، ولكن سؤالي عن رمي المحصنين، فأين الآية التي تتحدث عن عقاب من يرمي المحصنين دون شهود؟ كأنك استخدمت القياس الذي تنكره أنت على محمد بن إسحاق، دون أن تشعر، عندما أجبتني. فقد قِسْت الذكور على الإناث، والمحصنين على المحصنات اللواتي ذُكرن في الآية. فلو أن القياس غير جائز كما تزعم، لوجب الأخذ بظاهر النص، وما كان ينبغي أن يقام الحد نفسه على من يرمي المحصن من الذكور، كالذي يقام على من يرمي المحصنة من الإناث."

ما كاد عبدالرحمن يفرغ من قوله، حتى هلل رفاق محمد بن إسحاق البخاري وكبروا على مرأى من عكرمة، الذي تلعثم ولم يجد ما يرد به على ذلك الغريب الذي استهزأ به منذ قليل، ووصفه بالجهل؛ بل إن رفاقه الذين ناصروه في بادئ الأمر، سرعان ما أخذوا يَنْفَضّون عنه الواحد تلو الآخر، حتى لم يعد أحد منهم يطالب بعزل

محمد بن إسحاق البخاري عن منصبه كشيخ لتجار القافلة! ومنذ تلك اللحظة، لم يُسمع لعكرمة صوت، ولم يُعِرْه أحد أي اهتمام يذكر....

* * *

الحدث الثاني الذي لفت انتباه مراد وقع في اليوم اللاحق قبيل المغرب، عندما شاهد عبدالرحمن وهو ينظر نحو الأفق البعيد في اتجاه الجنوب، حيث كانت السماء تنير بومضات برق بعيد، ثم يليها صوت رعد خافت لا يكاد يسمع من موقع القافلة. ظل عبدالرحمن في وضعه هذا برهة من الوقت، وكأنه في حالة تأمل شديد، ثم فجأة انطلق نحو محمد بن إسحاق والأميرة ياسمي، ليخبرهما بأن عاصفة رعدية عاتية قادمة في اتجاهم، وأنهم لن يستطيعوا الفرار منها، فكان عليهم أن يتدبروا الأمر! في البداية لم يكن شيخ التجار مقتنعاً بما قاله عبدالرحمن، وحتى إن كان توقعه صحيحاً، فلم تكن هذه أول مرة تصادف فيها القافلة العواصف، فمثل هذا الأمر لا يستدعي عادة التوقف عن السير، ولكن عبدالرحمن أصر على رأيه، وحذر من عواقب وخيمة إن لم يستمعوا إليه، ويفعلوا ما يقول. استشار محمد بن إسحاق قائد الفرسان، فكان رأيه هو الآخر مخالفاً لرأي عبدالرحمن، وكادت القافلة أن تستمر في سيرها، غير عابئة بتحذيرات ذلك الغريب الذي استضافوه منذ أيام قليلة والذي لا يعلمون له شأناً في معرفة أحوال السماء، لولا أن ياسمي، من واقع ثقتها بالرجل التي أخذت في الازدياد مع مرور الأيام، أصرت على الاستماع إليه والأخذ بنصيحته، حتى وإن أغضب هذا شيخ التجار وقائد الفرسان!

- "مولاتي، لقد حُمِّلت مسؤولية هذه القافلة بعد وفاة الفارس تانوكي، وسوف أحاسب على سلامتها أمام مولاي ملك ملوك الأرض، جنكيز خان!"

حاول الفارس المغولي جاهداً أن يبين بأن التوقف الآن وتنفيذ ما قاله ذلك الغريب، من جمع للحلي والسيوف، وتوزيعها حول القافلة ثم وضع الرماح فوقها وتشتيت الجمال وباقي الدواب على مسافات متباعدة، هو ضرب من الجنون! ولكن ياسمي أصرت على موقفها، واضعة كل ثقتها في عبدالرحمن، مصدقة تحذيراته!..... وقد كان لها ما أرادت، على مضض من فرسان القافلة وتجارها؛ وما كاد يدخل الليل، حتى انفجرت السماء، وكانت العاصفة التي لم يُشهد لها مثيل! فدبت الفوضى عندما أخذ البرق يصعق الأرض من حول القافلة، كما أصاب صوت الرعد المتفجر قلوب الجميع بالرعب!

حاولت ياسمي أن تختبئ تحت شجرة كانت بالقرب منها، كما فعل البعض، ولكن عبدالرحمن أمسك بها وبطحها على الأرض، قبل أن يضرب البرق الشجرة ليحرقها ويصعق كل من كان تحتها مختبئاً! ثم أشار للجميع بأن يثبتوا في أماكنهم، وأن يتقرفصوا على الأرض، كما كان يفعل هو. بعضهم أخذ بنصيحته وبعضهم الآخر لم يفعل. كانت الصواعق من السماء، في مجملها، تضرب الرماح التي وضعت بالطول، كما أمر عبدالرحمن، على تلال الحلي والسيوف، التي رفعت عن الأرض ببعض الأحجار والخشب، والتي وزعت على مسافات متباعدة، لم يفهم أحد حينها السبب في ذلك، ولكنهم سرعان ما أدركوا الحكمة من هذا الأمر، عندما اندلعت العاصفة ورأوا بأمهات أعينهم كيف أن هذه الرماح المتناثرة كانت، لسبب ما، تحميهم من صواعق البرق، حيث كانت تلك الصواعق تضربها وتتركهم!

هكذا استمر الحال، حتى انتهت العاصفة، بعد أن قضت على عدد قليل من الجمال، وبعض من التجار والفرسان الذين لم يستمعوا إلى نصيحة عبدالرحمن! ولم تكن هذه هي آخر مآسي الليلة، فبعدما

انقشعت العاصفة، ذهب فارس من فرسان المغول الذين نجوا، إلى سيفه لكي يحمله بعد أن ألقى به مع باقي السيوف والحلي قبيل العاصفة، وما كاد يفعل حتى صعق على الفور، فخرّ على الأرض صريعاً على مرأى من رفاقه الذين تيبسوا في أماكنهم من هول ما رأوا!.....

ما أعقب ذلك من أحداث كان وقعه على كل من نجا من العاصفة أشد من العاصفة ذاتها، فالذي حدث أمامهم كان إما ضرباً من ضروب السحر، مما لا يتسنى إلا لساحر عظيم، أو كرامة هائلة من كرامات ولي من الأولياء الكبار! بل إن البعض من التجار المسلمين أخذوا يتهامسون فيما بينهم، متسائلين عما إذا كان ذلك الغريب ما هو إلا الخضر، بسبب لون عمامته الخضراء! هذا ما دار في أذهان الجميع، بعدما شاهدوا عبدالرحمن وهو يهرع إلى الفارس الشاب، الذي خر ميتاً أمام الجميع، ثم أخذ يطبق عليه صدره وينفخ في فمه، ما أثار دهشتهم، حتى إنهم ظنوا فيه الظنون في بادئ الأمر، ولكن سرعان ما زال الظن، وعادت الدهشة من جديد، عندما عاد الفارس إلى الحياة، فأمسوا غير مصدقين لما كانوا له من الشاهدين!.....

- "لقد أعاد عبدالرحمن الحياة للفارس المغولي بعد أن مات!".

* * *

هذان الحدثان رسّخا من مكانة عبدالرحمن في القافلة مع الجميع، بمن فيهم محمد بن إسحاق البخاري وياسمي التي ظلت طوال الوقت ملازمة له، في محاولة منها لاغتراف ما تيسر لها من علمه الذي بدا لها عظيماً لا يضاهى! حتى الكثير من التجار أرادوا التبرك به، فأخذوا يهدونه من بضائعهم، ولكنه كان يرفض بشدة، بل كلما طلبوا منه أن يدعوا لهم بالتوفيق في تجارتهم، كان ردّه بأن

الله ليس في حاجة إلى وسطاء بينه وبين عباده ويذكرهم بالآية: وإذا سألك عبادي عني فإني قريب أجيب دعوة الداع إذا دعان.....

الأمر برمّته بدا في غاية الغرابة لمراد قطز، لا لأن ما أبداه عبدالرحمن كان شيئاً عجيباً، ولكن لأن ما شاهده كان تفسيره واضحاً، وليس فيه أي ضرب من السحر، أو كرامة لولي! فبالنسبة إلى مراد، الذي فعله عبدالرحمن ما هو إلا تطبيق للعلم ليس إلا. أي طفل نجيب دارس للعلوم يستطيع فعله!.... فمعرفته باقتراب العاصفة كان لأنه حسب الزمن ما بين البرق والرعد، فلِكَي يعرف مسافة البرق عنه، ما عليه إلا أن يحسب عدد الثواني ما بين مشاهدة البرق وسماع صوت الرعد، ومن خلال هذا العدد يمكنه حساب المسافة التي قطعها صوت البرق، الذي يسير ميلاً كل خمس ثوانٍ، من مكان العاصفة. ومن ثم يستطيع معرفة إن كانت العاصفة تقترب منه، وبأي سرعة!..... وما فعله من وضع الحلي والسيوف على شكل تلال ثم وضع الرماح بشكل عمودي فوق كل تل، ما هو إلا استغلال للخاصية الكهربائية للبرق، فَصَنع عبدالرحمن من الرماح قضباناً موصلة للكهرباء من السماء إلى الأرض!..... أما فيما يخص الفارس المغولي فكل ما فعله أنه طبق الإنعاش القلبي الرئوي عليه، فنجا.... ليس في الأمر أي سحر أو كرامة أو معجزة!..... ما قام به يستطيع فعله أي شخص دارس للعلوم، فأين الغرابة إذاً؟!....

- "تفسير الحدث هو رهن بمعرفة خبايا الأمور، لذلك ما رآه بعضهم سحرا أو كرامة، رأيته أنت علماً. وبقدر تيقنهم مما رأوه، بقدر تيقنك مما رأيته أنت.... هُم رأوا الحقيقة التي اعتقدوها، وأنت رأيت الحقيقة كما هي." قال عبدالرحمن مخاطباً مراد الذي بدأ يدرك أن الحديث بينهما لم يكن قائماً على صدور

الأصوات من الحناجر، بل أشبه بالتخاطر. فلم يكن عبدالرحمن في حاجة لتحريك شفتيه، كما إنه لم يكن هو في حاجة إلى شفتين لكي يحركهما من أجل التخاطب معه، وهو في هيئته هذه اللا جسدية.....

لم يكن هذا كل ما بدأ يدركه مراد قطز، فقد تنبه إلى أمور آخرى لم يعرها اهتماماً في بادئ الأمر، ولكنه بدأ الآن يتيقن لها، فأصبحت واضحة له كوضوح ذلك البرق المضيء في السماء الحالكة!

- "أنت مثلي لست من هذا الزمن!..... كيف لم أتنبه لهذا الأمر من قبل؟! كيف لم أتنبه، عندما سألتك إن كان هناك مطار في مدينة أترار، فلم تُبْدِ الاستغراب من كلمة (مطار) وكأنك تعرف معناها؟!..... والآن، حسابك لسرعة الصوت الصادر من الرعد، واستخدامك للإنعاش القلبي الرئوي من أجل إنقاذ حياة ذلك الفارس، فهذه كلها علوم لم تكتشف إلا لاحقاً!.....علمك ليس من علم هذا الزمان!.... ولكن كيف؟ إلا إذا كنت أنت أيضاً مثلي، من المستقبل!..... ولكنك تستطيع التجسد والتفاعل مع الناس هنا!..... كيف؟!"

ابتسم عبدالرحمن مبدياً رضاه مما قاله مراد....

- "نظرت ورأيت... نصت واستمعت، حتى إلى ما لم أقله..... جمعت بين هذا وذاك، فتبصرت.... الآن فقط بدأت تسلك الطريق إلى مبتغاك".

* * *

اقتربت القافلة، بعد هذين الحدثين، من أسوار مدينة أترار، وقد اكتسب عبدالرحمن سطوة كبيرة مكّنته من أن يطلب من محمد بن

إسحاق أن يبلغ عنه رسالة للوالي ينال خان وللأمير جلال الدين منكبرتي..... كما اكتسب مراد قطز أملا من بعد يأسه..... وكذلك الأميرة ياسمي، اكتسبت هي الأخرى علماً من رجل لم تلتقِ بمثله من قبل......

- "لماذا يسمي بعض الناس أترار بمدينة المعلم الثاني؟"

- "لأنها المدينة التي ولد فيها ونشأ أبو نصر محمد بن محمد بن أوسلغ بن طرخان، الملقب بالفارابي نسبة إلى فاراب، الاسم الذي كانت تُعرف به أترار في الماضي قبل أن يتغير اسمها إلى ما هي عليه اليوم، والملقب أيضاً بالمعلم الثاني، لنبوغه في الفلسفة كنبوغ أرسطو، المعلم الأول." أجاب عبدالرحمن عن تساؤل ياسمي.

- "أذكر أن رستم بن يزدشير كان قد حدثني قليلاً عنه وعن آرائه حول المدينة الفاضلة، ولكني لم أفهم منه شيئاً."

- "يكفيك معرفة مقصد الفارابي وتعريفه للمدينة الفاضلة، فهي المدينة التي يبحث فيها أهلها عن السعادة من خلال حب الحكمة والتعاون بين أفرادها، وليس من خلال الصراع والشقاق، بخلاف المدينة الجاهلة التي ينغمس أهلها في جمع الثروات والبحث عن الملذات والشهوات، وبخلاف أيضاً المدينة الضالة التي يعرف أهلها ما يعرفه أهل المدينة الفاضلة، ولكنهم يأبون إلا أن يسيروا في درب أهل المدينة الجاهلة، وهذه هي أسوأ المدن عند الفارابي، لأن الجهل قد يتبعه علم، فينصلح الحال، ولكن ضلال أهل المدينة الضالة هو ناتج عن علم قد تم تجاهله عنوة واستبداله بالجهل".

واستمرت ياسمي في الاستفسار، كما استمر عبدالرحمن في الإيضاح، إلى أن خيمت هي مع فرسانها بالقرب من أسوار أترار، بينما ذهب هو بصحبة التجار إلى داخل المدينة خلف الأسوار، وكان ما كان من أحداث تلت.

23

تواتر الخبر عند أهالي أترار عن ذلك الرجل الذي جاء مع قافلة المغـول، وكان يدَّعـي أن لديـه الحل الشـرعي لمـأزق الأميرة نوران، بحيث لا تضطر إلى مغادرة مملكة خوارزم، ولا يضطر السلطان إلى أن يحنث في قسمه. الأمر برمته وبجميع تفاصيله كان مثاراً للدهشة، فكيف لرجل غريب لم يسمع أحد به من قبل، لرجل جاء من خارج ديـار الإسـلام، لرجـل جـاء بصحبـة قافلـة قبائل الهمـج، أن يفعل ما لـم يسـتطع فعلـه علمـاء بخارى وسـمرقند؟! أن يأتي بمـا غاب على مـن هـم أعلـى منه شـأناً وأعظم مكانة! فهـل هناك قول آخر يقال أو شيء يضاف، بعدما أفتى وقال قولته قاضي قضاة مملكة خوارزم، أبو عبدالعزيز يحيى بن ريحان؟ الحق أن الكثير من الناس لم يصدقوا أن ذلـك الرجـل، عبدالرحمن ذا العمامة الخضراء (هكذا لقبوه عندما لم يعرفوا له لقباً آخر)، سـيأتي بشـيء جديد، بل أغلبهم ظن أن المسـألة لا تتعدى الرغبة في الوصول إلى علية القوم من أجل أن ينال مكرمة لمحاولته، حتى وإن أخفق، ولكن على الرغم من هذا الاعتقاد السائد، إلا أن الفضول قد تمكن من الناس، كما كانت هناك رغبة دفينة لدى البعـض فـي أن ينجـح عبدالرحمـن ذو العمامـة الخضـراء، لا لشـيء سـوى نكايـة فـي قاضي القضـاة الذي أرهق العامـة بأحكامه الجائرة، هو وقضاته المنتشرين في جميع مدن مملكة خوارزم.....

لقـد آن الأوان، وجـاءت لحظـة الحسـم التـي التـفّ مـن أجلها

العامة والخاصة حول قصر الوالي وبداخله، عندما دخل عبدالرحمن من البوابة الخشبية، متجهاً نحو مجلس الوالي حيث كان ينتظره مع الأمير جلال الدين والوزير خالد بن منصور وقاضي أترار جابر بن خيزران، وكذلك حفيد نوران خاتون الأمير محمود بن ممدود الذي كان يدعو ربه بأن يَصْدق عبدالرحمن فيماادعاه، فيأتي بالحل لمأزق جدته!

* * *

تفحص ينال خان الرجل الذي دخل على مجلسه، متأملاً هيئته التي لم تشعره بالارتياح، فنظرته الثاقبة وظهره المستقيم الذي لم يحاول الانحناء لا له ولا للأمير جلال الدين عند دخوله إلى المجلس، كما جرت العادة، كل هذا جعله يشعر بأن هذا الغريب عن الديار يخفي وراءه أمراً مريباً....

- "ما اسمك أيها الرجل؟" بدأ جلال الدين بالسؤال.
- "عبدالرحمن."
- "عبدالرحمن ابن من؟"
- "عبدالرحمن بن عبدالرحمن."
- "لقد ادعيت أن لديك رأياً مخالفاً لما ذهب إليه علماء خوارزم حول قسم مولانا السلطان. قبل أن نسمع منك ألا أخبرتنا عمّن تلقيت العلم؟"
- "عن كل مخلوق التقيت به." أجاب عبدالرحمن باقتضاب شديد، أشعر الأمير جلال الدين ومن معه بأنهم أمام مُدّعٍ جاهل، ما جاء إلا لإضاعة وقتهم الثمين بادعاء هو ليس له أهلاً، ما أراد

منه إلا لفت الأنظار.

- "هيا يا رجل، هات ما لديك، هذا إن كان لديك جديد تقدمه، في الأمر!" قاطع ينال خان، وقد نفد صبره، راغباً في إنهاء هذا اللقاء العقيم....

لم يُعِرْ عبدالرحمن أي اهتمام للوالي، واكتفي بالنظر إلى الأمير جلال الدين الذي أومأ له برأسه، طالباً منه أن يقول ما عنده.

- "لقد أقسم السلطان بأن تبيت زوجته خارج ملكه ثلاث ليال، فلا بد لها وأن تبيت خارج ملكه إن لم يرغب في أن يحنث في قسمه...."

ما كاد عبدالرحمن يفرغ من جملته حتى عَمَّت الدهشة المجلس، وتململ الحضور مما سمعوه، بمن فيهم محمد بن إسحاق الذي شعر بحرج شديد، لكونه هو الذي شهد بعلمه، وأظهر فيه ثقة كاملة لا تشوبها شائبة..... ولكن!......

- "ويحك! أهذا ما جئتنا به؟" صرخ ينال خان ثم قال موجهاً حديثه إلى الأمير جلال الدين الذي بدا على وجهه غضب يخفي وراءه خيبة الأمل....

- "والله إني قد شعرت بأن هذا الرجل ما جاء إلا ليسخر منا".

- "ولكن،" أكمل عبدالرحمن غير مكترث بما كان يجري من حوله من تململ وهمهمة....

- "هذا لا يعني أن زوجة السلطان في حاجة إلى أن تذهب خارج خوارزم، بل لم تكن في حاجة إلى مغادرة مدينة بخارى."

- "أمَعْتوه أنت يا رجل؟! ألم تقل منذ قليل إن...."

- "عفـواً أيهـا الوالـي، لمـاذا لا ندعـه يكمـل ما لديه قبـل أن ننعته بالسـوء." قـال الأميـر جلال الدين مقاطعاً ينـال خان، ثم أضاف موجهاً حديثه إلى عبدالرحمن....

- "أفصح عن قصدك إن كان لحديثك هذا قصد غير ذلك الذي فهمناه منك."

- "وأن المساجد لله فلا تدعوا مع الله أحدا.... في هذه الآية الحل للمعضلة."

نظـر جـلال الديـن على الفور إلـى القاضي جابر بن خيزران في محاولـة للاسـتفهام منـه إن كان قـد عـرف قصـد عبدالرحمن، ولكن القاضي شعر هو الآخر بالحيرة، واكتفى بعقد حاجبيه.

- "المساجد هي ملك لله وحده، وليست ضمن ملك السلطان. بنـاء علـى ذلـك تسـتطيع نوران خاتـون أن تبيت في أي مسـجد ثلاث ليال، وهكذا يبرّ السلطان بقسمه."

ما أن فرغ عبدالرحمن من جملته، حتى انفجر محمد بن إسحاق مكبراً، وقد تنفس الصعداء، لحفاظه على ماء وجهه أمام الخلق، خاصة أمـام الوالـي الـذي بـدوره أمعن النظر في قاضي أترار، وقد اعتلته هو الآخر الدهشـة لما سـمعه تواً! لقد جاء هذا الرجل بما عجز عنه هو وباقـي علمـاء خـوارزم! والحل كان في غاية اليسـر وفي غاية الذكاء، حتى إنه لم يملك إلا أن يوافق عبدالرحمن في فتواه، وإن تسبب هذا فـي إحراجـه وإحـراج قاضي القضاة أبـي عبدالعزيز يحيى بن ريحان، بل وما هو أهم من ذلك..... غضب تركان خاتون!

24

الحاضـر.... الماضـي .... المسـتقبل..... مـا معنـى هـذه الكلمات؟ فلم يعد باستطاعة مراد التفرقة بينهن، أو بالأحرى لم يعد يرى لها من معنى ذي قيمة ترجى. أوليس الحاضر الذي يعيشه الآن فـي هـذه الصـورة العجيبة التي لا يجد لها تفسـيراً، هو أيضاً الماضي بالنسبة إلى حياته التي كان يعيشها بالأمس القريب؟ وماذا عن ماضيه، فماذا يشكل له اليوم؟ أهو المستقبل الذي لم يأتِ بعد، أم يبقى هو الماضي لأنه قد حدث وانتهى أمره؟ نعم، فكل شيء قد تداخل، حتى لـم يعـد هنـاك معنى واضح للزمن! حاضره هـو الماضي وماضيه هو المسـتقبل، أما مسـتقبله..... فما عسـاه أن يكون؟! الأمر برمّته أصبح لغـزاً محيـراً لا يـكاد يجد له جواباً..... ولكـن على مدى الأيام التي عَدّت منذ أن وجد نفسه في هذا المكان من وسط آسيا، كانت مخالب اليـأس المغروسـة فـي كيانه الهزيل قد بـدأت تضعف وتنفرج، خاصة عندما أدركه الأمل.... عندما تنبه إلى أنه ليس الوحيد الذي لم يكن ينتمي إلى هذا الزمان!

* * *

لـم يحـاول مـراد التحدث مجدداً مـع عبدالرحمن، ولكنه اكتفى فقـط بملاحظـة كل مـا كان يجـري مـن حوله، في محاولـة منه لفهم سـير الأحداث، فلعله يكتشـف أمراً آخر قد يسـاعده على فهم حقيقة مـا يجـري لـه ومـن حولـه. كان مـن الواضـح لـه أنه يشـاهد مرحلة

تاريخية قرأ القليل عنها، وإن كان قد سمع الكثير، مثله مثل غيره، عن هجوم المغول على بلاد المسلمين وتخريبهم للمدن وسفكهم للدماء وقتلهم للأبرياء..... ولكن ما كان يشاهده اليوم، على ما يبدو، هو سابق لتلك الأحداث المروعة، فها هي ذي قافلة مغولية، نصفها من المسلمين، تأتي من أجل التجارة بشكل مسالم..... "متى يا ترى سينقلب الحال وتحدث الويلات؟" أخذ يتساءل.... "ليته كان بوسعي تنبيه هؤلاء المساكين بما سيحدث لهم من قبل هؤلاء، ولكني مجرد متفرج على الأحداث بلا حول ولا قوة، كالذي يشاهد مسلسلاً رمضانياً على شاشة التلفاز، دون أن يملك القدرة على تغيير ما قد خطه قلم المؤلف وصورت أحداثه كاميرا المخرج"....

كانت الأمور تسير من حول مراد بشكل هادئ، فبعد أن حطّت قافلة المغول في مدينة أترار، أصر بعض التجار على البقاء من أجل استكمال بيع ما تبقى من بضائعهم، في حين فضل البعض الآخر السير مع الأميرة ياسمي ومحمد بن إسحاق إلى مدينة بخارى، حيث عرض عليهم الأمير جلال الدين مصاحبته إلى هناك مع أمه نوران خاتون وابن أخته محمود. جاء هذا العرض الكريم بعدما علم بأمر حفيدة ملك المغول التي صاحبت القافلة والرسالة التي كان يحملها شيخ تجار المغول إلى أبيه السلطان علاء الدين. كان جلال الدين في حالة من السعادة على أثر المخرج الشرعي الذي أوجده عبدالرحمن لوالدته ما أراحها، وأراحه من عناء السفر إلى خارج مملكة أبيه، والمبيت هناك ثلاث ليال طوال، في بلاد لا يعرفها ولا يعرف أهلها، تقع تحت سيطرة المغول!

وهكذا استمرت الرحلة إلى مدينة بخارى دون احتكاك كبير بين جلال الدين ومن معه، وبين المغول، باستثناء محمد بن إسحاق الذي

كان همزة الوصل بين الجماعتين، وياسمي التي كان الفضول يجعلها تذهب دون دعوة إلى قافلة الخوارزميين، للتعرف عليهم وملاحظة عاداتهم والتندر مع فرسانهم، بل في بعض الأحيان حتى مشاركتهم ألعابهم على الخيل، عندما تتوقف القافلة للمبيت أو الراحة. لم يَعْتَد أي من الخوارزميين على مثل هذا التصرف من فتاة، ناهيك عن أميرة، فسرعان ما أصبحت تصرفاتها تلك محل استغراب البعض واستهجان البعض الآخر، ولكن ياسمي لم تكن تأبه لذلك كثيراً، على الرغم من تنبيهات محمد بن إسحاق المتكررة لها. كانت ياسمي تهوى استعراض قدراتها الفروسية، التي كانت في غاية البراعة، حتى إن جلال الدين أثنى عليها ذات مرة، عندما شاهدها تتغلب على الكثير من فرسانه في لعبة البزكاشي حيث يتخاطف الفرسان، من على جيادهم، تيساً مذبوحاً، والفائز من يستطيع حمله إلى نقطة محددة، فيدور حولها، ثم ينطلق للإلقاء به في حفرة بالجهة المقابلة. الذي أدهش الجميع أن ياسمي لم تكن قد لعبت هذه اللعبة من قبل، أو حتى شاهدتها، عندما طلبت المشاركة..... في بادئ الأمر قوبل الطلب بدهشة كبيرة، ولكن سرعان ما قُبل، لا لشيء إلا من أجل التندر على هذه الأميرة المغولية القادمة من بلاد الهمج، والتي تريد مقارعة الرجال في رياضتهم! حاول جلال الدين أن يثنيها عن المشاركة في هذه اللعبة التي قد تسبب لها الأذى من شدة وعورتها، ولكنه في النهاية رضخ لطلبها، عندما وجدها مصرة على المشاركة، وخاصة عندما لم يُبْدِ محمد بن إسحاق أي اعتراض وكأنه غير آبه بما قد يصيبها من أذى.....

بدأت المسابقة بوضع التيس المذبوح في منتصف الملعب، قبل أن ينطلق الفرسان نحوه من أجل اختطافه من فوق الأرض. ولكن

انطلاقتهم كانت أبطأ من العادة، تنفيذا لأوامر جلال الدين الذي طلب منهم أن يترأفوا بالفتاة، ويجعلوها تمسك بالتيس وتسجل بعض النقاط..... فهي حتماً لن تستمر في اللعب بعد جولة أو جولتين.... ولكن الذي حدث أن ياسمي لم تحاول العدو بفرسها نحو التيس، ولكنها اكتفت بمتابعة الفرسان من ورائهم، في مشهد أوحى لناظره، وكأنها كانت خائفة! حاول أحد الفرسان، ممن كان أسبق في التقاط التيس، أن يعطيها إياه، بعد أن رأف بحالها، لكي تعدو به قليلاً بعد أن حاول طمأنتها بأنه لن يصيبها أي مكروه، ولكنها أبت أن تأخذه منه!

استمر الحال على هذا المنوال عدة أشواط حتى نسي الفرسان أمر الفتاة المغولية التي كانت مجرد تراقب، ولا تفعل شيئاً، فعادوا إلى وعورتهم في اللعب واشتد الحماس بينهم متغافلين الفتاة. ثم جاء الشوط السابع، وعند إشارة الانطلاق، إذا بياسمي تعدو بفرسها أمام دهشة الجميع، تاركة من ورائها باقي الفرسان يلهثون بأحصنتهم من خلفها، غير مصدقين ما كان يحدث أمام أعينهم! لم تحاول ياسمي الإبطاء بفرسها كما هي العادة عند الاقتراب من التيس، بل استمر الحصان في تسارعه، ثم في حركة خاطفة مالت ياسمي بنصفها العلوي نحو الأرض ملتقطة التيس، ثم عادت إلى موضعها تاركة من ورائها عيوناً شاخصة تحدق، غير مصدقة ما قد بدر منها! لم يستطع أي من الفرسان الخوارزميين اللحاق بها، فظلت تسجل النقطة تلو الأخرى حتى انتهت المباراة، وقد حصدت أعلى النقاط!..... لقد فازت تلك الفتاة على أعتى فرسان خوارزم، المتمرسين في البزكاشي! كانت تعلم قدرات كل فارس معها، هذا ما ظهر للجميع من استباقها لتصرفاتهم، ثم اتخاذها للتدابير اللازمة، حتى لا يتم إعاقة سيرها أو خطف التيس منها. لا شك أن ياسمي أذهلت الجميع، بمن فيهم

الأمير جلال الدين وكذلك بن أخته محمود الذي لم يكن من هواة مشاهدة البزكاشي، ولكن مشهد الأميرة المغولية الجميلة التي تكبره بعام أو عامين على أقصى حد، وهي تلاعب فرسان خاله، وتتغلب عليهم، كان قد شد انتباهه وجعله يشعر بالغبطة تجاهها!

- "كيف أصبحت بارعة هكذا على الخيل؟" وَجّه محمود السؤال لمحمد بن إسحاق الذي بدت على ملامح وجهه السعادة والفخر وكأن التي كانت تسابق الفرسان هي ابنته، فجاءه الجواب بأن الطفل المغولي يتعلم ركوب الخيل قبل أن يتعلم كيف يمشي، ولذلك عندما يكبر يصبح الفرس جزءاً منه وامتداداً لجسده!

- "هذا الذي يجعل فرسان المغول، إناثهم ورجالهم، أفضل فرسان العالم. نعم، فلا أحد يستطيع مضاهاة الفارس المغولي، على الخيل".

تعجب محمود بن ممدود من هذه الإجابة، في حين أشعرت الأمير جلال الدين بشيء من القلق.... فلو كان هذا هو حال فتاة مغولية لم تتجاوز الأربعة عشر ربيعاً، فما هو حال فرسان المغول الكبار، المتمرسين على فنون القتال؟! تمنى الأمير جلال الدين ألا يأتي اليوم الذي يضطر فيه إلى معرفة الإجابة عن هذا السؤال!

* * *

ظل عبدالرحمن طوال الرحلة إلى بخارى يسير بمفرده بعيداً عن القافلتين، متوارياً عن الأنظار. قليلة كانت المرات التي تحدث فيها مع أي من الفريقين على الرغم من إلحاح كل من الأمير جلال ، الدين وأمه نوران خاتون على دعوته لتناول الطعام معهم كلما توقفت القافلة، وعلى الرغم من إصرار ياسمي ومحمد بن إسحاق البخاري

على أن يصاحبهما في القافلة ليستمتعا بالحديث معه والغرف من علمه الواسع الذي تبين لهما في أكثر من مناسبة. حتى مراد قطز لم يتمكن من الحديث معه سوى مرة واحدة بعد انطلاق القافلة من أترار بأيام عدة، عندما بارت ياسمي فرسان خوارزم، وتغلبت عليهم. شعر مراد في تلك اللحظة وهو يشاهد الحدث بتعاطف شديد مع الفتاة، لشجاعتها وإقدامها، بل لوهلة تمنى لو كان بمقدورها أن تراه، وتتحدث معه كما هو الحال مع عبدالرحمن.

- "ليس من المستغرب أن تكون أحب الأحفاد إلى قلب جنكيز خان، حتى إن كان أبوها مشكوكاً في نسبه." قال عبدالرحمن مخاطباً مراد بعد أن ظهر فجأة من غير أن ينتبه أحد.

- "يحبها؟.... ويتركها تذهب، وهي في هذه السن الصغيرة، في رحلة قد لا تعود منها؟"

- "هي ليست صغيرة كما تعتقد بمقاييس هذا الزمان. جدتها بورته تزوجت جدها وهي في سن أصغر. لقد أرسلها جنكيز خان بعيداً لأنه يحبها، ولأنه يدرك جيداً بأنها مهما بلغت من جمال وذكاء وشجاعة، ستبقى دائماً ابنة المشكوك في نسبه، والتي نالت لعنة تَبْتِنْكَر".

- "مشكوك في نسبه؟ ولعنة من؟"

لم يفهم مراد القصد مما قاله عبدالرحمن...... ظل ينتظر الإجابة عن استفساره، ولكن رفيقه الغريب لم يحاول الإيضاح، بل انتقل إلى موضوع آخر تماماً لا علاقة له بالحديث، أو هكذا حسب مراد.

- "من أعجب العبارات التي سمعتها تُرَدَّد من قبل الكثيرين عبارة:

سـوف يَكتـب التاريـخ.... وكأن التاريـخ هـو الذي يكتب نفسـه بنفسه، وليس الناس هم الذين يكتبونه."

- "هاااا؟..."

- "كل شخص يرى الأحداث من منطلق الزاوية التي ينظر من خلالهـا، فيـرى مـا لا يراه غيره، وهنا يأتي السـؤال..... أين تقع الحقيقـة؟ أنـت مثـلاً، ما حقيقة ما جرى لك؟ وما حقيقة ما كان يجري من حولك؟"

- "لماذا ينتابني الشعور بأنك تعلم أكثر مما تفصح عنه؟ بأنك تعلم جيداً الإجابة عن الكثير من هذه التساؤلات، ومع ذلك لا ترغب في إراحتي بها".

- "الكثير من الأمم عبر القرون، تعيد صياغة تاريخها، لأنها تخشى مـا فيـه مـن حقائق. الأكاذيب في كثير من الأحيان قد تكون هي الوسيلة الوحيدة للراحة، ولكنها تبقى مجرد أكاذيب. الذي يرغب في البحث عن الحقيقة عليه أن يكون مستعداً لكي يتحمل ألمها، والسـبيل الوحيـد لذلـك هـو أن يكون حب الحـق أكبر عنده من حب الذات."

لم يعلم مراد بماذا يجيب عبدالرحمن، بعد أن شعر بأنه قد عاد يتحدث إليه بالألغاز.... عن أي حقيقة وأي ألم يتحدث؟ فهل هناك ألم أشد مما هو فيه الآن؟ هل يوجد ما هو أشد من ألم الحيرة وعدم اليقين؟ فمهما كان العلم مؤلماً، فلن يكون أشد ألماً من الجهل!...... "أخبرني، ماذا يجب علي أن أفعل لكي أفهم حقيقة ما جرى لي؟" أراد مراد، لوهلة، أن يسأل متحدياً، ولكنه لم يفعل، وظل صامتا..... لسبب ما، خشي من الإجابة.

25

وضع العشبة على الصحن النحاسي الملتهب فوق الجمرات، ثم جلس متربعاً أمام الدخان الكثيف الذي أخذ يملأ الخيمة. كانت هذه هي الوسيلة التي توارثها عن آبائه من أجل الدخول إلى العالم الآخر! سـر لا يمكن الإفصاح عنه، لا يعلمه إلا القلة القليلة من البشـر، هو مكمن قوته. في ذلك العالم، يتحرر تَبْتِنْكَر من عوائق الجسد، ويتنقل بين الأرواح، فتتلاشى حواجز الزمن ويصبح تقسيم الماضي والحاضر والمستقبل بـلا معنـى. في أحيان كثيرة كانـت تأتيه الصورة بوضوح تـام، وفـي أحيـان أخرى تكون الصورة باهتـة، فيبحث لها عن معنى، ولكـن فـي كلتـا الحالتين كان يرى ما لا يـراه الآخرون، ويعلم ما لن يعلمـه الآخـرون حتـى فوات الأوان، وفي هذا كانت تكمن سـر قوته التي ما كانت تضاهيها قوة! ولكنه مع مرور السنين ومع كثرة الزيارات إلى ذلك العالم الغريب، ومع تحسينه لعشبة الأرواح بإضافة خلطات لهـا تعلمهـا عبـر سـنوات من الترحـال جمع فيها مـا جمعه من علم، وسنوات من التجربة تلو الأخرى، استطاع أن يتصل بمن لم يستطع أحد من قبله الاتصال بهم.... أهل الظلال، كما سماهم تَبْتِنْكَر!

- "ما كان ينبغي لتانوكي أن يُقْتل!" قال الكاهن مستنكراً ما حدث لتابعه.

- "ما كان ينبغي لك أن تقدم على أمر لم أوافقك عليه." جاء الرد من ظل ليس له جسد.

- "وهل يستدعي هذا قتل فارس من فرسان ملك ملوك الأرض، جنكيز خان؟!"

- "أردت أن أرسل لك برسالة لن تنساها، حتى تتذكر دائماً مع من تتعامل. سبق وأخبرتك يا صديقي الكاهن بأن معركتنا ليست معركة فرسان، فهذا الأمر تركناه لأمثال تاموجين وأتباعه، أما معركتنا نحن فقوامها لا يدركه إلا قلة من القليل.... لو لم يمت تانوكي على يدي، لتمكن منه عبدالرحمن قبل أن يتمكن فارسك منه. أيها الصديق، ألا تعلم أنه عندما يتصارع العقل مع القوة، فالغلبة دائماً ما تكون للعقل، وليس للقوة! فلولا هذه القاعدة الكونية لانقرض البشر منذ زمن بعيد..... والآن أيها الكاهن، يوجد طرف جديد في المعادلة. طرف ما كان ينبغي له أن يكون."

- "أخبرتني من قبل بأنك ستتولى أمره ولكنك لم تفعل، أو ربما لم تستطع."

- "بل هو الترقب أيها الكاهن.... الترقب."

ما أن فرغ الكائن الهلامي من جملته حتى تغير المشهد من حول تَبْتِنْكَر إلى عالم مغاير عن ذلك الذي يعيشه. تحول إلى مستقبل مليء بالسحر والعجائب، يطير فيه الإنسان وهو في داخل دابة من حديد، ويرى من خلال مرآة ما كان يجري في أطراف الكون. رأى تَبْتِنْكَر رجلا، لم يستطع تبيان ملامحه، يعيش في بلاد العرب. لم تكن هذه هي المرة الأولى التي يشاهد فيها مثل هذا المشهد العجيب، أو هذا الرجل الغريب. لكن في هذه المرة كانت هناك اختلافات.... العالم لم يكن كما هو. أشياء كثيرة لم تحدث وأشياء أخرى قد حدثت،

ولكن الناس ظلوا يعيشـون حياتهم كما هي، ويسـيرون معها، بحيث تسـير هي، إلا الغريب، فقد بدت عليه الحيرة. ظل يلتفت من حوله ويتسـاءل عن عالمه الذي لم يعد يألفه. ظل حيران يبحث عن شـيء لم يعد له وجود.... يبحث عن شيء هو مفقود.

- "كأن الأمـور لـم تعـد كما كانت عليه." قال تَبْتِنْكَر معلقاً على ما شاهده هذه المرة.

- "نعم أيها الكاهن.... فكل شيء قابل للتغير."

- "أهذا ما كنت تراقب؟"

- "لا ليس هذا.... بل الذي لا يتغير هو ما كنت أراقبه."

لـم يفهـم تَبْتِنْكَـر المقصـود.... "الـذي لا يتغيـر"....... أوليس المتغيـر هـو دائمـاً محـل الاهتمام؟ منذ متـى وكان الثابت هو موضع الترقب؟

- "ما من شـيء سيكون إلا وقد كان، وما من شـيء سيزول إلا وقـد زال.... سـر هـذا الكـون ليس في المتغيرات، ولكن السـر الحقيقي يكمن في كل ما هو ثابت. وعندما ينكشـف لك السـر أيها الكاهن، تكون قد تمكنت، وعند التمكن تكمن الاستطاعة. حينها فقط سنستطيع الانقضاض على عبدالرحمن والغريب.... وحينها فقط سننتصر!"

26

انتشر خبر عبدالرحمن ذي العمامة الخضراء في كافة أنحاء مدينة بخارى، هو وفتواه التي أزاحت الحرج عن السلطان علاء الدين محمد، وأنقذت زوجته نوران خاتون من المبيت خارج حدود مملكة خوارزم، حيث القبائل الهمجية ترمح! علم الجميع أن قافلة الأمير جلال الدين وأمه كانت على وشك الوصول وأن عبدالرحمن سيصل هو الآخر مع القافلة. أطياف كثيرة من الأهالي ملأها الفضول، ورغبت في رؤية ذلك الرجل الذي أتى بما عجز عنه قاضي قضاة خوارزم أبو عبدالعزيز يحيى بن ريحان! أطياف أخرى كانت مجرد سعيدة بعودة نوران خاتون سالمة معززة دون أن تشمت فيها أم السلطان تركان خاتون التي كانت محل بغضهم لما عرف عنها من إيثار عشيرتها، الكانكالي، بخيرات خوارزم على حساب عامة الناس، وتفضيلهم في المناصب والتجارة والأراضي والضياع، ما زاد من قوة عشيرتها ونفوذها، فانعكس ذلك على مكانتها هي في المملكة كطرف مهم لا يستهان به قادراً على بسط نفوذه على التجار والعمال والولاة والوزراء والقضاة، وحتى على السلطان ذاته! بل وصل الأمر إلى حد أنه مما كان يتندر به، أن من الأجدى للمرء أن يعرف صبياً صغيراً من عشيرة أم السلطان لقضاء حاجة له، من أن يعرف السلطان ذاته!

* * *

لم تكن تركان سعيدة بالخبر الذي جاءها من أخيها والي أترار،

حتى إنها كادت ترمي الفارس، حامل الرسالة المشؤومة، بالكأس الذهبية المملوءة بالنبيذ التي كانت على الأريكة المجاورة، حيث وضعتها بعد أن ارتشفت منها رشفة، قبيل قدوم رسول ينال خان.

- "يا لك من نذير شؤم تعس!" صرخت تركان خاتون.
- "مولاتي...."
- "اغرب عن وجهي الساعة وإلا أمرت بقطع رأسك القبيح!"

انصرف الفارس على عجل، وقد شعر لوهلة بدنو أجله.....

- "أحضروا لي قاضي القضاة!..... أحضروه الآن، وإن كان على فراشه يجامع أهله!"

كان الغضب قد تمكن من تركان، حتى إنها لم تستطع الجلوس، فظلت تسعى بين طرفي مجلسها الفسيح، إلى أن جيء بيحيى بن ريحان....

- "مولاتي...."
- "ما هذا الهراء يا قاضي القضاة؟! كيف يُسمح لرجل مجهول بأن يفتي في خوارزم، وبها من بها مِنْ علماء؟ أم أن العلم قد نضب في البلاد".
- "مولاتي، لقد سمعت بما حدث في أترار.... حقيقة، لا أدري كيف....."
- "ألم تخبرني بأنه لا حل لنوران سوى المبيت خارج الدولة؟ فما هذا الذي حدث إذاً؟ من أين جاء ذلك المُدّعي بفتواه".
- "الحجة التي استخدمها من الصعب دحضها. الحق يقال، لقد

استنبط استنباطاً في غاية الذكاء من القرآن، فما كان بوسع جابر بـن خيـزران إلا أن يوافقـه." أجـاب يحيى بن ريحان في محاولة منه لإطفاء غضب تركان خاتون، ولكن دون جدوى.

- "ولماذا يسمح له بأن يفتي من الأساس؟! هذا غير مقبول!.... غيـر مقبـول!.... اسـمع يا أبـا عبدالعزيز.... لا بد لك وأن تنكر فتواه هذه."

- "مولاتي، ليس بوسعي فعل ذلك. فحجته مقبولة، ولا يستطيع أي عالم أن ينكر استنباطه."

- "تباً له ذلك المتطفل الوضيع!..... أقسم بالله لأجعلنه يدفع الثمن غالياً!"

صرخـت تـركان، ثـم أمسـكت بالـكأس الذهبيـة ورمتهـا علـى الحائط، فتناثرت قطرات النبيذ الأحمر من حولها.

- "مولاتـي.... لمـاذا هـذا الإصـرار على أن تبيت نوران خاتون خارج خوارزم؟"

التفتت تركان إلى قاضي القضاة، ثم قالت بنبرة متربصة....

- "مثلك لا يسأل، ولكن فقط ينفذ ما آمُره به!"

- "عفواً مولاتي..... ولكني لم أقصد....." رد يحيى بن ريحان متلعثماً، شاعراً بأنه قد تجاوز حده.

- "اسمع يا أبا عبدالعزيز، نوران وابنها سيصلان بعد أيام، وفي الغالب سيُحضران معهما ذلك الرجل المُدّعي، من أجل عرضه على السـلطان، حتى يكافئه على صنيعه. عندئذ سـتلتقي أنت به، وسـتجد طريقـة مـن طرقـك المعهـودة، لكـي لا تجعلني أحنث

بقسمي!"

- "مولاتي..."

- "انصرف!.... فلا حاجة لي بك حتى تنفذ ما أمرتك به!"

شعر يحى بن ريحان بحرج شديد مما طلبته منه أم السلطان، وكأنها كانت تذكره بما فعل منذ عام مع القاضي واصل بن غيلان، وتريد تكراره مرة أخرى مع هذا الغريب!

27

بقدر ما سمعت ياسمي عن مدينة بخارى العظيمة من محمد بن إسحاق البخاري، إلاّ أنها لم تتخيلها بهذا الشكل والحجم والجمال والسعة، بل إن أترار لم تكن سوى قرية إذا ما قورنت ببخارى! شعرت ياسمي بانبهار شديد منذ أن رأت، من على بعد من أسوار المدينة العاتية، مبنى اسطوانياً شاهقاً، علمت من شيخ التجار أنه منارة المسجد الجامع، أكبر منارة على وجه الأرض وأعظمها!

- "لا توجد مدينة في العالم تضاهي بخارى يا مولاتي، لا في خصوبة أراضيها، ولا في جمال مبانيها، ولا في سعة علم علمائها ونبوغ أبنائها." قال شيخ التجار باعتداد واعتزاز بَدَوا عليه بشكل واضح، والقافلة تقترب من أسوار المدينة الممتدة على مرمى البصر في محيط ثلاثين ميلاً وعلى ارتفاع ثلاثين ذراعاً.

عبرت القافلة السور الأول متجهة إلى السور الثاني الذي يفصل مركز المدينة عن أطرافها. الطريق كان محفوفاً بالحدائق والأسواق، وعلى مسافات متناثرة كانت بعض القصور بأحجامها المتفاوتة تحيط بها بعض المباني المصنوعة من الطوب..... عندما وصلت قافلة جلال الدين، التي كانت في المقدمة، إلى بوابة السور الثاني، كان في استقبالها وفد حاشد من أعيان المدينة وعلى رأسهم الوزير نجم الدين كبلك الذي حاول إظهار الفرحة بقدوم الأمير وأمه. بعد التحية والسلام انطلقوا جميعاً ومعهم عبدالرحمن إلى قصر السلطان، حيث

كان ينتظرهـم فـي مجلسـه، أمـا قافلة المغول فقـد تم الترتيب لها بأن تبقى في أطراف المدينة بعد أن أمر الأمير جلال الدين بأن يُوَفر لهم أحـد القصـور مـن أجل إقامتهم، وفي الغد يكون لقاء الأميرة ياسـمي وشيخ تجار قافلة المغول مع السلطان علاء الدين.

* * *

استقبل السلطان ابنه وحفيده في بادئ الأمر، مرحباً بقدومهما سـالمين، ثم استفسـر عن بعض التفاصيل التي وقعت في أترار وفي أثناء الرحلة. مضى بعض الوقت قبل أن يسـمح بدخول عبدالرحمن إلـى داخـل المجلـس الذي كان فيه أيضـاً الوزير نجم الدين، وقاضي القضـاة يحيـى بـن ريحـان الـذي كان يشـعر بحرج بالـغ، في حضرة السـلطان، لعدم توصله للمخرج الشـرعي الذي أتى به رجل مجهول لم يسمع أحد به من قبل، ولا يُعرف حتى عمّن تلقى علمه.

- "تقدم يا رجل وقبِّل الأرض بين قدمي مولانا السلطان." أمر الوزيـر مخاطبـاً عبدالرحمـن عندما رآه قد توقف عن سـيره على مسافة من العرش....

- "ويحك يا هذا! ألم تسمع ما أمرتك به؟".

ظـل عبدالرحمـن في مكانه، متجاهـلاً الوزير نجم الدين كبلك، غير آبه بما كان يقوله، ما زاد من غضب الوزير، حتى إنه كاد يَنْقضّ عليه، لكي يلقي به على الأرض بين قدمي السلطان!

- "على رسلك يا نجم الدين. الشيخ عبدالرحمن هو ضيفنا، ونحن مدينـون لـه ولحصافتـه التي أزاحت الحرج عنا وعن أهلنا." جاء قـول السـلطان رافعاً الحرج عن تصـرف عبدالرحمن الذي قوبل باستياء كل من كان حاضراً في المجلس....

- "تَمَنَّ علينا يا شيخنا الفاضل، وستجدنا بحول الله مجزلين العطاء."
- "حاجتي أيها السلطان، ليست للمال ولا للضياع." رد عبدالرحمن بلا تردد.
- "ما حاجتك إذاً؟" تساءل السلطان علاء الدين، وقد شعر بشيء من الحيرة.
- "ربما الجواري يا مولاي." قال الوزير مستهزئاً، ثم أضاف هامساً ليحيى بن ريحان...
- "لا أعلم كيف استطاع مثل هذا الرجل النكرة أن يأتي بما عجزتم كلكم عنه".
- "رُبَّ رمية من غير رامٍ." أجابه القاضي
- "بل غلام أيها الوزير." قال عبدالرحمن موجها حديثه لنجم الدين كبلك، ثم نظر إلى السلطان، بعد أن ترك الوزير عاقداً حاجبيه.....
- "محمد بن محمد الطوسي.... غلام القاضي واصل بن غيلان رحمة الله عليه." أكمل عبدالرحمن موضحاً قصده.

ولكنه ما أن ذكر اسم واصل بن غيلان، حتى انتفض المجلس، بمن فيهم قاضي القضاة الذي لم يتمالك نفسه أمام السلطان، فصرخ....

- "ويحك يا رجل!".... ولكنه سرعان ما أمسك لسانه، ثم نظر إلى السلطان علاء الدين، وقد بدا عليه الغضب هو الآخر من طلب عبدالرحمن!

- "وما شأنك أنت بهذا الزنديق؟!"

- "الأحياء لا شأن لهم مع الأموات..... شأني مع غلامه أيها السلطان." أجاب بهدوء شديد، ما زاد من حنق الحاضرين ما عدا جلال الدين ومحمود بن ممدود، اللذين وإن كانا متعاطفين مع عبدالرحمن، إلا أن طلبه العجيب قد أدهشهما، وأصابهما بشيء من الريبة.

- "إن أذنت لي يا مولاي...." نظر قاضي القضاة إلى السلطان منتظراً منه الإذن، لكي يكمل ما أراد قوله.

- "هات ما عندك يا أبا عبدالعزيز."

- "والله إني لأتوجس خيفة من هذا الرجل منذ أن رأيته، وها هو ذا يفصح عن مكنونه، ويؤكد شكوكي بطلبه الإفراج عن هذا الغلام الذي نشأ في كنف الباطنية، ثم تتلمذ على زنديق لم تشهد مثله البلاد، ما اضطر مولاي السلطان إلى أن يأمر بتخليص العباد منه ومن شر فتنته. وإنه يا مولاي، مما قيل على لسان الحكماء: الطيور على أشكالها تقع، والغربان لا تألف إلا أمثالها الغربان..... وإني لأجزم أن هذا الرجل ليس إلا مخادعاً كبيراً يحاول استغلال حسن نِيّاتنا، وإنه ليخفي من وراء ظاهره المتسم بالعلم والتقوى، باطناً يهدف إلى نشر السموم بين العامة الجاهلة."

- "الجاهل هو من يتهم الناس بالسوء من غير دليل أيها القاضي." رد عبدالرحمن على يحيى بن ريحان، ثم واصل، موجهاً حديثه للسلطان....

- "إن كان ذنب الغلام أنه رافق القاضي واصل بن غيلان، فذنب قاضي القضاة أعظم، إذ سمح لزنديق، على حد زعمه، بالقضاء بين الناس، وإن كان ذنب الفتى أنه ولد لأبوين من الإسماعيلية، فالله عز وجل يقول: ولا تزر وازرة وزر أخرى..... ولك مني أيها السلطان أنه فور ما تفرج عن الغلام، سآخذه ونرحل عن هذه البلاد."

اقترب قاضي القضاة من السلطان، ثم قال بصوت هامس.....

- "مولاي، لا تجعل هذا الرجل المريب يخدعك بمعسول قوله، والله إني لأشتمّ فيه رائحة ذلك الزنديق واصل بن غيلان. مُرْ بحبسه يا مولاي، ودعنا نتحقق من عقيدته....."

- "نحبسه من غير ذنب إلا أنه طلب العفو عن غلام...." قاطع جلال الدين، ثم أكمل موجهاً حديثه لأبيه....

- "مولاي، لا نريد أن يشاع أن سلطان مملكة خوارزم يكافئ الحسنة بالإساءة."

هز علاء الدين رأسه، مبدياً قناعته بما أشار عليه ابنه، فسلطان المملكة العظيمة خوارزم لا ينبغي له إلا أن يجزل العطاء.....

- "حسناً.... لقد استمعنا إلى طلبك يا عبدالرحمن، ولو أنك طلبت من الذهب والفضة أو ما شابه من متاع الحياة لما بخلنا عليك، جزاء حسن صنيعك، ولكن أن تطلب مني العفو عن غلام مشكوك في أمره، فهذا أمر محال!.... سأمنحك فرصة ثانية لكي تطلب، فأحسن الطلب حتى أُحسن لك العطاء."

- "لا حاجة لي إلى المزيد من متاع الدنيا أيها السلطان، فلدي

ما يكفيني منه".

- "حسناً، فهذا شأنك. عرضنا عليك، وأبيت."

أشار السلطان بيده، آذناً لعبدالرحمن بالانصراف عن مجلسه، ولكن الوزير نجم الدين كان له رأي آخر....

- "مولاي، لا تصرفه دون أن تعطيه، وإلا كان هذا مدعاة لافتتان الناس به، فيقول القائل منهم: انظروا إلى هذا العالِم الذي أبى أن يأخذ من السلطان نظير علمه، بخلاف باقي علماء خوارزم!"

- "انتظر يا هذا!" جاء أمر السلطان علاء الدين بعد أن هاله قول الوزير، فمُنع على إثره عبدالرحمن من الخروج من المجلس....

- "ليتك لم تأتِ إلينا، وبقيت حيث كنت! ولكن بما أن جلال الدين قد جاء بك إلي لكي أجزل لك العطاء، فتالله لن أدعك تنصرف دون أن تطلب فأعطيك، وإلا أمرت بجلدك، لعصيانك أمر ولي الأمر!"

- "حسناً أيها السلطان....."

- "قل: حسناً يا مولاي!" قاطع الوزير، ناهراً عبدالرحمن.

- "أيها الوزير، مولاي هو مولى السلطان ومولاك.... الرحمن، أم أن لك مولى غيره؟"

- "كُفّا عن هذا الهراء أنت وهو!" أمر السلطان، وقد نَفِدَ ما كان متبقياً له من الصبر......

- "هات ما عندك من طلب، وأرحنا من ترهاتك!"

- "مما يقال ويشاع في البلاد كافة، أنه لم يخلق بعد من يستطيع

التغلب على السلطان علاء الدين في لعبة الشطرنج." قال عبدالرحمن مشيراً إلى رقعة شطرنج مصنوعة من العاج كانت على منضدة بجانب العرش....

- "إن كانت هذه الرقعة هي طلبك، فلك ما طلبت."
- "لا، ليست هي طلبي."
- "ماذا إذاً؟! والله إن صبري عليك قد نَفِد!"
- "حبة أرز على كل مربع من مربعات تلك الرقعة، بشرط أن تضاعف عدد الحبات على كل مربع عن ذلك الذي يسبقه".

لم يتمالك السلطان نفسه من الضحك هو وحاشيته، بل حتى الأمير جلال الدين منكبرتي ارتسمت على وجهه ابتسامة لذلك الطلب العجيب الذي طلبه عبدالرحمن. كان محمود بن ممدود الوحيد في المجلس الذي شعر بقلق شديد....

- "مولاي، لا تقبل طلبه!"
- "يبدو أن محمود يخشى على نصيبه من الأرز." قال السلطان ممازحاً حفيده، قبل أن يأمر وزيره نجم الدين كبلك بأن يحضر كيساً من الأرز، غير مدرك للمأزق الفادح الذي وضعه فيه ذلك الغريب!

* * *

منذ الوهلة الأولى أدرك محمود بن ممدود، بما تعلمه من علم الحساب، فداحة الموقف، وبقدر ما حاول أن ينبه خاله وجده، إلا أن أحداً منهما لم يستمع إلى الغلام الصغير الذي لم يبلغ الحلم إلا منذ عام. أدرك محمود أن مضاعفات حبة الأرز الواحدة ستصل إلى

أرقام ليس لها طائل قبل أن يفرغوا من مربعات رقعة الشطرنج الأربعة والستين، فلن يفي كل ما تمتلكه مملكة خوارزم من أرز!

حضر أمين مخازن القصر ومعه كيس من الأرز، وبدأ يناول عبدالرحمن الحبة تلو الأخرى وسط ضحكات السلطان وحاشيته.....

- "يا له من أبله!..... يعرض عليه السلطان متاع الحياة، فيطلب حفنة من الأرز!"

توالت تعليقات الوزير وقاضي القضاة، في حين أظهر جلال الدين شيئاً من الاستياء، لعدم حصول الرجل، الذي أنقذ أمه من مذلّة المبيت خارج الدولة، ما يستحقه من العطايا.....

تضاعفت عدد حبات الأرز من واحدة ثم اثنتين إلى أربع حبات ثم ثماني حبات فست عشرة ثم اثنتين وثلاثين، فأربع وستين إلى أن أكملت مئة وثماني وعشرين حبة أرز، عندما فرغ أمين المخازن من الصف الأول من رقعة الشطرنج. إلى هذه اللحظة وروح السخرية كانت هي التي تملأ القاعة، في حين اكتفى عبدالرحمن بإرسال ابتسامة خفيفة إلى محمود بن ممدود الذي كان يدرك إلى أين ستتجه الأمور! في منتصف الصف الثاني من رقعة الشطرنج أخذت أجواء المجلس تتبدل حين تجاوز عدد حبات الأرز الألف حبة وأخذت مسألة العد تطول أكثر مما ينبغي. في تلك اللحظات، بدأ يتنبه جلال الدين ومن ثم السلطان وحاشيته إلى أن أعداد حبات الأرز ستتجاوز الآلاف قبل أن يبلغوا حتى المربع الخامس عشر! فهل سيكفي كيس واحد من الأرز؟!

- "كم عدد حبات الأرز في الكيس؟" سأل السلطان علاء الدين أمين مخازن القصر، محاولاً إخفاء قلق بدأ يعتريه.

- "لا أدري يا مولاي، فلم يسبق لي عدّه." أجاب الرجل العجوز، ثم أسرع بالإضافة إلى جملته، عندما رأى الغضب يكسو وجه السلطان بسبب هذه الإجابة التي لم تعجبه.....

- "ولكني يا مولاي، بالنظر إلى ما أحصيناه إلى الآن، مقارنة بما تبقى في الكيس، أخمن أن عدد حبات الأرز في الكيس الواحد في حدود الأربعين ألفاً."

- "وهل سيكفي كيس واحد إذاً؟"

الجميع بدأ يدرك الإجابة عن هذا السؤال!......

- "مولاي، لا أظن أن كيساً واحداً من الأرز سيكفي الصف الثاني من رقعة الشطرنج، وما زال أمامنا ستة صفوف أخرى من المربعات."

في هذه اللحظة، كما لو أن ستاراً قد انزاح من على أعين الحاضرين، لتميط اللثام عن الحقيقة التي لم يدركوها منذ قليل، تنبه الجميع إلى فداحة الأمر.... الكارثة!

فبداية من الصف الثالث من الرقعة، سيستبدلون بحبة الأرز الكيس كله! ما يعني أنه على نهاية الصف الرابع سيحتاجون إلى العدد نفسه من أكياس الأرز كما هي عدد حبات الأرز في الكيس الواحد! أي إنهم سيفرغون مخزون القصر بأكمله، هذا وهم لم يتجاوزوا بعد سوى نصف عدد مربعات رقعة الشطرنج!

- "لقد خدعتنا أيها الخبيث الماكر!" صرخ السلطان في وجه عبدالرحمن.

- "حاشاه السلطان أن يخدع من رجل مثلي، ولكنك أقسمت علي

بأن أطلب من متاع الحياة، بعد أن رفضت طلبي الأول، وهأنذا قد طلبتُ، وأنت قد وافقتَ. فأين الخديعة".

أشار السلطان إلى قاضي القضاة بالاقتراب منه، ثم سأله بصوت منخفض....

- "هل من مخرج يا أبا عبدالعزيز؟"

تردد يحيى بن ريحان قليلاً ثم قال.....

- "لقد أقسمت يا مولاي، فإما أن تبر بقسمك وتعطيه ما طلب أو عليك بكفارة اليمين".

- "ويحك يا قاضي القضاة، ما تركت لي خياراً!".

- "مولاي، لن نستطيع إعطاءه ما طلب، حتى إن جمعنا له كل ما تمتلكه الدولة من الأرز!" قال الوزير موضحاً حجم المأزق.

- "إن سمح لي مولاي السلطان...." قاطع جلال الدين بصوت مسموع، حتى يصل الحديث إلى عبدالرحمن....

- "إني ما عهدت من هذا الرجل منذ أن تعرفت عليه في أترار وحتى مجيئنا إلى بخارى، إلا كل خير، وأحسبه من الصالحين ولا أزكيه على الله." صمت الأمير قليلاً، ثم أخذ يوجه حديثه إلى عبدالرحمن.....

- "لعلك تتنازل طواعية عن طلبك، فنكون لك من الشاكرين."

- "أيها الأمير الفاضل، إني لأشكرك على حسن لفظك وما غمرتني به من قول كريم، ولا أجد أي غضاضة في التنازل عن طلبي الثاني، بشرط أن ينفذ طلبي الأول.... الفتى، محمد بن محمد الطوسي."

- "خسئت أنت وذلك الغلام الأبله! تباً لهذا اليوم الذي جئتنا فيه!" صرخ السلطان شاهراً سيفه من غمده!....

- "والله إن لم تُخرجوا هذا الأفَّاق من مجلسي الآن، لأقطعن رأسه بسيفي هذا!"

- "مولاي...." أمسك جلال الدين بذراع أبيه، مهدئاً من روعه......

- "فلتأمر بالإفراج عن ذلك الغلام..... لن يضرك الصفح عنه في شيء."

وضع السلطان السيف في غمده، ثم أخذ يفكر قليلاً، بعد أن عمّ الصمت مجلسه، قبل أن يلتفت إلى قاضي القضاة.....

- "افرج عن الغلام!...... سحقاً له ولطالبه!"

لم يحاول عبدالرحمن إخفاء ابتسامة خفيفة ظهرت على وجهه، عندما نال طلبه، فنظر إلى يمينه، ثم قال دون أن يحرك شفتيه، ودون أن يسمعه أحد، كما هي العادة كلما خاطب مراد قطز....

- "الآن، وقد فرغنا من المقدمات، لم يتبقَّ سوى القليل، قبل أن تنطلق الأحداث!"

28

عـاد غيـاث الديـن، الابـن الأصغـر للسـلطان، من رحلـة الصيد المزعومـة بعـد أن جـاءه خبـر مـا جـرى فـي أتـرار، ما أفسـد الخطة المحكمـة التـي وضعهـا مع جدته تركان خاتون، بمشـاركة أخيها ينال خان. فذهاب جلال الدين مع أمه إلى خارج مملكة خوارزم، حيث بلاد المغول، شـكل فرصة ذهبية للتخلص منه بسـيوف مجموعة من فرسـان والـي أتـرار، ثـم إلقاء اللوم علـى المغول، وبذلـك يزاح عن طريقه أكبر عقبة لولاية العهد، دون أن تحوم حوله الشكوك. الفرصة كانت مواتية بشـكل لم يسـبق له مثيل، فغضب السـلطان على زوجته الذي جعله يقسم عليها بأن تبيت خارج ملكه، في الوقت الذي كانت فيه خوارزم تحارب العباسيين وحلفاءهم من السلاجقة والأيوبيين في الغرب، لم يجعل لنوران خاتون وابنها جلال الدين ملاذاً إلا في اتجاه الشرق..... خطة محكمة لا تشوبها شائبة، لولا ظهور ما لم يكن في الحسبان، رجل يدعى عبدالرحمن!

ذهـب غيـاث الديـن، فـور قدومه إلى بخارى، إلـى قصر جدته، حيث كانت في انتظاره، لكي يبحثا ما تبقى لهما من خيارات، خاصة أن الأمر الآن قد أصبح أكثر تعقيداً، فالسـلطان قد يعلن ولاية العهد لجـلال الديـن فـي أي لحظـة، على الرغم مـن معارضة تركان خاتون هذا الأمر.....

- "من أين ظهر ذلك الرجل اللعين؟! والله إن سيفي هذا ليشتاق

إلى قطع رقبته".

- "عليك بالتروي، ولا تكن متسرعاً كأبيك، فما حدث قد حدث. علينا الآن أن نجد ذريعة، لكي لا يسمي علاء الدين ولي عهده، فنكسب بذلك المزيد من الوقت إلى أن تتسنى لنا فرصة جديدة للتخلص من جلال الدين منكبرتي."

- "الوقت يداهمنا يا جدتي، والفرصة لا تأتي بسهولة!"

- "نعم، الفرصة قد لا تأتي، ولذلك علينا أن نبحث نحن عنها، بل نخلقها إذا لزم الأمر!"

لـم يفهـم غيـاث الديـن قصد جدتـه، بدا ذلك جليـاً من نظرات الحيرة التي غمرت عينيه......

- "كيف؟"

رسـمت تركان خاتون على وجهها ابتسـامة عريضة، ثم أمسكت بكفيها وجنتي حفيدها....

- "أنـت مثـل أبيـك وجـدك مـن قبلـه، فارس مغـوار، تجيد فن السيف والرمح، ولكنك لا تجيد فن العقل والمكر.... لا تخف، ودع هذا الأمر لي. أريدك الآن أن تذهب إلى مجلس علاء الدين وتَحْضُر معه لقاء شيخ تجار قافلة المغول، فقد جاءني الخبر من أخـي بـأن إحـدى حفيـدات خان المغـول تصاحبـه، وأنه يحمل رسالة منه إلى أبيك."

- "حفيدة خان المغول؟ ولماذا يرسلها إلينا".

- "لأنـه يريـد مصاهرة سـلطان خـوارزم. يريد أن يغزونـا بالزواج، عوضاً عن غزونا بالفرسان".

- "ماذا؟! والله إن أبي لن يسمح أبداً بأن نصاهر هؤلاء الكفار الهمج!"

صرخ غياث الدين غاضباً، وقد أخذته الحمية.

- "أمامك الكثير لكي تتعلمه أيها الفتى الغضوب الأحمق! أريدك أن تسمع، وتعي ما سأقوله لك جيدا..... عادات المغول ليست بعيدة عن عادات قبائل الترك، فالجد في الأصل واحد. خان المغول أرسل أقرب فتاة له تصلح للزواج، على أن يتزوجها أقرب الرجال إلى سلطان خوارزم."

- "جلال الدين!"

- "عظيم! بدأت الآن تستخدم عقلك.... أنا أعرف ابني جيداً، فسوف تكون ردّة فعله كما كانت ردّة فعلك أنت منذ قليل. سيرفض هذه المصاهرة وسَيرُد الفتاة إلى جدها. هنا يأتي دورك أنت يا غياث الدين. ستقنع أباك بأن رد الفتاة يعد إهانة بالغة لخان المغول، ما قد يجعله يعلن علينا الحرب، ونحن الآن في مواجهة مع العباسيين بالقرب من حدودنا الغربية، وآخر ما نريده هو حرب أخرى، بالقرب من حدودنا الشرقية. لذلك من الأفضل لنا جميعاً أن نزوج الفتاة لجلال الدين!"

- "ولكن جلال الدين لن يقبل مثل هذه الزيجة." قال غياث الدين، مبدياً الدهشة مما سمعه من جدته.

- "وهذا هو تماماً ما أراهن عليه!..... أن يرفض جلال الدين ما يأمره به أبوه السلطان!"

29

بدأ مراد يشعر براحة من نوع آخر لم يعتد عليها منذ زمن بعيد. لـم تعـد حياته اللاجسـدية تؤرقه كما كان الحـال في الأمس القريب، بل على العكس، وجد في التحرر من احتياجات البدن وشهواته نوعاً من الخلاص، ما أضفى عليه صفاء ذهنياً لم يعهده من قبل. الغريب أنه في شـدة يأسـه، وعندما استسـلم لما آل إليه حاله الجديد، وجد نفسـه علـى درجـة مـن التحكم في الـذات، لم يألفها أو يشـهد مثلها من قبل. الأحداث التي كانت تجري من حوله بكافة تفاصيلها كانت تتراكـب مـع بعضهـا بعضـاً كقطعة مـن أحجية في سـبيلها إلى الحل. بـل مـا أثار دهشـته أكثر أنه كلما شـاهد مجريات الأحـداث وتأملها، أخذت ذكريات الأحداث، التي كانت متداخلة في وقت من الأوقات، تتشكل وتتنظم كما كان ينبغي للذكريات أن تكون. لكن هذا في حد ذاتـه أوجـد معضلـة جديدة فـي فهم معنى ما بدأ ينكشـف له. فكيف يكـون للإنسـان أكثـر مـن ذاكـرة، أو بمعنى أصح، كيف للإنسـان أن يحتـوي فـي عقلـه ذكـرى أكثـر من حدث للزمن ذاتـه؟ كيف كان في جـدة والريـاض فـي الوقـت نفسـه؟ كيـف كان على علاقة مع سـارة القويـت، ولـم يكـن علـى علاقة معها؟ كيف كانـت هديل تعرفه، ولا تعرفـه؟ هـذه التسـاؤلات سـرعان ما بدأت تأخذ معنـى أكبر من ذاته، عندما تشكلت لديه ذاكرة الأحداث من حوله التي استوقفته من قبل، خاصة عندما تذكر ذلك النادل التونسي الذي وجده ميتاً. شيء ما كان

يقوده إلى ذلك الشاب الأسمر النحيل..... محمد..... كأن الأحداث كانت مرتبطة به بشكل ما..... الصداع الذي أخذ يشتد عليه في الآونة الأخيرة من حياته الجسدية وخاصة كلما اقترب منه..... "لقد رأيته من قبل، ولكن في وضع مخالف لذلك الوضع، في زمن مغاير لذلك الزمان، وفي مكان غير ذلك المكان، ولكن أين وكيف؟"..... كان مراد يشعر بأن الإجابة عن هذين السؤالين ستساعده على فهم أمور كثيرة هو في حاجة إلى فهمها لكي يحل ما تبقى له من قطع الأحجية، فتتضح له صورة الحقيقة التي لا تزال بعيدة عن الإدراك..... ولكنه لم ييأس، فقد بدأت تتضح له بعض الأمور، وإن كانت بسيطة مقارنة بحجم الأسئلة التي كانت تعصف بذهنه عصفاً. ولكن الأحداث ما زالت تتوالى، وكلما شاهد ما كان يحدثه ذلك الرجل الغريب من أمور أخذت تترابط بعضها مع بعض بشكل عجيب، أيقن أن وجوده هنا في هذا التوقيت له مغزى كبير، وبشكل ما هو مترابط مع ما كان يجري من أحداث. فقط كان عليه أن ينظر، ثم يرى، لكي يبصر الحقيقة!

- "أياً من هاتين الحياتين كنت تفضل أن تعيش؟ أياً من المُرادَيْن تفضل أن تكون؟ الظالم أم المظلوم؟ ذلك الذي طُرد لذنب لم يقترفه، أم ذلك الذي يخطب ودَّه الجميع، وتعشقه زوجة الرجل النافذ؟ الذليل، أم الذي بمقدوره أن يذل الجميع؟" سأله عبدالرحمن وهو في طريقه إلى الزنزانة التي كان محمد بن محمد الطوسي يقبع فيها سجينا.

- "وهل لا يوجد لدي سوى هذين الخيارين؟ إما أن أكون فأراً ذليلاً، أو ذئباً يتصيد النعاج؟ حتماً يوجد خيار ثالث!..... لا بد وأن يوجد خيار ثالث!"

- "وإن لم يوجد؟"

تأمل مراد قطز سؤال عبدالرحمن، ثم رد عليه بإصرار لم يألف له مثيلاً من قبل....

- "إن لم يوجد، فسأوجده!"

30

"قـد يُكَبَّـل الجسـد، ويرمـى في أعتى السـجون، ولكن العقل الحـر غيـر قابـل للتكبيـل أو الاعتقـال! العقـل الحر يسـتطيع اختراق الجـدران، لأنـه غيـر قابـل للإخضاع من قبـل الطغـاة!".. ظل محمد الطوسي، وهو قابع في زنزانته بقبو قلعة بخارى، يتذكر هذه العبارات التـي ردّدهـا معلمـه القاضي واصل بـن غيلان. كانت آخر كلماته قبل أن يصلبوه!.....

كلمـا تذكـر مـا حـدث له مـن تعذيب وقتل بطيء مـروع، ترحم عليـه، ودعـا له. سـنوات قليلـة التي رافقه فيهـا، ولكنها كانت خصبة بمحتواها، غنية بالعلم. لم يشـهد محمد الطوسـي، أو يسـمع برجل فـي ذكاء واصـل بـن غيلان وعلمه، لا فـي الماضي ولا في الحاضر. كان دائم البحث عن المعرفة وفي سبيلها كان يجوب الأرض. وفوق هـذا كلـه كان محبـاً للخيـر وكارهاً للظلم، ولا يخشـى في قول الحق لومة لائم أو تهديد سـلطان ظالـم...... ولكن الناس اليوم قد نسـوا كل هذا أو ربما تناسوه، فكلا الحالين سيان. أُريدَ له أن يكون فاسداً مفسداً، حتى وإن لم يكن، فأصبح كذلك عند العامة..... "ياله من نعـاج مسـلوبي الإرادة!"..... كلمـا تذكـر الغـلام كيـف رمـوا معلمه بالقـاذورات وهـو معلـق علـى الصليب، لا حول له ولا قـوة، ناعتينه بأقبح الأوصاف، فقط لأجل إرضاء سادتهم، كلما تذكر مشهده وهو يحتضر تحت لهيب الشمس المحرقة في وسط بخارى، ولسانه الذي

قطع ثم رمي للكلاب الضالة لكي تأكله، كلما تذكر هذه النهاية، أخذ يرجع بذاكرته إلى البداية.... "يا سبحان الله، كم هو الإنسان جحودا!".....

تذكر الفتى بداية اللقاء، عندما دخل واصل بن غيلان مدينة طوس، وهو في طريق عودته من رحلة البحث التي جاب من خلالها مدن العراق والشام والمغرب والأندلس، منتهياً بمكة قبل أن يعود. توقف في طوس من أجل الاستزادة بالمؤونة أثناء طريقه إلى بخارى، ورأى كيف افتتن عدد من الأهالي بحجج يوحنا الناسخ القادم من بلاد الكرخ، الذي ناظر علماء طوس حول المسيح والقرآن..... سألهم عن القرآن، بما أنهم يعتقدونه كلام الله، أهو قديم أم محدث؟ عندما أجابوه بأنه قديم، سألهم عن المسيح أوليس هو كلمة الله التي ألقاها إلى مريم؟ عندما أجابوه بالموافقة، سألهم:

- "إذاً لماذا تعتبرون كلام ربكم قديما وكلمته التي ألقاها إلى مريم محدثة؟ أوليس للمفرد خاصية المجمع؟ المنطق يقول إن عيسى بن مريم قديم، لأنه كلمة الله، وأنتم تقرون بأن كلام الله قديم، ولأن القديم لا يمكن أن يكون مخلوقاً، لأن هذا يتناقض مع كونه قديماً، ولأنه لا يوجد قديم سوى الله، فهذا يعني أن عيسى هو الله".

لم يجدوا له رداً مقنعاً، وهال الناس عجز علمائهم، حتى دخل واصل بن غيلان المدينة، وسمع عن هذه المناظرات وما نتج عنها، فطلب مناظرة يوحنا الناسخ......

بدأ يوحنا بالسؤال عن ماهية القرآن؟ فأجابه واصل بأنه كلام الله الذي أوحي إلى رسوله. فسأله يوحنا إن كان هذا الكلام قديماً أم مخلوقاً؟ فأجابه بأن علمه قديم، ولكن لفظه مخلوق. لم يأنس يوحنا

لهذه الإجابة التي أفسدت عليه سؤاله الثاني عن المسيح، فحاول أن يستخف بهذا الرأي، مبيناً أنه ليس رأي جل المسلمين الذين يقولون بقدم القرآن، ولكن واصل بن غيلان قطع عليه الطريق، عندما استشهد بآخرين غيره من علماء المسلمين كأبي حنيفة النعمان وعلي بن المديني، بل وحتى ابن بلدته صاحب الصحيح، الإمام البخاري الذي طرد من بخارى بسبب قوله إن لفظ القرآن مخلوق.

بهت يوحنا الناسخ، وانطفأت فتنته، حيث لم يستطع مقارعة واصل بن غيلان الذي علا شأنه بعد تلك المناظرة التي على إثرها أكرمه والي طوس، وقربه إليه قبل أن يعرض عليه بعد ذلك القضاء.

شهد محمد الطوسي تلك المناظرة، وهو ابن الثانية عشرة سنة حينذاك، فأعجب بعلم واصل بن غيلان وبقوة حججه. فعلى الرغم من نشأة محمد لأبوين ينتميان إلى الطائفة الإسماعيلية، إلاّ أن الفتى كان، على خلاف أقرانه، كثير السؤال والمحاجّة، ما جلب عليه سخط معلميه الذين أرادوا تلقينه ما ألفوه من السابقين، وليس الحق الذي أراد الوصول إليه هو عن طريق الحجة والبرهان حيثما كان، فوجد في واصل بن غيلان خير معلم، كما وجد هو فيه خير تلميذ في طوس، وخير رفيق، عندما قرر العودة إلى بخارى بعد عام.....

كان قد غاب عن المدينة العظيمة قرابة الخمسة عشر عاماً، ما بين ما قضاه في تجواله عبر مختلف البلاد، والعام الذي تولى فيه القضاء في طوس. لقي ترحاباً جيداً من الأهالي الذين تذكروا حسن سيرته، عندما كان يُدرس في إحدى حلقات الجامع الكبير، كما سعد برؤيته قاضي القضاة يحيى بن ريحان الذي جمعته به أكثر من جلسة علم في حضرة السلطان قبل رحيله، ولكن واصل بن غيلان الذي عاد إلى بخارى لم يكن هو ذاته الذي غادرها منذ سنين..... (تذكر

محمـد الطوسـي عبـارة معلمه التـي كان دائماً ما يرددها: "إن لم يغير العلم فيك شـيئاً، فأحرص أن تغير أنت فيه شـيئاً.") لقد تعلم واصل بن غيلان في رحلته تلك الكثير فوق علمه الواسـع الذي كان يتمتع به قبل الرحيل، وقد غير فيه أشياء وأشياء.....

- "سيأتي يوم يا فتى، تصبح المعجزات فيها من عادات الحياة. هل تعلم متى؟ عندما يكتشـف الإنسـان سـنن هذا الكون، واعلم أنها ليسـت ببعيدة المنال. إنه علم الكتاب الذي مكن آصف بن برخيـا مـن أن يأتـي بعـرش بلقيـس قبـل أن يرتد طـرف نبي الله سـليمان عليه السـلام..... كتاب الله المنظور، سـنن الكون وما فيه."

أصبـح لـدى واصل بن غيـلان قناعة لم يُخْفِها عن تلاميذه، بأن البحث عن سنن الكون هو الهدف الأعظم للإنسان، والذي من خلاله يسـتطيع معرفة ربه والوقوف عند بديع صنعه، وأن العلم بهذِه السـنن هو ما علمه الله لآدم، وبذلك استحق أن يكون أعظم مخلوقاته وأهلاً لأن تسجد له الملائكة بإذنه. هذا الرأي استوجب كثيراً من التبعات، وإحـدى هـذه التبعـات هي التي جلبت الويل على القاضي واصل بن غيلان!.....

- "فاعلم يا محمد، أن من عدل الله أنه جعل الإنسان صانعاً لقدره مـن خـلال علمـه، وكلما ازداد مقدار هذا العلـم، ازدادت قدرته على صنع مسـتقبله. هذا من لوازم تكريم المولى عز وجل لبني آدم وتفضيلهـم علـى سـائر المخلوقات، وهكـذا حُمِّلنا الأمانة يا فتى..... أمانة الاختيار."

ولكن هذا الإنسان الذي فضله الله، ووضع واصل بن غيلان جل

ثقته فيه، هو ذاته الذي جحد، وطغى، واستغنى..... "كم هو ظلوم وجحود هذا الإنسان"... جلس محمد الطوسي، المكبل بالأغلال، يردد من داخل سجنه، متذكراً مآل معلمه..... "الجبر هو عقيدة الطغاة التي من خلالها يضعون الأصفاد حول أعناق العباد"..... تذكر الفتى كم من رأي قيل أودى بصاحبه إلى الهلاك، بعد أن هز عرش الطغاة الذين يستبدون باسم الدين، مستعينين بثلة من الكهنة، ممن لا وظيفة لهم سوى التشريع للظلم، والسيطرة على عقول العامة والدهماء.... "مثلث الاستبداد" كما كان يسميه القاضي واصل بن غيلان، مثلث أضلاعه مكونة من الحاكم والكاهن والعامة. كان يعتقد أن أسوأ هذه الأضلاع هو الكاهن المشرع، ولكن الأحداث التي شهدها محمد الطوسي جعلته يعتقد خلاف ذلك. جعلته يؤمن بأن أسوأ الثلاثة هم العامة. العامة التي تقبل الهوان، وتهلل لمن يخدعها وتقطع يدي من يحاول تخليصها من القيود.... "تباً لها من عامة جاهلة! تباً لها من عامة تقتل مخلصها، حسرة عليها وعلى جهلها! تباً لها من عامة لا تَقِلّ ظلماً عمّن ظَلَمَها!".... كان قلب الفتي يتفطر كلما تذكر كيف تخلى الجميع عن معلمه بمجرد استشعارهم أن السلطان قد غضب عليه.... ثم سرعان ما انقلبوا هم أيضاً عليه، عندما أفتى قاضي القضاة أبو عبدالعزيز يحيي بن ريحان بفسقه، ثم حكم عليه بالصلب حتى الموت!

* * *

- "اللهم، يا أحكم الحاكمين ويا أعلم العالمين. يا من خلقت الكون للأبرار ووضعت له سننه، ولكل باحث جعلت فيه ما جعلت من الغرائب والأسرار. أسألك بكل اسم هو لك أن تمنحني الحكمة لكي أفرق بين الباطل والحق، والشجاعة، لكي

أقول كلمة الحق، والقوة، لكي أعين نفسي وكل من سار على الحق."

ردد محمد الطوسي هذا الدعاء الذي أخذه عن معلمه واصل بن غيلان، والذي بدوره تعلمه من رجل كان قد التقاه منذ سنوات في رحلته إلى مكة. رجل اكتفى بوصفه، عندما سأله الفتى عنه، بأنه أعلم أهل الأرض، ولم يزد بكلمة واحدة. ردّد الفتى هذا الدعاء عند كل صباح، كما كان يردده كلما شعر بالضيق، وقد كثرت تلك اللحظات منذ مصاب معلمه. كان يدرك جيداً أن كلمة الحق هي التي أودت به إلى هذه الزنزانة المظلمة الموحشة القابعة في قبو قلعة بخارى. فلو أنه قال ما طُلب منه أن يقول، لما آل مصيره إلى ما آل إليه الآن! لذلك كان محمد الطوسي في حاجة إلى ترديد هذا الدعاء، خاصة بعد ما سمعه من حراس السجن الذين كانوا يتندرون بأنه طوال السنين التي خدموا فيها، لم يشاهدوا شخصاً واحداً يخرج من قبو قلعة بخارى، بعد أن أُودع فيه!

- "أنت هنا من أجل البقاء يا غلام!.... عليك أن تعتاد على منزلك الجديد".

بل إن أحدهم قال له ذات مرة، مستهزئاً: إن عليه أن يطلب الرحمة من السلطان حتى يُلحقه بمعلمه إلى دار الآخرة!

ولكن بعد عام من الحبس، تخللها الكثير من التأمل والتفكر واسترجاع كل ما تعلمه عن معمله القاضي واصل بن غيلان، كان الأمل لا يزال هو المسيطر على ذهنه، وكلما بدت بوادر خُفُوت ذلك الأمل، سرعان ما كان يردد الدعاء الذي علمه إياه معلمه. ظل الفتى على هذا الحال إلى أن جاءت تلك اللحظة من حيث لم يحتسب،

عندما جاءه ذلك الحارس الذي لم يرَ في سنوات خدمته أحداً يفلت من قبو قلعة بخارى، لكي يخبره بأن رجلاً يُدعى عبدالرحمن قد جاء حاملاً صكاً من السلطان بالإفراج عنه!

31

توالت الأحداث كما توقعتها تركان خاتون، فسار غياث الدين على الدرب الذي رسمته هي له من أجل الوقيعة بين أبيه وأخيه جلال الدين منكبرتي. فعندما عرض محمد بن إسحاق البخاري رسالة جنكيز خان للسلطان، تعرض عليه التجارة بين البلدين والتقارب من خلال علاقة مصاهرة تجمع بينهما من خلال حفيدته ياسمي ومن يراه السلطان علاء الدين مناسباً من أبنائه، أخذ غياث الدين، بمساعدة الوزير نجم الدين كبلك، يقنع أباه بأن من مصلحة الدولة أن تتم مثل هذه المصاهرة وأن جلال الدين، بحكم كونه الابن الأكبر، هو الأنسب للزواج من حفيدة جنكيز خان. لم يكن السلطان في بادئ الأمر مقتنعاً بمصاهرة ملك المغول الذي لم يَرَه إلا شيخ قبيلة، همجي نزح من سهول الشرق، حتى وإن ملك على الصين وقضى على أعدائه الكَرَخَطّا الذين أرهقوا خوارزم منذ زمن أبيه في حروب عدة استمرت إلى سنوات ليست ببعيدة. ولكن الوزير نجم الدين أقنعه بأن من المصلحة أن يتم تأمين الجبهة الشرقية للبلاد، إلى أن يتم القضاء على العباسيين في الغرب، ويستولوا على بغداد. كما أن روابط المصاهرة ستجعل من جنكيز خان حليفاً يمكن الاستعانة به في حملاته تلك، وهكذا تم إقناع السلطان علاء الدين بأمر هذه الزيجة التي كانت تركان خاتون تدرك جيداً أن جلال الدين لن يقبلها، وإن كلفه الأمر قطيعة أبيه. فالزواج من حفيدة ملك المغول كان سيشكل صفعة قوية

لزوجته الأميرة شيرين الغوري، أخت آخر سلاطين غزنة، تلك الدولة العصية في الجنوب التي ظلت تقاوم زحف الخوارزميين حتى استطاع السلطان علاء الدين كسر شوكتها بعد طول عناء قبل أن يولي ابنه جلال الدين عليها. وقد ظل الأمير يواجه الكثير من القلاقل، حتى أشار عليه أحد أعيان غزنة بالزواج من الأميرة شيرين وكسب ود من تبقى من الغوريين وحلفائهم، الذين بعد ذلك الزواج شكلوا جزءاً لا يستهان به من رجاله وفرسانه، بعدما أصبح بينه وبينهم علاقة مصاهرة. حاول جلال الدين أن يشرح لأبيه أن زواجه من حفيدة جنكيز خان سيغضب الغزنويين وسيجلب عليهم الويلات من بلاد الأفغان كافة، ولكن النقاش لم يسفر إلا عن الاحتدام، فغضب السلطان، حيث لم يَرَ في حديث ابنه البكر سوى عصيان واضح لأمره! وفي تلك اللحظات العصيبة، تدخل غياث الدين، كما أشارت عليه جدته، وعرض على أبيه أن يتزوج هو من حفيدة جنكيز خان إنقاذاً للموقف، ما أظهره بمظهر الابن البار الذي لا يرغب في شيء سوى مصلحة البلاد، والانصياع لأوامر السلطان.... الإبن الأحق بولاية العهد!

* * *

في ذات الأثناء في مدينة أترار، وجد عكرمة وباقي تجار المغول أنفسهم في مأزق لم يحسبوا له حساباً. إذ تبين لهم أن الوالي ينال خان قد طمع فيما كانوا يحملونه من بضائع! حدث هذا عندما دعاهم الوزير خالد بن منصور إلى العشاء في قصره، ثم أشار عليهم عند آخر الأمسية بأنهم إن أرادوا كسب ود الوالي، حتى يستمر في الترحيب بهم في أترار، ومن ثم فتح جميع أسواق خوارزم لبضائعهم، فلا بد من إظهار المزيد من المودة والتقدير له. وعندما سألوه عن قصده، وخاصة أنهم منذ أول يوم لهم في أترار قد أرسلوا للوالي الصناديق الممتلئة

بشتى المتاع، أخبرهم الوزير بأن هذا لا يكفي، وأن التاجر الحاذق لا يهمه خسران قافلة واحدة في سبيل أن يكسب الكثير من القوافل في المستقبل! أدرك عكرمة حينها المقصود من الحديث، ولم يتقبل مثل هذا الابتزاز الرخيص، فاشتاط غضباً، وصرخ في وجه خالد بن منصور بأن يخبر "ينال تشوك" (ينال الصغير)، ناعتاً إياه باللقب الذي كان يكرهه، ولم يتجرأ أحد من قبل على استخدامه في حضرته أو حضرة أحد من رجاله، بأن تجار المغول وراءهم خان عظيم يحميهم، ولن يستطيع أحد، كائناً من كان، أن يبتزهم ويسلب منهم تجارتهم!

في اليوم اللاحق وصل إلى ينال خان ما دار من حديث بين وزيره وتجار المغول، كما انتشر في أترار نبأ تجرؤ التاجر عكرمة على الوالي بنعته "ينال تشوك". ما زاد من لهيب الغضب الذي ملأ صدر ينال خان تجاه العلوج الذين تجرؤوا عليه! فلم يتوانَ عن إصدار أمر بالقبض على تجار المغول، ومصادرة كل ممتلكاتهم، ثم قطع رؤوسهم جميعاً أمام الملأ، حتى يكونوا عبرة لكل من كانت تسوّل له نفسه أن يتجرأ على والي أترار..... ينال خان!

* * *

وعلى بعد آلاف الأميال نحو الشرق، في قراقورم، نظر حذيفة بن سمعان حوله، مستعجباً من أن يكون هذا التجمع للخيام هو عاصمة جنكيز خان الذي وصلت أخبار انتصاراته المتتالية على الصين وعلى مملكة الكَرَخطّا إلى مسامع الخليفة الناصر لدين الله ببغداد! شتان ما بين هذا الذي كان يراه وبين أقل قرية في بلاد المسلمين! بل لوهلة ظن حذيفة أن دليله قد ضل الطريق، ولكن سرعان ما زالت تلك الخاطرة، عندما تحدث دليله مع جمع من الفرسان، كانوا قد أقبلوا عليهم، ثم استدار نحوه، وأخبره مشيراً إلى خيمة فوق مرتفع بسيط،

لا يميزها عن باقي الخيام سوى موقعها، بأنه يستطيع الذهاب إلى جنكيز خان، ولكن بعد أن يخلع سيفه وخنجره. حاول أن يستفسر من دليله إن كان في حاجة إلى مقابلة حاجب أو وزير قبل أن يدخل على ملك المغول، ولكن الفارس التتري أخبره بأن خانات السهول لا يعرفون الحُجّاب، وأن خيامهم مفتوحة للجميع، وخاصة لمن كان يحمل رسالة من أحد ملوك الأرض.

شعر حذيفة بشيء من القلق عند دخوله خيمة جنكيز خان من غير دليله التتري الذي رفض المضي معه، متعذراً بأن مهمته التي اتفقا عليها قد انتهت بمجرد أن أوصله سالماً إلى قراقورم..... فكيف سيشرح محتوى الرسالة التي يحملها من خليفة المسلمين لجنكيز خان، من غير دليله الذي كان يعول عليه من أجل الترجمة؟ خاصة وأنه لا يتحدث بلسان هذه البلاد!

- "السلام على رسول خليفة المسلمين ببغداد." قال رجل ذو ملامح فارسية، مرحباً بحذيفة الذي لم يتوقع أن يجد في خيمة ملك المغول من يحدثه بلسانه!

- "وعليكم السلام..... كيف عرفت من أكون؟ فلا أحد هنا يعرف بأمري سوى الدليل، الذي أكاد أجزم بأنه لم يسبقني إلى هذه الخيمة، لا هو ولا حتى من تحدث معهم من فرسانكم".

على الرغم من الدهشة التي بدت واضحة على حذيفة، إلاّ أنه لم يتلقَّ الجواب عن سؤاله، واكتفى الرجل الفارسي بدعوته للجلوس معرفاً نفسه بعبدالله بن عثمان الخرساني، أحد وزراء جنكيز خان الذي لم يتعرف عليه حذيفة إلا عندما أشار إليه وزيره، حيث كان يجلس على الأرض مثله مثل باقي الموجودين بالخيمة المفترشين

جلـود الخرفـان. كان المظهـر مختلفاً تماماً عمّا اعتاد عليه ببغداد من مظاهـر البـذخ والثـراء.... "هـؤلاء هـم الذيـن هزموا جيـوش الصين وجيـوش الكَرَخَطّـا؟! واللـه لو أن الخليفـة رأى ما أراه الآن، لصرف النظر عن إرسالي إلى هؤلاء القوم!"......

- "مـولاي أميـر المؤمنيـن ظـل الله علـى الأرض وحامي حمى الديـن الخليفـة الناصـر لدين الله يقرئكم السـلام، ويبعث إليكم بهذه الرسالة منتظراً منكم الرد، لكي أحمله إليه بأسرع ما يكون."

أخـرج حذيفـة من جرابه رسـالة عليها ختم الخليفة، ثم سـلمها إلى جنكيز خان الذي أعطاها لعبدالله لكي يترجم له محتواها.....

كانـت الرسـالة تحتـوي علـى إذن مـن الخليفـة ببغـداد للمغول بالهجوم على الخوارزميين، بل تكاد تحثهم على ذلك، واعدة جنكيز خـان بالسـماح لـه بالاحتفـاظ بـكل الأراضي التي يسـتولي عليها من علاء الدين محمد خوارزمشـاه، بشـرط ألا يتجاوز خرسان، وأنه على استعداد للتنسيق معه، بحيث يهجم المغول من جهة الشرق، ويهجم جيشه على خوارزم من جهة الغرب، كما كانت الرسالة تتضمن مكافأة سـخية لجنكيـز خـان إن اسـتطاع أن يأتـي للخليفة بـرأس علاء الدين محمد......

مـا كاد عبداللـه يفـرغ من ترجمة محتوى الرسـالة، حتى نهض جنكيز خان من مجلسـه، وقد بدا عليه الغضب الشـديد، ثم قال بنبرة حازمة مخاطباً وزيره.....

- "قل للرسول أن يخبر أميره أن جنكيز خان لا ينتظر إذن أي إنسـان لكـي يغـزو أي مـكان! أخبره أيضاً بأن بيننا وبين سـلطان

خوارزم عهداً، ولسنا ممن يخرقون العهود!"

* * *

انتظرت تركان خاتون حتى مغادرة جلال الدين منكبرتي بخارى غاضباً، متجهاً إلى غزنة، قبل أن تذهب إلى السلطان، لكي تنفذ وعدها الذي وعدته لحفيدها المقرب غياث الدين بأن تحميه من زواج تظاهر بالموافقة عليه فقط لكي يحظى برضا أبيه، فيكون بذلك هو الأقرب لولاية العهد، دون أن تكون لديه أي نية للمضي فيه.....

- "خان المغول أرسل لنا حفيدته، ولم يرسل ابنة له، فكيف يتوقع من سلطان خوارزم أن يزوجها أحد أبنائه؟!"

- "ما الذي تريدين قوله يا أماه؟ نردها إليه؟" تساءل السلطان، ثم وجه نظره نحو وزيره الذي آثر الصمت.

- "لا.... لا تردها، ولكن تزوجها حفيداً لك وليس أحد أبنائك."

نظرت تركان خاتون، راسمة على وجهها ابتسامة ماكرة، نحو نوران التي كانت تجلس على أريكة بجوار حفيدها محمود بن ممدود، ثم أكملت حديثها.....

- "لعل محمود هو الأصلح لمثل هذا الزواج."

ما أن سمعت نوران خاتون اسم حفيدها يطرح حتى قامت منتفضة....

- "لا شأن لك بمحمود، فهو مجرد صبي!"

- "صبي! جده كان يقود الجيوش، وهو في مثل سنه!"

- "مولاي، إن سمحت لي، فما اقترحته مولاتي تركان خاتون هو عين الصواب." أضاف الوزير نجم الدين كبلك، مؤيداً كلام أم

السلطان.

حاولت نوران أن ترد عليهما، ولكن السلطان أشار بيده، غير آذن لها بالحديث......

- "محمود لم يعد صبياً، وآن له أن يتحمل مسؤوليته كأي فرد من هذه الأسرة!"

وبهذه الجملة عزم السلطان علاء الدين محمد أمره، واستقر على رأي أمه. فحفيدة خان المغول لا ينبغي لها أن تتزوج إلا حفيد سلطان خوارزم، وليس أحد أبنائه!

32

مضـت عـدة أيـام قبـل أن يلتقـي محمد الطوسـي بالرجل الذي أخرجـه مـن سـجنه الـذي قبع فيه قرابة العـام. وكما ظهر له فجأة في المـرة الأولـى، كذلـك فعـل في المرة الثانية، بعدمـا تركه في الحجرة التي اكتراها له في حانة موسى. ظل الفتى طيلة هذه المدة في مخدعه دون أن يخـرج منـه، حتـى مـن أجل الطعـام، إلا لقضاء الحاجة. كان الزاد يأتيه كل صباح وليلة مع أحد الخدم، واستمر الحال هكذا خمسة أيـام بلياليهـن، حتى ظن أنه اسـتبدل بمحبسـه القديـم آخر أكثر نظافة وأقل جرذاناً وأفضل طعاماً....

مكوثـه فـي الحجـرة جعله يفكر في ذلـك الرجل الذي عرف له نفسـه باسـم واحـد فقـط، من غير لقـب أو كنيـة....... عبدالرحمن، صديـق قديـم لمعلمـه القاضـي واصـل بن غيلان. هـذا كل ما حصل عليه في المسافة التي قطعاها ما بين القلعة والحانة التي تقع في طرف بخارى بالقرب من سـورها العظيم، الحانة التي ظل ملازماً لها طيلة الأيام السابقة، كما طلب منه راعيه الجديد بعدما سلم موسى، صاحب الحانـة، صـرة مـن الدنانير تكفـي لتغطية أجرة الحجـرة وثمن الطعام والشراب أياماً عدة....

عجيباً كان أمر ذلك الرجل، أخذ يفكر محمد الطوسي، فهل كان يريـد الوفـاء لصديقـه القديم من خلال بر تلميذه الذي سـجن لرفضه الشـهادة زوراً فـي حـق معلمـه؟.... لرفضـه الافتراء علـى واصل بن

غيلان بالقول إنه يعشق الغلمان، ويمارس معهم الرذيلة؟.... ولكن الفتى سرعان ما أزاح تلك الفكرة من دماغه، فمن أين لراعيه أن يعلم بمثل هذا الأمر، وقد حدث في غرفة مغلقة جمعته مع قاضي القضاة يحيى بن ريحان، ومن المستحيل أن يكون القاضي قد أفصح لأي إنسان عمّا طلبه منه! من المستحيل أن يفضح الفاسد نفسه!

حاول محمد في المرات القليلة التي صادف فيها صاحب الحانة أن يستعلم منه عن عبدالرحمن، ولكن سرعان ما أدرك أن المسؤول ليس بأعلم من السائل، فهو أيضاً لم يلتقِه من قبل، ولم يسمع عنه سوى الأخبار المتناثرة هنا وهناك من رواد الحانة عما وقع منه في أترار.....

- "هو بلا شك رجل غريب عن هذه الديار." أضاف موسى في نهاية المطاف.

لم يكن لدى محمد خيار سوى أن ينتظر في الحانة إلى أن يأتيه عبدالرحمن كما وعد..... وبعد أيام من الانتظار، شعر بالملل من البقاء في حجرته وحيداً، وكأنه لا يزال سجيناً، فقرر أن يتردد على ساحة الطعام التي لم تخل من الوافدين عليها من كل حدب وصوب، طالبين الطعام والشراب، فعلم مما سمعه من حديث الناس، ما فاته في السنة الأخيرة من أحداث جرت في البلاد.....

علم أن الضرائب قد زادت، والأسعار قد غلت، فازداد الأغنياء ثراء بقدر ما ازداد الفقراء فقراً.... "وما الجديد في الأمر؟ ألستم من رضيتم بهذا الهوان؟!" أراد أن يسألهم الفتى، ولكنه آثر الصمت.....

سمع أيضاً عن أمر قافلة المغول التي جاءت إلى بخارى محملة بشتى أنواع البضائع من خيرات الصين، ولكن ما لفت انتباهه في هذا الحديث هو أن حفيدة من أحفاد جنكيز خان حضرت مع القافلة،

ثـم سـمع البعـض يتحدث عن مغـادرة الأمير جلال الديـن المفاجئة، بعـد مجيئـه بأيام إلـى بخارى بصحبة القافلة المغولية. كانت هذه هي أحداث الساعة التي ظل يتحدث عنها أغلب من ارتاد الحانة، في ظل عدم فهم واسـتغراب لمجريات الأمور، على عكس محمد الطوسـي الذي اسـتطاع أن يكون لنفسـه تصوراً منطقياً لمجريات الأحداث من تفاصيلها الصغيرة، كما تعلم من معلمه في السابق.....

- "معادلات رياضية أشـبه ما تكون بعلم الجبر، معطيات تؤدي إلـى نتائـج.... مقدمـات ينتج عنها خلاصـات.... المنطق الذي يحكـم جميـع نواحـي الحياة. وظف جميع حواسـك يا فتى، لما خُلِقَت من أجله، ووظف عقلك لما خُلِق من أجله".

كان هذا أهم درس تعلمه من واصل بن غيلان... كيف يسـمع ويرى، فيعقل ويبصر الحقيقة....

- "جميع الحقائق، مهما صغرت ومهما كبرت، هي رهن للسنن التـي تحكـم كل شـيء، فـإن عُلِمَـت السـنن، انكشـفت الحقائق وبَطُلت المعجزات".

لكـن وإن بـدأت بعـض الحقائق تنكشـف لمحمد الطوسـي من مجريات أحوال بخارى، من الأحاديث التي سمعها في الحانة، ومما رآه من أحوال الناس، إلا أن أمراً مهماً ما زال بعيداً عن فهمه، ظل يؤرقـه طيلـة الأيـام السـابقة منذ خروجه من السـجن: مـن يكون هذا الغريب الذي يدعى عبدالرحمن؟

* * *

- "أرجو أن تكون قد استعدت عافيتك؟"

نظـر محمـد الطوسـي عـن يمينه حيـث كان عبدالرحمـن واقفاً،

وكأنـه ظهـر فجـأة مـن حيث لم ينتبه، أو كالقطـة كان يتحرك دون أن يحدث صوتاً!

- "أظنني أحسـن حالاً، بفضل من الله، ثم بفضلك يا سـيدي." أجاب الفتى على استحياء، ثم دعا كفيله للجلوس، فلعله يسمع منه ما قد يميط اللثام عن شخصه.

- "هـل تـرى ذلـك الفتـى الواقـف بجانـب بـاب الحانـة؟" قال عبدالرحمـن مشـيراً إلـى شـاب شركسـي دخل لتوه إلـى الحانة، كان يتلفـت برأسـه يمنـة ويسـرة، وكأنـه يبحـث عن أحـد ما، ثم أكمل.....

- "أحسـبه يبحث عنا، من أجل الحديث إلى سـيدته التي تنتظر بالخارج."

نظـر محمـد إلـى ذلك الشـاب، ثـم إلى عبدالرحمن بدهشـة لم يحاول إخفاءها....

- "وكيف عرفت هذا؟!"

- "انظر إليه جيداً، ثم أخبرني ماذا ترى؟"

- "أرى شـاباً مليحاً شركسـي الملامح لا يتجاوز العشـرين، بل ربما أقل بقليل، يتلفت برأسه وكأنه يبحث عن أحد."

ما أن فرغ محمد من جملته، حتى لاحظ الشاب الشركسي، وقد بدأ بالتحرك نحوهما، بعد اسـتقرار نظره عليهما بضع ثوانٍ، ثم سـأل على استحياء عندما اقترب......

- "عفواً سيدي، هل أنت الشيخ عبدالرحمن؟"

- "ومن السائل؟"

- "هناك من يرغب في التحدث معك ومع الفتى بالخارج".
- "أخبر سيدتك بأننا سنأتيها في الحال."

تلعثم الشاب الشركسي، ولم يعرف ماذا يقول، بعد أن اعترته الدهشة لمعرفة ذلك الرجل بأمر سيدته التي كانت تنتظر في الخارج..... فكيف علم؟! هل رآهما دون أن يرياه؟! ولم تكن دهشته بأقل من دهشة محمد بن محمد الطوسي، الذي كان هو الآخر في حيرة من أمره....

- "كيف علمت بأمره وأمر سيدته؟" جاء السؤال، فور انصراف الشاب الشركسي.
- "نظرت إليه، فرأيت شاباً شركسي الملامح، في نهاية العقد الثاني من عمره، أملس الوجه وكثيف شعر الرأس، يرتدي ملابس أهل بخارى. ظل بجانب الباب، ولم يدخل، ثم أخذ يتلفت في كل اتجاه، مبدياً القلق. هذا ما نظرنا نحن إليه، ولكني رأيت ما قد غاب عنك."

تأمل محمد الطوسي فيما ذكره عبدالرحمن من وصف حال ذلك الشاب الشركسي..... فالتفاصيل أشارت إلى الواقع، كل شيء بدا الآن واضحاً، فأخذ يلوم نفسه....."كيف لم أنتبه؟!..... كيف لم أبصر؟!....."

- "شاب شركسي هنا في بخارى يرتدي ملابس أهل المدينة، هو إذاً ليس من الوافدين لغرض مؤقت كالتجارة، بل من سكان بخارى. في نهاية العقد الثاني، ولم تنبت له لا لحية ولا شارب، وذو شعر رأس كثيف، هذه الأوصاف تتماشى مع من تم خصيهم منذ الصغر..... إذاً هو عبد شركسي مخصي، ومثل هؤلاء يعملون

في بيوت نساء علية القوم. ما الذي جاء به إلى الحانة؟ هل جاء ليتناول الطعام أو الشراب؟ وقوفه بجانب الباب وعدم دخوله على الرغم من وجود أكثر من طاولة فارغة، يعني أنه لم يأتِ لكي يجلس، بل لأنه كان يبحث عن شخص ما. لقد جابت عيناه المكان، ولكنه ظل يبحث، لأنه لم يَرَنا في بادئ الأمر، حيث نحن في الزاوية البعيدة عن الباب.... إذاً كان يبحث عني وعنك، فعندما رآنا جاء إلينا ثم أخبرنا بأنه في الخارج من يريد التحدث معنا، من عساه أن يكون إلا سيدته التي ما شاءت أن تدخل حانة مليئة بالرجال؟!" بدا محمد سعيداً بشرحه، وإن كان يدرك جيداً أنه جاء متأخراً بعض الشيء، ولكن عزاءه الوحيد أنه فضل أن يبصر متأخراً، من ألا يبصر على الإطلاق!

* * *

خرج عبدالرحمن ومعه محمد الطوسي من حانة موسى، واتجها نحو عربة فاخرة كانت تقف على مسافة ليست ببعيدة عن الحانة، وبجانبها الشاب الشركسي الذي ما أن رأى الرجل والفتى قادمين نحوه، حتى بادر بإخبار سيدته عبر نافذة العربة.....

كانت نوران تدرك جيداً أن مجيئها إلى هنا يحمل الكثير من المخاطر لها، خاصة وأن عيون تركان كانت تترقبها على الدوام! فإن علمت حماتها بما هي بصدد أن تفعله، فلن تتوانى في إخبار السلطان علاء الدين، بل ستتهمها بالخيانة وعدم الولاء! ولكن على الرغم من المخاطرة كانت نوران، في قرارة نفسها، على قناعة بما تفعل..... فهذا أقل واجب يمكن أن تقدمه لذكرى الرجل الوحيد الذي أحبته بكل جوارحها، الرجل الذي كان من المفترض أن يصبح زوجها، لولا أن الأحداث قد سارت بغير هواها.....

فتح لؤلؤ باب العربة لضيفي مولاته، لكي يدخلا، ثم أخذ يحوم حول المكان، مترقباً أي حدث طارئ قد يهدد سلامتهم جميعاً، أو اقتراب أحد من العسس المنتشرين في كافة أرجاء المدينة. وعلى الرغم من أن هذا لم يكن من ضمن اختصاصه، إلا أنه كان على أتم الاستعداد لأن يفعل أي شيء من أجل مولاته التي تربى في حجرها منذ أن جلب طفلاً من بلاده في القوقاز، على إثر غارة من غارات السلطان علاء الدين، فقد فيها الكثيرون أرواحهم، والبعض حريتهم، وقلة مثله ذكورتهم.....

نظرت نوران إلى محمد الطوسي وهو يدخل العربة برفقة عبدالرحمن، وقد ذرفت عيناها مسترجعة ذكرى معلمه الذي لم تستطع فعل شيء من أجل إنقاذه مما آل إليه أمره. لوهلة كادت تجهش بالبكاء، ولكنها استطاعت أن تتماسك في آخر لحظة، حتى لا تهدر الوقت الثمين في نحيب لن يجدي نفعاً الآن، مدركة أنها لن تتمكن من المكوث طويلاً في هذا المكان، إذا رغبت في عدم افتضاح أمرها.

- "السلام عليكم ورحمة الله." بادر عبدالرحمن بالسلام.

- "وعليكم السلام أيها العالم الجليل والرجل الحكيم. ما زلت أحمل لك في عنقي الكثير، وإني والله لأدرك أنني لن أوفي لك حقك مهما فعلت، ولكن لعل مجيئي إلى هنا من أجل تحذيرك أنت والفتى، يسد عن عنقي بعض الدين الذي أدين لك به."

- "تحذريننا من ماذا؟" تساءل محمد باستغراب، مقاطعاً زوجة السلطان.

التفتت نوران خاتون إلى الفتى الذي حاولت في بادئ الأمر أن

تتجنب النظر إليه، خوفاً من أن تفقد السيطرة على نفسها، فتفضحها دموعها التي جاهدت من أجل عدم إخراجها أمامهما. ولكن ما أن تكلم الفتى، ونظرت إلى وجهه الممتلئ بالتحدي والفضول، حتى استعادت ذكرى معلمه منذ سنوات الصغر حتى الممات، فلم تستطع حينها أن تتماسك، بعد أن خارت جميع قواها.....

- "يعلم الله!.... يعلم الله، أني حاولت ثَنْيَه عن البقاء هنا في بخارى! أخبرته بما كان يحاك له، ولكنه أبى أن يسمع لي..... كم كان عنيداً! لو أنه استمع إلي، وغادر عندما حذرته، لما...... ما كان واصل بن غيلان يستحق ما جرى له!.... ما كان يستحق!...... عرفته منذ الصغر، وكان دائماً محباً للخير وباحثاً عن الحق. تتلمذ على أبي، وكان أنبغ تلامذته، بل من شدة إعجابه به، خطبه لي بعدما شعر بحبي له. ولكن مشيئة الله كانت سابقة لمشيئة أبي الذي مات قبل أن نتزوج..... لم يحترم عمي عهد أخيه، ففسخ الخطبة، وزوجني لولي العهد حينذاك، علاء الدين محمد، لأن مصلحته اقتضت ذلك..... لم يتحمل واصل البقاء في بخارى، فغادرها، وظل يسيح في الأرض حتى عاد بعد سنوات، وحتى عندما عاد أول مرة، لم يمكث طويلا قبل أن يغادر ثانية لسنوات طوال، واستمر به الحال هكذا، حتى هذه المرة الأخيرة....."

أجهشت نوران بالبكاء مجدداً، متذكرة مصاب واصل بن غيلان، ثم تمالكت نفسها، وأكملت.....

- "حديثه لم يعجب الكثيرين، فكانوا يتربصون به، حتى جاءتهم الفرصة عندما بدأ يتحدث عن إرادة الإنسان وقدرته على اختيار

قـدره، منكـراً للجبـر...... سـمعت يحي بن ريحـان وهو يحذر السـلطان مـن مغبـة مثـل هـذا القـول إذا انتشـر بيـن العامة..... حاولـت أن أقنـع عـلاء الديـن بـأن يكتفـي بنفيـه، ولكـن قاضي القضـاة أراد أكثـر من ذلك، فاستعان بـرأس الأفعى تركان!..... كان يعلـم جيـداً بأن السـلطان لا يسـتطيع أن يرد لهـا أمراً!..... أقنعته!.... أقنعته بأن النفي لن يقضي على دعوته، بل قد يجعل منـه بطـلاً!...... لا، بل كان يجب أن يشـكك فـي دينه وخُلقِه، قبل أن يأمر بصلبه، فتحتقره العامة! ليكون بعد ذلك عبرة لغيره ولكل من كانت تساوره نفسه بأن يحذو حذوه!..... رحمة الله عليك يا ابن غيلان، ما كنت تستحق كل هذا المصاب!"

ظل عبدالرحمن صامتاً، مؤثراً الاستماع إلى نوران، كذلك محمد الطوسي، وقد بلّت دموعه شاربه الخفيف. لم يشأ أن يقاطعها، بل أراد أن يستمع إلى كل ما كانت تريد قوله.....

- "لكم حمدت الله، عندما علمت أنك قد خرجت من السجن" قالت موجهة حديثها إلى الفتى.....

- "ولكـن خروجـك لـم يكن بطيب خاطر السـلطان، ولا قاضي القضـاة، ولذلـك كلّفت غلامـي لؤلؤ بأن يلازم علاء الدين، وأن يخبرني إذا ما سمع عن شر يحاك لكما..... وقد أخبرني صباح اليـوم بأمـر توجسـت فيـه الريبة عند سـماعه. لقـد حضر فارس من أترار، أرسـله ينال خان إلى السـلطان، لكي يُعلمه بأن تجار المغول ليسـوا إلا جواسـيس أرسلهم جنكيز خان لكي يتجسسوا على مملكة خوارزم، ويعيثوا فيها الفساد!"

33

أدرك مـراد قطـز علـى الفـور المغزى من تحذير نـوران، فالأمر لا يتعلـق فقـط بالتجـار المغول، بل أيضـاً بكل من رافق قافلتهم..... عبدالرحمن...... ياسـمي! لسـبب ما شـعر مراد بالقلق الشـديد ليس علـى عبدالرحمـن أو علـى ذلـك الفتى الذي حرص على إخراجه من السجن، ولكن على تلك الفتاة اليانعة التي شعر بعطف شديد تجاهها. فقد تُتَهم هي الأخرى بالتجسـس، أو على أقل تقدير سـتعامل معاملة جافية، نكالاً بالتهمة التي سيتم إلصاقها بجدها جنكيز خان! حتماً لن يكون هناك زواج، بل قد تسبى، وتتخذ جارية على سبيل العقاب!

شـعر مـراد بأنـه لا بـد أن يفعـل شـيئاً..... أن يبحـث عنهـا في بخـارى ويحذرهـا.... ولكـن كيـف؟ فمـا أن أخذ يجول في شـوارع المدينـة حتـى تنبـه إلـى حالـه الذي هو عليه. كيـف يحذرها، وهو لا يستطيع التخاطب مع أي أحد هنا إلا مع عبدالرحمن؟ كيف يحذرها وهو طيف بلا جسـد، عاجز عن فعل أي شـيء؟ قرر مراد أن يرجع إلى عبدالرحمن، فهو حتماً الأقدر على تحذير ياسمي، ولكن ما كاد يفعل، حتى سمع صوته مخاطباً إياه.....

- "دعك من الفتاة الآن، فهناك ما هو أهم."

لـم يكـن عبدالرحمن بجـواره أو حتى على مرمى البصر، ولكنه استطاع مع ذلك مخاطبته! كانت هذه مفاجأة جديدة لمراد وقد بات يعتاد على هذه المفاجآت من رفيقه الذي كان لا يفصح إلاّ بالقليل!

- "كيف؟!...... إن لم نساعدها، قد يحدث لها مكروه. ألم تسمع ما قالته نوران عن جبروت زوجها!" صرخ مراد شاعراً باليأس.
- "إن كان أمر الفتاة يعنيك، فأنت وشأنك، وإلاّ دعها تسير على الطريق الذي هي سائرة عليه."

توقف مراد لوهلة، ثم أخذ يفكر في الأمر..... فماذا عساه أن يفعل هو؟ إن كان عبدالرحمن غير مهتم بأمر ياسمي، فلماذا يهتم هو، خاصة أن هذا ليس بعالمه. إنه لا ينتمي إلى هذا المكان أو إلى هذا الزمان؟ ماذا يريد من مساعدة فتاة مغولية، أهلها فيما بعد سيجلبون الويل والدمار على المسلمين؟! صوت بداخله أخذ يحثه على العودة إلى جوار عبدالرحمن، وأن ينسى أمر هذه الفتاة التي لا يمت لها بأي رابطة. تردد مراد قطز قليلاً، ثم أخذ يتراجع متجهاً نحو حانة موسى، إلى عبد الرحمن ورفيقهما الجديد محمد الطوسي..... ولكن ما أن كاد يفعل حتى تحول المشهد من أمامه كلية ليعود به إلى زمن كان يألفه جيداً..... رأى نفسه في محطة وقود، وجمع من الشباب ينهالون ضرباً وركلاً على العامل البنغالي..... رأى نفسه يأخذ بعض الخطوات لمساعدة ذلك المسكين، ثم رأى نفسه متراجعاً..... بعدها شاهد لقاءه مع العامل في اليوم اللاحق! لم تدم تلك المشاهد سوى ثوانٍ قليلة، حتى عاد به الحال إلى ما كان عليه قبل قليل.

* * *

أخذت ياسمي، كعادتها منذ أن قدمت إلى بخارى، تتجول في شوارع المدينة وأزقتها بمفردها، غير آبهة بتحذيرات محمد بن إسحاق النابعة من خوفه عليها من أن يصيبها أي مكروه في مدينة يتوافد عليها الرجال من كل حدب وصوب، منهم من قد يتسبب لها في الأذى. لم تكن ياسمي تشعر، وهي التي تربت في أكناف جنكيز

فرسان القافلة، ملطخة بالدماء!..... "ما هذا الذي يحدث؟!".... لم تجد ياسمي إجابة حاضرة لسؤالها، كما لم ترغب في البقاء في مكانها حتى تتلقى الإجابة من أحد هؤلاء الجنود! فأخذت تتراجع عن المكان خاصة عندما رأت الجنود الذين كانوا ينظرون إليها ويتهامسون، وقد أخذوا في الاتجاه نحوها بخطوات متسارعة! وما كادت تلتف على عجل لكي تترك المكان، حتى وجدت نفسها محاطة بعدد آخر من الجنود!

* * *

كان لا بد لمراد قطز أن يفعل شيئاً! أي شيء! رفض أن يقف مكتوف الأيدي! رفض أن يكون مجرد شاهد على ما يحدث دون أن يكون له حول أو قوة.... لذلك ظل يجول شوارع بخارى، باحثاً عن المنزل الذي تسكنه ياسمي، حتى إن لم يكن يعرف له مكاناً. فبحث عبثي كان بالنسبة إليه أفضل من ألا يفعل شيئاً، أو أن يتراجع لشعور بالعجز! تمنى في تلك اللحظة التي كان يجوب بها الأزقة والشوارع لو أنه كانت لديه القدرة على أن يصل إلى المكان الذي يريده بمجرد الرغبة في ذلك، حتى إن لم يكن يعلم أين يقع ذلك المكان. تمنى لو أن الجهل بالشيء لم يكن عائقاً لحدوثه، ولوهلة أخذ يتساءل أيهما أسوأ حالاً؟ القدرة مع الجهل أم العجز مع المعرفة؟ لم يبحث مراد عن إجابة لهذا السؤال، إذ في الوقت نفسه تنبه إلى أمر شكل بالنسبة إليه بداية خيط يمكن أن يقوده إلى مراده! لاحظ عدداً من الجنود منطلقين على أحصنتهم وكأنهم على عجل...... "هل هم في طريقهم للقبض على ياسمي وتجار المغول؟"..... لعله كذلك، فلم يجد مراد خياراً غير تتبعهم، حتى إن لم يكن يعلم ما الذي سيفعله عندما يصل إلى ياسمي!

توجه الجنود إلى منزل كبير بالضاحية الجنوبية من بخارى، ما بين السور الداخلي والسور الخارجي للمدينة، حيث سمح لفرسان المغول المصاحبين للقافلة بالاحتفاظ بأسلحتهم، عندما جاؤوا مع جلال الدين منذ أيام عدة. ولكن أسلحتهم في هذا اليوم لم تُفِدْهم شيئاً، إذ ما أن تنبهوا إلى الرماح الموجهة إلى صدورهم من قبل جنود خوارزم، حتى كانت تلك الرماح قد اخترقت أجسادهم، تاركة إياهم جثثاً هامدة أمام سور المنزل الذي كانوا له حرساً! شهد مراد الجنود، وهم يدفعون الباب الذي فتح من قبل أحد التجار الذي بدا وكأنه خرج لكي يتفقد سر تلك الصرخات التي سُمعت بالخارج، فكان ذلك الرجل البائس أول من تم القبض عليه وتكبيله. ثم سرعان ما تم إخراج الباقين ممن كانوا موجودين في المنزل، وقد ظهرت على وجوههم جميعاً معالم الذهول، غير مصدقين ما كان يحدث لهم! أحدهم أخذ يصرخ متوعداً، ملحقاً بالجنود الخوارزميين شتى الألفاظ من اللعنات، خاصة عندما شاهد أجساد فرسان المغول الملقاة على الأرض! ولكن صراخه لم يجنِ له سوى صفعة قوية أفقدته توازنه، فوجد نفسه ملقى على الأرض بجوار إحدى الجثث!

- "أين ذهب الباقي؟" سأل قائد الجنود.....

في هذه اللحظة، تنبه مراد إلى أن ياسمي لم تكن بالمنزل، بل حتى محمد بن إسحاق لم يكن بين التجار الذين تم القبض عليهم...... "إذاً لا يزال هناك مجال لتحذيرها، فلعلها تستطيع الهرب!"..... أخذ مراد يفكر مرة أخرى في كيفية الوصول إليها، أو إلى شيخ تجار قافلة المغول، فلعله كان بصحبتها. الوقت كان يمر، والجنود حتماً سيمشطون المدينة بحثاً عنهما، لذلك كان عليه أن يأتي بشيء الآن وإلا......

ما كاد مراد ينهي تلك الخاطرة حتى شاهد أمامه ما لم يكن في الحسبان! في تلك اللحظة من نهار بخارى، وبعد أسابيع عدة منذ أن شاهد ذلك الشيء الذي قتل الفارس المغولي على مشارف مدينة أترار، ها هو ذا يشاهده مرة أخرى، ولكن هذه المرة متجهاً نحوه هو، متخذاً هيئة هلامية لا ملامح لها سوى وجهه الذي بدا له مألوفاً إلى حد كبير! بل إنه لوهلة ظن أن ذلك الشيء العجيب كان بطريقة ما يحاول التشبه به!

حاول مراد أن يترك المكان، ويعود إلى الحانة، حيث يجد المساعدة عند عبدالرحمن، هرباً من هذا الكائن الهلامي الذي وإن كان لا يعلم ماهيته، إلا أنه كان يدرك جيداً مدى خطورته! وما كاد ينطلق، متجهاً نحو الحانة التي كان يعلم موقعها من المدينة جيداً، حتى وجد ذلك الكائن أمامه وبجانبه ومن خلفه، بل محيطاً به من كل جانب، غير تارك له أي مجال للتحرك! أدرك مراد قطز في تلك اللحظة، ولأول مرة منذ أن وجد نفسه في هذه الحالة اللاجسدية، بعيداً عن عالمه الذي يعرفه، أنه ليس في مأمن، حتى وإن كان طيفاً بلا جسد!

34

- "مـراد، مـراد، مـراد..... لا أدري ماذا أفعل بك وأنت مصمم على التدخل في أمور لا تعنيك، وكأنك تسـتفزني لكي أؤذيك! ينبغي لك أن تدرك يا عزيزي، أن صبري عليك له حدود." قال المخلوق الهلامي بصوت جهور لا يسمعه أحد سوى مراد، الذي بدا مشدوهاً مما كان يراه أمامه ومن حوله!

- "عن.... عن ماذا تتحدث؟"

- "أتحدث عن محاولاتك المستمرة أن تكون بطلاً أو شيئاً من هـذا القبيـل، مما أنت لسـت أهلاً له! بمـاذا يصف أبناء جلدتك مثل هذه التصرفات: لقافة.....

لطالمـا أعجبنـي مثـل هـذا المصطلح المعبـر. لا أدري لماذا لا تتعلم من أقرانك، وتترك الأمور وشأنها. انظر إلى أين قادتك تصرفاتك الرعنـاء! ينبغـي لـك أن تفكـر كيف ترجـع إلى حياتـك الجميلة التي تركتهـا، إلـى مـا كانت تسـير عليه الأمور قبل أن تتشـكك في حياتك وفي من حولك..... اسمعني جيداً يا عزيزي مراد، ولن أطيل عليك. دعك من ياسمي، وما يحدث لها، فهذا ليس من شأنك."

- "أنت تتحدث معي، وكأنك تعرفني..... من أنت وماذا تكون؟" سأل مراد متعجباً مما سمعه.

- "أنـا؟ دعنـي أقـل لـك بأنـي أقرب إليكَ ممـا تظن! بل قد لا

أكون مبالغاً إن وصفت نفسي بالصديق المخلص، الحريص كل الحرص على مصلحة صديقه. لو تعلم ما الذي فعلته من أجلك، قبل أن تلقي بنفسك من على فوهة البركان.... لقد مَكّنتك من الشيئين اللذين يبحث عنهما، ويتمناهما كل أبناء جلدتك: المال والجنس! ولكن ماذا أقول، غير أن الإنسان لا يملأ عينه إلا التراب!"

- "مَكّنتني؟....... هل أنت..... هل أنت المسؤول عن هذه الحالة التي أنا فيها الآن؟" كانت رغبة مراد في معرفة الحقيقة قد بدأت تطغى على خوفه من هذا الكائن الذي رأى مدى قدرته على الأذى، في لقائه الأول معه!

- "لا، لست أنا المسؤول عن هذا، ولكني أستطيع مساعدتك إن رغبت."

- "تستطيع مساعدتي! حقاً؟!"

- "بالطبع. سأساعدك لكي تعود إلى حاضرك، فمالك أنت وهذا الماضي البعيد الذي أنت فيه الآن؟..... سأعلمك الأشياء الّتي أبى أن يعلمك إياها رفيقك عبدالرحمن."

- "وهل تعرف عبدالرحمن؟"

- "نعم، أعرفه جيداً، وليتني لم أعرفه! فهو شخص مراوغ غير جدير بالثقة".

- "إذاً هَيّا، ساعدني لكي أعود!"

- "على رسلك يا عزيزي، أولاً علينا أن نتفق على شيء مهم."

- "على ماذا؟"
- "دعني أريك."

ما أن أنهى الكائن جملته حتى تحول المشهد من حولهما إلى مكان آخر تعرف عليه مراد على الفور، قصر والي أترار. رآه غاضباً، بعد أن أخبره وزيره بما دار بينه وبين تجار المغول من حديث. سمعه وهو يأمر بقتلهم والاستيلاء على جميع ممتلكاتهم! حاول الوزير ثنيه عن هذا القرار الذي قد يجلب الويلات على الدولة، ولكن ينال خان أبى أن يستمع إليه. رأى مراد في عيني الوالي الغضب كما رأى الطمع، وكلاهما كانا يغذيان بعضهما بعضاً! تغير المشهد منتقلاً إلى اليوم اللاحق، بعد مقتل التجار، حيث كان الوزير يسأل الوالي بماذا سيبرّر فعلته عندما يعلم السلطان؟ لم يجد ينال خان إجابة شافية، فاقترح عليه وزيره أن يدّعي بأن التجار جواسيس، وأنهم ضُبطوا وهم يثيرون القلاقل، ولذلك تم قتلهم! ثم عاد المشهد مرة أخرى إلى الحاضر ببخارى، ولكن هذه المرة بجوار القلعة، إلى حيث كانت ياسمي تتجه، غير مدركة ما قد حدث منذ لحظات لرفقائها. في تلك اللحظة شعر مراد برغبة جامحة في أن يفعل شيئاً من أجل مساعدتها، من أجل تنبيهها مما سيحدث لها!

- "انظر إلى هذه الفتاة البلهاء." قال الكائن بنبرة طغت عليها السخرية....
- "إنها تسير بقدميها إلى سجانها. هل تعلم لماذا يا مراد؟ لأنه قدرها المحتوم الذي تريد أنت بكل سذاجة أن تمنعه!"

توالت الأحداث، ورأت ياسمي الجنود، وهم يقودون التجار إلى القلعة، كما تنبه بعض الجنود إلى الفتاة المغولية التي كانوا يبحثون

عنها، ثم أخذوا يحيطون بها في اللحظة التي حاولت فيها أن تتراجع.

- "إن رغبت في أن تحصل على مساعدتي، فعليك أولاً أن تنسى أمر هذه الفتاة، وألا تحاول التدخل في أمور لا تعنيك. عليك أن تتراجع يا مراد، كما فعلت في محطة الوقود".

أن يتراجع!..... هذا كل ما كان عليه أن يفعل، لكي يعود كل شيء إلي ما كان عليه من قبل. لكي يرجع إلى عالمه، إلى جسده، إلى حياته! فقط عليه أن يتراجع كما فعل في محطة الوقود، وليكن مصير ياسمي ما يكون، فما عليه بها؟ بل هو حتى لا يعرفها حق المعرفة، وماذا عسى أن يكون هناك لكي يعرف؟ فهي مجرد فتاة من جنس المغول، هؤلاء الهمج الذين قرأ عن بشاعة ما فعلوا في المسلمين... أوليس هم الذين سوف يدمرون المدن ويقتلون البشر؟ هذا ما ذكرته كتب التاريخ التي درسها في المدرسة! لن تكون ياسمي غير ثمرة تلك النبتة الفاسدة، فليتركها وشأنها، فليتراجع!..... نعم، فليتراجع!.... كما فعل في محطة الوقود؟!

ولكن شيئاً ما بداخله كان يمنعه من التراجع، وبقوة هذه المرة! شعور غريب، لم يعرف له تفسيراً، كان يمنعه من أن ينصاع لما كان ذلك الكائن يطلب منه! هو ذات الشعور الذي جعله يبحث عن محمد، النادل التونسي، في قصر غانم الساعدي! وفجأة دون أن يقصد مراد أو حتى يعلم كيف، وجد نفسه يشع نوراً براقاً أخذ يزداد وهجاً بسرعة خاطفة، حتى نتج عنه وميض ملأ الكائن الهلامي الأسود، فكاد يتلاشى، لولا أنه فك التفافه الخانق الذي حبس به مراد في موقعه! ولم يكن الكائن هو الوحيد الذي تأثر بذلك الوميض، بل تنبه مراد إلى أن الجنود الذين التفوا حول ياسمي قد سقطوا على ركبهم، ووضعوا أيديهم على عيونهم في حالة تألم شديد، على

العكس من ياسمي التي كانت تنظر في اتجاهه، شاخصة العينين في حالة من الذهول، وكأنها!...... وكأنها رأته؟!..... لوهلة قصيرة، ظن مراد أنها رأته! بل حتى هو، ولأول مرة منذ أن وجد نفسه على هذا حال، استطاع أن يرى ذاته! أن يرى أطرافه متجسدة! لقد تجسد، وإن كان لوهلة قصيرة، دون أن يعلم كيف استطاع فعل ذلك!

وبذات السرعة التي حدث فيها الوميض، استطاع الكائن أن يستجمع قواه، وقد بدا عليه الغضب الشديد! فخرج منه ما هو أشبه بسوط أسود، التف حول مراد عازلاً إياه عن كل ما كان حوله، فأصبح وكأنه في تابوت مظلم ضيق لا يكاد يدخله بصيص من النور!

- "حذرتك، ولكنك لم تستمع! أَبَيْتَ إلاّ أن تتحداني..... يا لك من أبله! والآن، سوف أريك نتيجة أفعالك البلهاء هذه! سأجعلك تتلاشى من الوجود! سوف أقضي عليك! سوف أرسلك إلى الجحيم الذي تستحقه!"

ما كاد الكائن ينهي جملته حتى ظهر وميض جديد، أشد نوراً من ذلك الذي سبقه منذ قليل، ولكن هذه المرة لم يكن مراد هو المصدر. نظر الكائن على عجل نحو منشأ الوميض، وما كاد يتبين مُحْدِثه، حتى انتابه فزع شديد على إثره انفكت قبضته من حول مراد، وبسرعة خاطفة ترك المكان، بعدما تبين له ظهور ما لا طاقة له به!

35

عقـدان ونيِّـف منـذ أن غادر محمد بن إسـحاق البخاري المدينة التي ولد ونشأ فيها، هذه المدينة التي بقدر ما أحبها، شعر أنها لفظته لفظـاً، بـل تآمـرت عليـه وظلمته، عندمـا طردته أمه، بعدمـا أكل حقه زوجها، ولم يقف بجانبه أي أحد من أهاليها!.....

"هل تغيرت يا ترى بخارى؟ أم أنها كما هي؟"... ظل يتساءل، وهو في طريقه إلى دار أبيه التي سلبت منه، بعد عدة أيام من مجيئه إلـى بخـارى التـي ازدادت مبانيهـا جمالاً، وأسـوارها علـواً وارتفاعاً، وحكامها ثراء. ظل يتساءل حين استطاع أن يستجمع شجاعته من أجل أن يواجه ماضيه الذي حاول نسيانه طيلة العقود الماضية، ولكن كيف للإنسان أن ينسى، وأحداث الحاضر دائماً ما تذكره بما مضى؟.....

لم تبدُ الدار خاوية، إذ شاهد صبية تفتح الباب لبائع اللبن الذي كان ينـادي فـي صبـاح ذلـك اليوم. كانت فتاة مليحة لم تتجاوز العقد الأول، ملامحهـا تـدل علـى أصولها السـندية..... حتماً من مخلفات حروب خوارزم مع الغوريين في الجنوب.

- "صبحـك اللـه بالخيـر يـا صغيرة..... أهذه دار إسـحا..." لم يكمل محمد الجملة، فلم تعد هذه دار أبيه منذ زمن طويل.....

- "عفواً، أهذه دار عثمان بن سـنجر؟" شـعر بوخزة في صدره، وهو يردد اسم زوج أمه، ناسباً إليه الدار التي سلبها منه. أدرك في تلك اللحظة لماذا كان يؤجل المجيء إلى هنا.

- "نعم، هذه هي داره، ولكن سيدي قد خرج منذ الفجر، ولن يعود إلا قبيل غروب الشمس."

ابتسم محمد بن إسحاق، راغباً في أن يقول للجارية الصغيرة، أنه لم يأتِ لكي يقابل سيدها اللص، فيضطر إلى مصافحة يده الآثمة أو مطالعة وجهه الكريه....

- "لا بأس، فأنا هنا من أجل مقابلة سيدتك. أخبريها بأن محمد بن إسحاق قد عاد."

- "محمد بن إسحاق؟ وهل أنت من معارفها أو أحد أقربائها؟"

- "نعم، أحسبني كذلك."

- "عفواً سيدي، لم أكن أعلم، فأنا حديثة العهد هنا."

قادت الجارية الضيف إلى داخل الدار، ثم طلبت منه أن ينتظر في المجلس حتى تخبر سيدتها بقدومه، ولكنها قبل أن تذهب تنبهت إلى الوعاء الذي كانت تحمله فسألت الضيف إن كان يرغب في شربة من اللبن. شكر محمد بن إسحاق الجارية، ثم سألها عن اسمها قبل أن يخرج من جيبه ديناراً ليعطيها إياه، في بادرة كادت تجعل الجارية تسقط الوعاء من شدة الفرح!

مضى بعض الوقت قبل أن يُفتح باب المجلس ليدخل منه شاب يافع في أواخر عقده الثاني. من ملامح وجهه، عرف محمد أنه حتماً من نسل عثمان بن سنجر.

- "السلام عليكم." بادر الفتى بنبرة لم تكن مرحبة بذلك الزائر الغريب.

- "وعليكم السلام ورحمة الله وبركاته." رد التحية، متأملاً ذلك

الشخص الذي قد يكون أخاه من أمه.

- "أخبرتنا الجارية بأنك تسأل عن أمي؟ فمن عساك أن تكون؟"

- "أنا محمد بن إسحاق، لا شك أن أمك قد أخبرتك عني." أجاب محمد مقترباً من الفتى، وكأنه كان يستعد لضمه.

- "محمد بن إسحاق؟ ومن أين تعرفك أمي، حتى تخبرني عنك؟" سأل الفتى، وقد أخذ ينتابه الغضب من هذا الزائر المتبجح!

- "أنا أخوك لأمك!"

- "أخي لأمي؟"

- "نعم، من زوجها الأول إسحاق بن أبي الحسن."

- "هل أنت معتوه يا رجل؟! تدّعي أن أمي قد تزوجت من أبيك، وهي تصغرك في السن! ثم إن أمي لم تتزوج من أي رجل قبل أبي".

بُهِت محمد من هذه الإجابة التي لم يتوقعها..... فهل تزوج عثمان، على أمه، من إمرأة أخرى؟......

- "عفواً..... أوليست أمك هي عائشة بنت أحمد الخراز؟"

- "لا، بل هي أخت قاضي القضاة يحيى بن ريحان!

شعر محمد بن أسحاق بحرج شديد من هذا الخطأ الذي وقع فيه..... ولكن؟.....

- "ألا أخبرتني عن أمي.... زوجة أبيك الأولى."

- "لا علم لي بهذا الأمر! أظنك جاوزت حد الضيافة، وأن الزيارة

قد انتهت!" قال الفتى مبدياً عدم الرغبة في استمرار هذا الحديث أكثر من ذلك، مشيراً بيده إلى الضيف الثقيل بالخروج من داره!

خرج محمد من الدار التي كان قد ورثها عن أبيه، وهو في حيرة من أمره..... فهل توفيت أمه؟ كانت هذه إحدى الأمور التي خاف أن يواجهها، أن يأتي ولا يجد أمه، أن يكون الموت قد سبقه إليها، قبل أن يقبل رأسها ويخبرها بأنه لم ينسَها قط، ويستسمحها على انقطاعه عنها طيلة هذا الوقت! كان يدرك جيداً في قرارة نفسه أن أمه، وبالرغم من طردها له من الدار، فهي تُكِنّ له محبة في قلبها، وإن قسوتها عليه لم تكن سوى سحابة صيف عابرة، فأخذ يلوم نفسه لأنه غاب عنها كل هذه السنين الطوال.... على هذه القطيعة التي ما كان يجب لها أن تكون!

- "محمد؟!.... أهذا أنت؟"

جاء الصوت منادياً من حانوت في زاوية الشارع، خرج منه رجل في مثل عمر محمد بن إسحاق.....

- "لم أصدق عيني في بادئ الأمر، عندما رأيتك قادماً من بعيد، ولكني سرعان ما تيقنت لمّا وجدتك متجهاً إلى دار أبيك..... يا إلهي، هذا حقاً أنت! أين كنت طيلة هذه السنوات يا رجل؟!"

عانق صاحب الحانوت صديقه القديم الذي تعرف هو الآخر عليه، فكيف ينسى جاره وصديق طفولته الذي طالما شاركه اللهو في شوارع بخارى.

- "علي!... كيف حالك يا صديقي؟"

على الرغم من سعادة محمد لرؤية صديقه القديم، إلا أن هذه السعادة كانت منقوصة، وقد تنبه علي لهذا الأمر، بل كان على علم

بالسبب، لكنه لم يرغب في التحدث في هذا الموضوع قبل أن يأخذ محمد إلى داره. فمثل هذا الحديث لا يصح أن يكون على قارعة الطريق!

* * *

تمنى محمد بن إسحاق البخاري لو أنه لم يعد إلى بخارى، لو أنه ظل بعيداً هناك في الشرق ولم يعد ليسمع ما حل بأمه من وهن وعذاب!..... لكم هي قدرة الإنسان على القسوة والبطش، والأعجب من هذا وذاك، قدرته على التغاضي وقدرته على التبرير!

علم شيخ التجار من صديقه علي كيف أن عثمان بن سنجر طلق أمه، ثم طردها من الدار، بعد مغادرته بخارى بأعوام قليلة. وعندما ذهبت إلى القاضي يحيى بن ريحان، لكي تشتكي طليقها، متهمة إياه بالنصب والاحتيال، حكم عليها القاضي بالجلد بحجة القذف، ثم بعد ذلك أمر بحبسها، عندما حاولت عنوة دخول بيتها الذي سلب منها، بعدما تزوج طليقها بشقيقة القاضي. ظلت أم محمد في سجن قلعة بخارى سنة ونيِّفاً، قبل أن يتوفاها ربها، ويريحها من العذاب الذي وجدت نفسها فيه!

شعر محمد برغبة شديدة في مغادرة المدينة، فلم تعد هذه هي بلاده، بل أصبحت شيئا آخر لا يعلمه ولا يفهمه!..... ظاهرها الجمال والثراء، ولكن باطنها القبح والفقر..... رجالها ظاهرهم الورع والصلاح، ولكن باطنهم الجشع والفساد! أخذ ينظر حوله، وهو في طريقه إلى مسكنه في الجانب الآخر من المدينة، فلم يعد يرى تلك المدينة الجميلة التي غادرها منذ سنوات طوال، بل مدينة أخرى موبوءة، ينبغي لها أن تحرق، حتى تعود نقية من جديد!

ظل يمشي في طرقات بخارى، ولكن بدلاً من أن يتجه جنوباً

إلى الدار الفسيحة التي يسكنها مع ياسمي وباقي التجار، وجد نفسه بالقرب من القلعة بشمال المدينة، حيث ماتت أمه! ما كاد يخطو خطوة أخرى حتى رأى مجموعة من جنود خوارزم وهم يقتادون رفقاءه مكبلين، ممزقة ثيابهم وآثار الضرب قد بدت عليهم بشكل جلي! لوهلة لم يصدق ما كان يراه أمامه، حتى إنه أراد الاقتراب منهم، لولا أن يداً أمسكت به من الخلف، مانعة إياه من التحرك.....

- "إن اقتربت فسيقبضون عليك، وسيصبح حالك كحالهم." جاء صوت عبدالرحمن من خلفه، حيث ظهر فجأة دون أن يشعر به.

- "ما هذا الذي يحدث؟! لماذا هم مقيدون، وإلى أين يقتادونهم؟!" تساءل محمد بن إسحاق، مذهولاً مما كان يراه.

- "إلى القلعة، حيث سيسجنون ثم يعذبون إلى أن يموتوا." أجاب عبدالرحمن بكل هدوء، ثم شرح لشيخ التجار ما حدث لرفقائه في أترار، وكيف أن ينال خان أرسل إلى السلطان يخبره بأن تجار المغول ليسوا إلا جواسيس جنكيز خان. لذلك أمر بالقبض عليهم.

- "ولكن عَليَّ أن أذهب إلى السلطان علاء الدين!..... لا بد أن أخبره بكذب والي أترار!"

- "لن يجديك هذا نفعاً، فالسلطان لن يُكذِّب خاله ويصدقك أنت."

تنبه فجأة محمد إلى أمر هام.....

- "وماذا عن ياسمي؟ أين هي؟ هل رأيتها؟"

أمسك عبدالرحمن بمحمد بن إسحاق من كتفيه، ثم قال، ناظراً

إلى عينيه، بحزم شديد......

- "لن تستطيع أن تفعل لها شيئاً الآن، وحتماً لن تفيدها بشيء إن تم القبض عليك. كلها لحظات قبل أن يكتشفوا أنك لست مع الذين تم جلبهم إلى القلعة، وحينها ستغلق جميع أبواب المدينة، وسيتعقبك العسس والجنود حتى يقبضوا عليك. فرصتك الآن للهرب. اذهب إلى حانة موسى، وستجد هناك فرساً في انتظارك. خذه وارحل، ولكن لا تتجه شمالاً أو شرقاً. إذا فعلت، سيلحقون بك، ويمسكونك. بل اتجه جنوباً إلى غزنة، وأمكث بها يوما أو يومين، فلن يبحثوا عنك هناك، وأنت في عقر دارهم. زَوِّد نفسك بما تحتاج إليه من المؤونة، ثم انطلق إلى قراقورم."

- "ولكن ياسمي؟"

- "كما قلت لك من قبل، لن تجديها نفعاً إن قُبض عليك. دعها لقدرها، فلعل الله يرشدها إلى اختيار حسن السبيل." ما كاد يتم عبدالرحمن جملته، حتى ترك محمد بن إسحاق، وأخذ ينظر باتجاه القلعة حيث شاهد ومضة من ذلك الاتجاه. التفت محمد هو الآخر نحو المكان نفسه. لم تمض لحظات قليلة حتى حدثت ومضة أخرى، أكثر بريقاً من سابقتها، أسقطته على الأرض، وكادت تعميه. بعد ذلك بقليل، استجمع شيخ التجار نفسه بعد أن استعاد بصره، ثم التفت نحو عبدالرحمن، ليطمئن عليه، ولكنه لم يجده حيث كان. فقد اختفى الرجل فجأة كما ظهر!

36

- "هـذا الشـيء! كاد.... كاد أن يقضـي علـي!" ردد مـراد عـدة مرات غير مصدق ما قد حدث له للتو، ثم فجأة خطر على باله سؤال......

- "أهو من الجن؟!"

- "لا، ليس من الجن، بل مخلوق أخطر بكثير." أجاب عبدالرحمن بهدوئـه المعتـاد، وإن كان قـد بدا عليه شـيء من الإعياء، ما أثار دهشة مراد، حيث لم يره في هذا الحال من قبل.

- "أخطر من الجن؟!.... وما عساه أن يكون؟!"

- "علم في غير موضعه قد يقود إلى المزيد من الجهل. ستعلم، عندمـا يحيـن لـك أن تعلـم..... الـذي يهمـك معرفتـه الآن هو أنك غير مسـتعد بعد للتدخل في أي أمر تشـاهده. لا تعتقد أنه باسـتطاعتك أن تتحـول من حال إلـى نقيضه، لمجرد أن أخذتك العاطفة. الأمور لا تستقيم هكذا، فالاستطاعة بحاجة إلى القدرة، والقدرة بحاجة إلى الاقتدار."

صمت عبدالرحمن قليلاً، في حالة من التأمل، ثم همس متسائلاً وكأنما كان يحدث نفسه......

- "ولكن لماذا ياسمي؟".

نظر مراد في اتجاه الأميرة المغولية على إثر ذكر اسمها، فرأى الجنود يقتادونها إلى داخل القلعة، بعدما توقفوا فجأة على إثر الومضة التي خطفت أبصارهم، وكأن شيئا لم يحدث! على غير عادتها، لم تكن ياسمي تقاوم، بل سارت معهم في حالة من الخوف والاستسلام.

- "هل سنتركها لكي تسجن؟! ما الذنب الذي اقترفته لكي تلقى مثل هذا المصير؟!"

صرخ مراد، راغباً مرة أخرى في الذهاب إليها، لكي يفعل أي شيء لمساعدتها.

- "من لا يتعلم من أخطائه، محتوم عليه أن يكررها." قال عبدالرحمن مانعاً مراد من التحرك في اتجاهها.....

- "في الوقت الراهن لا خوف عليها. هناك شخص آخر أحوج ما يكون إلى مساعدتنا الآن، والوقت يداهمنا. علينا أن نتحرك الآن."

انطلق عبدالرحمن على الفور، متجهاً شرقاً ومعه مراد الذي شعر بشيء من التردد، ولكنه رضخ في نهاية الأمر لما قاله عبدالرحمن، خاصة بعدما هدأ قليلاً، ثم أخذ يراجع ما قد حدث له منذ قليل، في محاولة منه لفهم أي شيء! ظل يستعرض الأحداث المرة تلو الأخرى، حتى تنبه لأمر.....

- "أظنها شاهدتني....."

توقف عبدالرحمن فجأة، ولأول مرة لاحظ مراد لمحة من الدهشة تعتلي وجهه الذي نادراً ما كان يبدي أي تعبير.

- "فَصِّل لي ما قلته."

- "قبل أن تأتي لنجدتي، وعندما.... لا أدري ماذا فعلت.... عندما أحدثت شيئاً وكأنه شعلة أو نور أو شيء كهذا... لا أدري كيف أصفه..... لوهلة كأني رأيت نفسي أتجسد، كما أني لمحت ياسمي، وهي تنظر ناحيتي وقد ملأها الخوف..... أكاد أجزم بأنها رأتني، بل كأنها تعرفت علي، لا أعرف كيف، ولكن هذا ما شعرت به..... العجيب أنه على الرغم من أن بعض الجنود قد خُطفت أبصارهم بسبب ذلك الشيء الذي أحدثته، إلاّ أن أحداً لم يَرَني! ربما أعزوا ما حدث لوهج شمسي على سطح عاكس، بخلاف ياسمي!"

ظل عبدالرحمن واقفاً في مكانه، متأملاً ما قد سمعه للتو، ثم سرعان ما عاود سيره في الاتجاه نفسه، دون أن ينبس ببنت شفة.

* * *

كان موسى يدرك مدى خطورة ما يفعله، وكان يدرك جيداً أن المخاطرة الكبيرة قد تدر له مكسباً أكبر..... هذا ما تنبه له عندما عرض عليه عبدالرحمن ثلاثة أضعاف ثمناً لجواده مقابل أن يجهزه على الفور لرفيق له قال إنه سيأتي بعد قليل ليتسلمه، اسمه محمد بن إسحاق...... شك موسى في الأمر، فلا أحد يعرض أن يدفع أكثر من ثمن الشيء إلا إذا كان في أمس الحاجة إليه، ومن يكون الأحوج إلى جواد إلا الذي يريد الهرب عليه!..... ولكن لا بأس، فليهرب من يشاء أن يهرب، طالما أنه سيدفع له ثمن الهروب وثمن صمته، ففي نهاية المطاف كل شيء هو رهن لثمن ما. لم تكن هذه هي المخاطرة الوحيدة التي أراد عبدالرحمن دفع ثمنها، بل كان هناك ما هو أخطر بكثير. مخاطرة أدرك موسى، وهو يشاهد الصرة الممتلئة بأحجار الماس التي عرضها عليه الرجل الغريب عن المدينة، بأنها قد

تقضـي عليـه! ولكن كلما عظمت المخاطرة عظمت المكافأة، ويا لها من مكافأة تلك التي عُرضت أمامه! مكافأة إن حصل عليها، فستجعل منـه أحـد أثريـاء المدينة، ولن يكون في حاجـة إلى العمل بعد اليوم. هذا إن عاش لكي يستمتع بالمكافأة!

- "لقد تأخر." قال موسى مخاطباً محمد الطوسي، وقد تمكن منه القلـق، وهـو ينتظـر مجيء عبدالرحمن، بعد أن جاء بثلاثة خيول إلى حظيرة بجانب بوابة بخارى الشرقية. لوهلة فكر في أن يترك المـكان، ويعـود إلـى حانتـه صارفاً النظر عن هـذا الجنون الذي كانـوا علـى وشـك أن يقوموا به، ولكن مشـهد المـاس المتلألئ الذي شـاهده في الحانة، قبل أن يوافق على المشـاركة في هذه المغامرة، جعله ينتظر!

- "ها هو قد جاء." أشار محمد إلى عبدالرحمن، ثم امتطى فرسه على الفور. كذلك فعل موسى.

- "مهـلاً..." قـال عبدالرحمـن وهـو يعايـن حصانـه والحصانين الآخرين......

- "ليس بعد. علينا أن ننتظر بعض الشيء."

- "ننتظر ماذا؟ هل هناك شخص آخر سينضم إلينا؟ أنت طلبت مني ثلاثة أحصنة فقط!" كان التوتر قد تمكن من موسى، ظهر ذلك جلياً من خلال فرائصه المرتعدة. وما كاد ينهي جملته حتى دوى صوت بوق عالٍ ملأ أرجاء المدينة كافة! وعلى الرغم من أنه لم يسمع صوت هذا البوق منذ زمن بعيد، إلا أنه كان يدرك جيـداً معنـاه...... إغـلاق أبواب بخارى، ومنع أي شـخص من الخروج أو الدخول إلى المدينة!

- "هيا بنا، الآن!"

انطلق عبدالرحمن بخيله متجهاً نحو البوابة الشرقية، ومن خلفه محمد، وموسى الذي كان ملثماً حتى لا يتعرف عليه أحد من الجنود الموجودين حول المكان. كانت البوابة الكبيرة في طريقها للإغلاق، عندما شاهد قائد الجنود الخيول الثلاثة المتجهة نحوه عدواً. صرخ لجنوده لكي يستعدوا برماحهم، فالأوامر التي تلقاها كانت صارمة: "لا أحد يخرج من المدينة حياً إلى أن يتم القبض على الثلاثة المتبقين".

شعر موسى بالخوف الشديد، ثم أخذ يؤنب نفسه، لأنه وافق على هذه المغامرة الجنونية التي ستقوده إلى الهلاك!..... لوهلة فكر في أن يلف بفرسه ويعود إلى داخل المدينة ويترك عبدالرحمن ومحمد، فما قيمة المال إن لم يعش، لكي يستمتع به؟! الفرصة كانت لا تزال أمامه لكي يتراجع، خاصة أن لا أحد من الجنود يعلم أنه الفارس الثالث ..... يستطيع التراجع الآن، ولن يبحثوا عنه، بل سيبحثون عن محمد بن إسحاق الذي خاف عندما رآهم متكاثرين عند البوابة الشرقية، ففر إلى داخل المدينة..... هكذا سيحسبون...... نظر موسى حوله، "إما الآن وإلا فلا"..... البوابة كانت على وشك أن تغلق تماماً، ولن يتمكنوا حينها من مغادرة بخارى، هذا إن تمكنوا من تجاوز رماح الجنود! وفي اللحظة التي كان على وشك أن يتراجع فيها، ضارباً اتفاقه مع عبدالرحمن بعرض الحائط، شاهد موسى ما لم يتوقع حدوثه!..... البوابة توقفت، وكأن شيئاً ما قد أعاقها، تاركة مساحة جيدة يمكنهم الخروج منها، هذا إن استطاعوا تجاوز الرماح! لاحظ بعدها عبدالرحمن، الذي كان ممتطياً الجواد الأمامي، وهو يخرج من جيبه صرتين، ثم أخرج عوداً صغيراً

مدبب الرأس، حكه بظفره فأشعل ناراً لمس بها حبلاً رفيعاً خارجاً من كل صرة من الصرتين، ثم ألقى بهما على الجنود محدثاً دوياً ودخاناً كبيراً لم يَرَ شيئاً مثله في حياته! على إثر ذلك الانفجار، ارتمى الجنود على الأرض، وقد أصيب بعضهم بجروح طفيفة، وإن كان أغلبهم قد أصابتهم حالة من الفزع لهذا المارد من الدخان الكثيف الذي خرج من الصرتين اللتين ألقى بهما ذلك الغريب ذو العمامة الخضراء!

في تلك اللحظة، وهو يتجاوز بفرسه البوابة الشرقية دون أدنى عناء، أخذ موسى يتساءل بينه وبين نفسه إن كان خوفه من الجنود في محله، أم أنه من الأولى أن يخاف من هذا الساحر الذي أخرج لتوه مارداً من الصرتين؟!

* * *

بعد نصف يوم من العدو المستمر، أصيبت الخيول بالإعياء الشديد، فتوقف عبدالرحمن ورفيقاه بالقرب من قرية هادئة، شرق بخارى. أخرج من حقيبة جلدية صرة لا يختلف مظهرها كثيراً عن هاتين اللتين ألقى بهما على الجنود الخوارزميين، عند بوابة بخاري الشرقية، ثم ناولها لموسى الذي شعر للوهلة الأولى بالفزع، وقد كان مشهد الجنود لا يزال حاضراً في ذهنه، فسقطت الصرة منه على الأرض ليتدحرج منها بعض أحجار الماس.

- "أوفيت بعهدك لنا، وها نحن قد أوفينا بعهدنا لك. أظن أنه من الأفضل لك أن تفارقنا الآن، قبل أن يلحق بنا جنود بخارى."

لم يلتفت موسى كثيراً إلى قول عبدالرحمن، إذ عند مشاهدته للماس، تبدد خوفه، واستُبدل بالطمع، فقفز من جواده وأخذ يلم الأحجار من على الأرض.

- "أشكرك يا سيدي!...... أشكرك جزيل الشكر....... والله إنك لرجل كريم!..... أنا خادمك إلى الأبد!....."

ظل موسى يلهج بالشكر، وهو يقلب أحجار الماس، غير مصدق ما كان بين يديه من ثروة طائلة ما كان يحلم بها! ثروة تغنيه عن الحانة إن أراد ذلك، بل لن يحتاج بعدها إلى أن يعمل أبداً.....

دخل عبدالرحمن ومعه محمد الطوسي إلى القرية بعد أن ودّعا رفيقهما الثالث، ثم اتجها إلى حانة كانت خالية إلا من صاحبها الذي رحب بهما أشد ترحاب، إذ لم يشهد المكان أي زائر منذ أيام.

- "ما هذا الذي ألقيته على الجنود ببخارى؟ كأنه يشبه ملح البارود، ولكني لم أرَ دوياً تحدثه كمية قليلة كالتي ألقيت بها!" تساءل محمد الطوسي بعد أن ذهب صاحب الحانة، ليجلب لهم الطعام والشراب. كانت نبرة السؤال لا تخلو من الاستعجاب، حيث لم يكن يعلم أن كفيله من أهل الكيمياء.

- "بل هو مزيج من ملح البارود مع مسحوق الفحم ومادة الكبريت." أجابه عبدالرحمن.

- "مسحوق الفحم والكبريت....." ردد محمد متأملاً، ثم تابع بسؤال آخر....

- "أين تعلمت هذه الخلطة العجيبة؟"

- "ليست بالخلطة العجيبة، فهي معلومة لدى علماء الصين منذ قرون."

- "وهل ذهبت إلى الصين؟"

- "إلى الصين وغيرها من البلاد، بحثاً عن المعرفة."

هز محمد رأسه معرباً عن إعجابه بما سمع من إجابة لسؤاله، ثم أخذ ينظر حوله متأملاً المكان، قبل أن يتنبه إلى مسألة جعلته يشعر بشيء من الريبة.

- "هل من الحكمة أن نأتي لمكان خالٍ من الرُّحَّل كهذا؟...... سيتذكرنا صاحب الحانة، إذا جاء، وسأل عنا أحد من فرسان بخارى الذين حتماً سيتتبعون أثرنا."

لم يجب عبدالرحمن عن سؤال الفتى، واكتفى فقط بنظرة أنبأت بعدم الاكتراث.

- "ألا تخشى أن يلحق بنا...." لم يكمل محمد السؤال، فقد قرأ على ملامح وجه رفيقه الإجابة.....

- "أنت تريدهم أن يلحقوا بنا..... كل ما فعلناه سابقاً كان فقط من أجل إعطاء ذلك التاجر فرصة للهرب، ولكنك لم تفرغ بعد من بخارى؟".

- "اسمع يا فتى، أنت لست مديناً لي بشيء. يمكنك الهرب الآن، وستجد على فرسك حقيبة بها كل ما ستحتاج إليه. إن انطلقت الآن، فلن يلحقوا بك. أعدك بذلك".

ابتسم محمد الطوسي، ثم قال....

- "لا.... بل سأبقى معك.... لا لأنك أخرجتني من السجن، فتالله لم أحسب نفسي سجيناً عندما كنت قابعاً في غياهب تلك القلعة اللعينة مكبلاً بالأصفاد، لأن عقلي كان حراً ولم يستطع لا قاضي القضاة ولا السلطان حبسه. بل إني كنت أشفق على من هم بالخارج. يحسبون أنفسهم أحراراً ولا يدرون أنهم سجناء خوفهم ونفاقهم ومعتقداتهم البالية...... سأبقى معك،

لأنـي لا أريـد أن أفقـد معلماً آخر، بعدمـا فقدت القاضي واصل بن غيلان..... إن كان هناك شيء قد تعلمته في سنوات عمري القليلـة علـى وجـه البسـيطة، فهو أنه لا يوجـد طريق أصعب قد يسلكه المرء من ذلك الذي يؤدي إلى معرفة الحق!"

37

على الرغم من عدم يقين السلطان علاء الدين محمد بصدق ما زعمه ينال خان من أن تجار قافلة المغول هم جواسيس أرسلهم جنكيز خان، وعلى الرغم من عدم رضاه عن تسرعه في قتلهم، إلا أنه كان على يقين بشيء واحد، وهو أنه لا بد من مجاراة خاله وإلا غضبت منه أمه، وغضب معها عشيرتها الكانكالي، وهم الذين يشكلون ثلث جيشه، ومنهم كبار قادته ومستشاريه. كما أن السلطان تنبه إلى ميزة خَفَت عنه في بادئ الأمر، وهي أن اتهام تجار المغول بالتجسس، يعطيه ذريعة قوية للنيل من عبدالرحمن الذي أحرجه أمام حاشيته، لأنه صاحَب هؤلاء التجار الذين أتوا به، ما يجعله منهم. ولكن يبقى أمر جنكيز خان ذاته، وكيفية التعامل معه بعد الذي حدث، ومع حفيدته التي أرسلها راغباً في مصاهرته.....

- "مولاي، بما أن خان المغول قد أظهر لنا العداء، لا أجد أي سبب في تزويج حفيدته من حفيدك الأمير محمود بن ممدود، بل أرى أن تهديها إلى أحد قادتك ليتخذها جارية عنده." أشار الوزير نجم الدين كبلك على السلطان بعد أن زف له خبر إيداع عبد الرحمن ومحمد الطوسي في سجن قلعة بخارى، وأن مئة فارس من خيرة فرسان خوارزم يتعقبون محمد بن إسحاق وحتماً سيقبضون عليه.

- "وهل يجوز لنا أن نسبي فتاة أتتنا مسالمة، خاصة بعد أن أعلنا

أننا سنزوجها لحفيدنا؟" تساءل السلطان، غير راغب في أن يقال عنه إنه لا يحافظ على عهده.

- "هذا أمره سهل يا مولاي. نستطيع أن نطلب من قاضي القضاة أن يستخرج لنا فتوى تفيد بأن ما قام به خان المغول هو عمل أشبه بالحرب، ومن ثم يحق لنا سبي حفيدته، ومن غير المعقول حينها أن يتزوج أمير من أمراء أسرة خوارزمشاه جارية من المغول."

- "أحسنت الرأي يا أبا علي، يا لك من وزير داهية!" لم يخفِ السلطان إعجابه بما سمع من مشورة وزيره، على العكس من تركان خاتون، التي دخلت مجلسه فجأة، من غير سابق إنذار.....

- "بل يا له من رجل أحمق!" صرخت أم السلطان دون أن تأبه بأن يسمع صوتها من هم خارج المجلس.

- "أماه!...."

- "نعم، هو رجل أحمق، يشير عليك بالسوء. فلو كانت لديه ذرة من العقل، لما قال ما قاله!"

- "مولاتي تركان خاتون..... ما الذي قلته، ولم ينل استحسانك؟" حاول الوزير نجم الدين بكل ما أوتي من حصافة ألا يبدي غضباً من هذه الإهانة التي تلقاها تواً، ولو أنه في قرارة نفسه كان يود لو أن ينزع خنجره من غمده ليقطع به لسان تلك "المرأة الحمقاء!".....

- "حفيدة خان المغول يجب أن تتزوج من محمود! خاصة الآن وقد فلت من أيديكم شيخ تجار المغول. فما هي إلا أسابيع

قليلـة، ويصـل إلـى خانـه، ويخبره بما جرى لباقـي التجار، ومن كان معهم من فرسانه المصاحبين للقافلة".

- "لن يصل الأمر إلى هذا يا مولاتي. إن أفضل فرساننا يتتبعونه، وحتماً سيقبضون عليه قبل أن يغادر البلاد."

- "ألم أقل لك إنك أحمق! لقد خدعكم مرة أخرى ذلك السـاحر الذي يسمي نفسه عبدالرحمن! جعلكم تلحقون به، بعدما أحدث صخباً، حتى يفسح المجال لرفيقه لكي يهرب في اتجاه مغاير".

- "مسـتحيل يا مولاتي! لقد شـاهد الجنود ثلاثة راكبين يفرون من البوابة الشرقية."

- "ولكنكم قبضتم على اثنين فقط، عبدالرحمن والغلام..... لماذا لم يكن شيخ التجار معهم؟"

صمت الوزير، ولم يجب عن السؤال، حيث بدأ يدرك إلى ماذا كانت تشير تركان خاتون!

- "دعني أجبك أنا أيها الوزير..... لم يكن معهم، لأنه غادر من بوابـة أخـرى، أما الرجل الثالث الذي رآه الجنود، فكان شـخصا استأجره، لكي يوهمكم بأنهم جميعاً هربوا معاً في اتجاه واحد!"

نظر السـلطان إلى وزيره الذي ظهر عليه الحرج الشـديد فغاب عنه الكلام، ثم نظر إلى أمه.....

- "وكيف عرفت أن هذا ما قد جرى؟"

- "لأن هذا ما كنت سأفعله، لو أني أردت لغيري أن يضمن الهرب والنجـاة! عليـك يـا بني، أن تفكر كمـا يفكر عدوك إن أردت أن تنتصر عليه".

- "عليه اللعنة ذلك الرجل الخبيث! والله إنه لساحر، وقد شعرت بخبثه منذ أن وقعت عيناي عليه!" صرخ السلطان، وقد ملأه الغيظ من ذلك الرجل الذي استطاع أن يخدعه أكثر من مرة على مرأى من الجميع.

- "هو فعلاً ساحر يا مولاي..... لقد ألقى على الجنود في أثناء فراره برماد الجن الذين يستعين بهم! لولا ذلك لما تمكن من تجاوز خيرة جنودنا عبر البوابة الشرقية، ولكنا قبضنا عليه وعلى من معه وعلمنا حينها أن شيخ تجارهم ليس معهم."

- "لذلك يجب أن تقطع رأسه غداً أمام كل أهالي بخارى!"

- "لا،" قاطعت تركان خاتون ابنها....

- "القتل سيريحه، ومثله لا يستحق الراحة. دعه يتعذب بضعة أسابيع في غياهب السجن، هو والغلام، ثم يصلبان بعد ذلك حتى الموت!"

- "وماذا عن الفتاة يا أماه؟ لماذا تصرين على تزويجها من محمود؟ لا أظن أن مصاهرة خان المغول الآن ستجدي نفعاً بعد الذي جرى".

- "بل على العكس..... تزويجك لحفيدة خان المغول من محمود، سيجعله يفكر ألف مرة قبل أن يتصرف نحونا بالسوء. فَمَن الأهم بالنسبة إليه، حفيدته التي هي من صلبه، أم تجار مسلمون ليسوا من ملته أو حتى من عشيرته؟"

ابتسم السلطان علاء الدين محمد، مقتنعاً بما قالته أمه، ثم نظر إلى وزيره الذي اكتفى بهز رأسه، معرباً هو الآخر عن موافقته لما

سمع..... وعلى الرغم من كره الوزير نجم الدين كبلك، لتلك المرأة الداهية، إلاّ أنه لم يملك في تلك اللحظة سوى أن يحمد ربه لانتمائها لذات عشيرته، وإلا ما كان له أن يأمن على نفسه من شر مكرها!

38

الخوف!.... الحيرة!...... الوحدة!...... أمحتوم عليها أن تبقى أسيرة لهذا الشعور مهما حاولت، وجاهدت من أجل الخلاص منه؟ هل كتب عليها أن تظل تصارع لعنة تَبْتِنْكَر طوال حياتها، حتى هنا في بخارى؟ ألا يكفي أنها تركت كل شيء في قراقورم، كل من يحبونها، وتحبهم؟ لم تتخيل ياسمي أن ترى نفسها، وقد آل حالها إلى هذا المآل، محبوسة بين جدران قلعة المدينة العتيقة! أن ترى نفسها وحيدة، وقد هزت أمواج الحيرة عقلها، وبدأ الخوف يتغلغل إلى قلبها..... الحيرة، لأنها لم تعد تعلم ما هي الحقيقة وأين تجدها..... والخوف، لأنها كانت تدرك جيداً مدى حيرتها، وأنه لا يوجد من يستطيع مساعدتها!

في يوم من الأيام عندما دخلت بالخطأ خيمة تَبْتِنْكَر، ظنت أن الأقدار قادتها إلى هذا المكان لكي تكتشف الحق، لكي تكتشف أن العالم يحكمه إله النور وإله الظلام. إله لا يصدر عنه إلاّ الخير، وآخر لا يصدر عنه إلاّ الشر، ولكن عبدالرحمن أفسد عليها هذا المعتقد في جلسة واحدة، ثم تخلى عنها عندما كانت في حاجة إلى مثله لكي يعلمها، ويزيح عنها حيرتها..... لا يوجد ما هو أسوأ من أن يكون الإنسان حبيس العقل وحبيس الجسد في ذات الوقت، سوى أن يجهل السبب، ولا يعرف من أين يبدأ، ومن يسأل. فمن الذي تستطيع أن تسأله عن ذلك الذي رأته أمام القلعة قبل أيام؟ من الذي يستطيع أن

يفسر لها ذلك النور الذي رأته مشعاً من المخلوق نفسه الذي رأت ظلامه يملأ خيمة تَبْتِنْكَر؟ لو أنها خيرت بين أن تبقى حبيسة هذا المكان الموحش، أو أن تفهم هذا الذي حدث لها في قراقورم، وهنا في بخارى، لاختارت أن تفهم، وإن بقيت ما تبقى لها من العمر في غياهب هذا المكان! ولكن يبدو أنه قُدِّر لها أن تكون حبيسة الجسد وكذلك حبيسة العقل، أو هكذا حسبت!

* * *

شيء ما في ياسمي قد كسر، في ذلك اليوم الذي قيدت فيه، وأخذت إلى القلعة، مع من تبقى من تجار القافلة. هكذا أحست، وهذا الشعور بالانكسار ضايقها، إذ كانت دوماً تتمنى أن تكون مثل جدتها بورته التي علمتها، واهتمت بها أكثر من اهتمام أمها بها. كانت تتمنى أن تكون بقوتها وإصرارها وعزيمتها، وهي التي خُطفت ثم هَربت ثم طوردت. كانت سيرتها التي تروى لكل طفل صغير، مصدر إلهام لها، فإصرارها وولاؤها وعزيمتها وتحملها للمشاق والمصاعب عبر سنوات التشرد مع زوجها هو ما جعل منه جنكيز خان. كانت ياسمي في قرارة نفسها تتمنى أن تصبح مثل جدتها..... فظلت تسأل عن السر الذي جعل جدتها بهذه الروح القوية؟ أهو جدها تاموجين؟ وهي طفلة صغيرة سمعت مراراً من أمها أن روحاً واحدة تسكن بورته وتاموجين، وأن كل إنسان يعيش بنصف روح، ويبحث عن نصف روحه الآخر، وأن القليل منا من يجدون ذلك النصف الآخر، وهؤلاء هم الذين يصبحون عظماء، هم الذين يغيرون العالم..... عندما كبرت، قال لها معلموها إن هذا القول ليس إلا هراء، فكل إنسان يعيش بروح كاملة. مرات كثيرة لم تصدق ما قاله لها معلموها، فجدها تاموجين ما كان ليكون جنكيز خان لولا جدتها

بورتـه، وبورتـه مـن غير تاموجين لأصبحت مجرد جارية من جاريات شيليدو، خان المركيت!

"هل أعيش فقط بنصف روح؟".... أخذت ياسمي تتساءل..... أهـذه هـي المشـكلة، أنها تعيش بروح غيـر مكتملة تبحث عن نصفها الآخر؟ إن كان الأمر كذلك، فأين ذلك النصف الآخر؟ هل هو محمود بـن ممـدود الـذي كان من المفتـرض أن تتزوجه؟ المرة الوحيدة التي التقته في أثناء سيرها من أترار إلى بخارى، لم تشـعر بأنه الشـخص الـذي تبحـث عنـه لكي يكملها وتكمله. لم تَرَ فيه سـوى فتى خجول ليس ذا شـأن، ولكن حتى هذا الفتى يبدو أنه قد أصبح بعيد المنال، بعد هذا الذي حدث لها ولرفقائها من غير أن تفهم له سبباً، حتى قيل لها من قبل قائد العسـس، بعد مضي عدة أيام في سـجن القلعة، إن جدها قد أرسـل جواسـيس في هيئة تجار، وكان عليها أن تدفع ثمن هذا الفعل العدائي..... الثمن الذي سيقرره السلطان!

- "لعله يمنحك لي، فتصبحين جاريتي." قال قائد العسس مستهزئاً بها قبل أن يكمل سيل الإهانات....

- "أنت تصبحين زوجة لأحد أحفاد مولاي السـلطان؟! سـبحان اللـه، مـا كنـت أعتقـد أنني سـأعيش حتى أرى ذلـك اليوم الذي يتطلع فيه علوج المغول، عبدة الأوثان، إلى أن يصاهروا أسيادهم الخوارزميين".

عبـدة الأوثـان!..... أرادت ياسـمي أن تقـول لـه إن قومهـا لا يعبـدون الأوثـان، وإن التجـار الذيـن ألقيتـم بهم فـي غياهب قلعة بخارى، والذين قتلتموهم في أترار هم مسلمون مثلكم!......"إن كان أحد يعبد الأوثان فهو أنت، واسـم وثنك هو السـلطان!".... أرادت

أن تصرخ في وجهه!...... ولكنها لم تفعل، وآثرت الصمت، فلم يعد شيء يهم. بل كل شيء أصبح مثل أي شيء، فليقرر السلطان ما يشاء. فأي رجاء ترتجيه، ولعنة الكاهن الأعظم تَبْتِنْكَر تلاحقها في كل مكان؟!

ولكن كم كانت دهشتها في اليوم التالي عندما جاءها الخبر، وعلمت بقرار السلطان الذي أثار دهشة الجميع وعلى رأسهم قائد العسس......"إطلاق سراح الأميرة ياسمي وإتمام مراسم زواجها من الأمير محمود بن ممدود".

39

ما بين عشية وضحاها، انتقلت حفيدة خان المغول من حال إلى حال، وكأنها استيقظت من حلم مزعج كانت فيه سجينة، لترى نفسها، وقد أصبحت زوجة لحفيد سلطان مملكة خوارزم. حاولت أن تستفسر عن التجار الذين أودعوا في السجن، لتعلم ما حل بهم، وإن كان قد أطلق سراحهم أيضاً؟ ولكنها لم تتلقَّ سوى إجابة واحدة من معاون الوزير نجم الدين الذي أخرجها من القلعة وجلبها إلى حرملك قصر السلطان علاء الدين.....

- "لا أحد يُظلم في مملكة خوارزم في ظل قضائنا العادل."

حاولت أن تفهم منه سبب الذي جرى. لماذا اتهموا التجار بالتجسس؟ ما الذي فعلوه؟ ولكنها لم تتلقَّ سوى الإجابة ذاتها...... " لا أحد يظلم في مملكة خوارزم في ظل قضائنا العادل"...... وكأن الرجل لم تكن له حصيلة من اللغة سوى هذه الجملة!

في قصر السلطان، استقبلت ياسمي امرأة في عقدها الرابع، عرَّفت نفسها بدراهم، وصيفة نوران خاتون، وأنها المسؤولة عن الجواري والعبيد بقسم النساء في القصر، الحرملك. كانت تتوقع أن تلتقي بزوجها محمود الذي لم ترَه سوى مرة واحدة، وكان ذلك في أثناء مسيرة القافلة من أترار إلى بخارى، ولكنها علمت من دراهم أن الذي تم هو عقد القران فقط، ولكن مولاتها نوران خاتون أصرت على ألا يتم الزواج حتى تتأكد بنفسها من استعدادها لكي تكون زوجة

"صالحة" لحفيدها، ولذلك هي الآن هنا في الحرملك، وليست في منزل الأمير محمود المتاخم لقصر السلطان، لكي تتلقى التعليم المناسب تحت إشراف مولاتها!

* * *

لم تلتقِ ياسمي بنوران حتى صبيحة اليوم التالي، بعد أن هيأتها دراهم لكي تظهر بهيئة تتناسب مع أميرة خوارزمية، وليس كراعية خيل من سهول بلاد المغول. لم تحاول زوجة السلطان إخفاء عدم رضاها عن زوجة حفيدها التي لم تكن تعتقد أنها تستحقه. فبالنسبة إليها، تلك الفتاة لم تكن أجدر من أن تكون مجرد جارية، وليست زوجة لحفيدها المقرب إلى قلبها والذي حرصت على تنشئته على العلم والورع والتقوى، لكي يكون في يوم من الأيام عالماً كبيراً مثل أبيها القاضي محمد بن بشتاق النيسابوري..... فكيف لشخص مثله أن تكون زوجته فتاة جاهلة، نشأت في كنف قوم هم أشبه بالبدو الرحل، لا تجيد في الحياة شيئاً سوى ركوب الخيل مثل الرجال؟! ولكن هذا ما فرضه عليها زوجها السلطان بإيعاز من أمه....."تلك المرأة العقرب!".....

كلما خطرت تركان على بال نوران، تذكرت كم عانت منها طوال السنوات الماضية، منذ أن تزوجها ابنها. لقد ناصبتها العداء منذ اليوم الأول من دخولها إلى القصر، وها هي ذي تود إفساد حياة محمود، لمجرد أنه من نسلها!

- "مولاتي، ماذا حل برفقائي؟"

استهلت ياسمي لقاءها الأول مع نوران خاتون في قاعة النساء بهذا السؤال الذي جاء على مضض من دراهم التي نظرت إليها شاخصة العينين، ثم همست إليها بأن تُصَبِّح على حماتها، وتُقَبِّل

يدها اليمنى، كما علمتها البارحة.

- "دعيها يا دراهم. الفتاة تريد الاطمئنان على قومها..... هذا شعور طيب منها."

أشارت نوران لياسمي، لكي تجلس بجوارها، ثم أكملت......

- "لا تشغلي بالك يا صغيرتي، فربي وربك سيتولى أمرهم."

- "ولكن الذي أمر بسجنهم هو السلطان، وليس ربي وربك."

- "ياسمي!" نهرت دراهم الفتاة لتجرئها على مولاتها ومولاها، في حين تعجبت بعض الجواري اللواتي كن يخدمن في القاعة، لجرأة مولاتهن الصغيرة، فلم يتمالكن أنفسهن من الابتسام إلى أن زجرتهن وصيفة مولاتهن.

لم تلتفت نوران كثيراً لما قالته ياسمي، حيث لم تتوقع منها حصافة في القول..... فكيف لفتاة جاهلة مثلها أن تنتقي ألفاظها؟ يكفيها أنها تستطيع التحدث بلسان غير لسان قومها المغول. ولكنها شعرت في تلك اللحظة بأنها في حاجة إلى أن تعجل بتعليمها، فالأمر قد يستغرق سنوات عدة، حتى تصبح مؤهلة لكي تكون زوجة لحفيدها!

- "دراهم، هل أرسلت لأمين خزانة الكتب لكي يبعث بمعلم، حتى يبدأ بتعليم الأميرة ياسمي القراءة والكتابة؟"

- "ومن قال إني في حاجة إلى تعلم القراءة والكتابة؟" قاطعت ياسمي، قبل أن تجيب دراهم عن سؤال مولاتها.

- "يا صغيرتي، في بلادنا من العيب ألا تجيد الأميرات القراءة والكتابة. أعلم أن الأمر قد يبدو مرهقاً لك، ولكني أعدك بأني

سأجلب لك أفضل معلم، لكي يعلمك، حتى تستطيعي على الأقل قراءة كتاب الله."

- "ولكني أستطيع القراءة والكتابة."
- "أنا لا أتحدث عن لسان قومك..."
- "وأنا كذلك لا أتحدث فقط عن لسان المغول".

شعرت نوران بالدهشة لما سمعته....

- "هل تستطيعين قراءة الأحرف العربية؟"
- "الأحرف العربية واللاتينية واليونانية، وكذلك السنسكريتية.... كما سبق لي أن قرأت القرآن والتوراة والإنجيل والتلمود والسوترا والأفيستا، فعشقي للقراءة لا يقل عن عشقي لركوب الخيل..... هل بالإمكان أن أذهب إلى خزانة الكتب، لكي أطلع على ما لديهم من مخطوطات؟ فقد سمعت أن مكتبة بخارى لا يضاهيها في العالم سوى مكتبة بغداد."

لم تتوقع نوران ما سمعته من ياسمي!..... فكيف يمكن لهذه الفتاة القادمة من بلاد أهلها من الهمج الذين ليس لهم أي باع في الحضارة أن تكون على مثل هذه الدرجة من المعرفة؟! إن صدقت فيما تقوله، فهي على علم بلغات لا هي ولا محمود على دراية بها!.....كيف؟!...... هذا غير معقول!......

- "هل تستطيعين قراءة هذا الكتاب؟"

ناولت نوران كتاباً كان بجوارها لياسمي. أرادت أن تتأكد بنفسها أن الفتاة لا تكذب عليها لكي تتملص من الدروس التي أعدتها لها.....

- "هـذا مسـند أحمـد بـن حنبـل..... اطلعـت على نسـخة منه في قراقورم كان يحمله رحالة مسلم قدم إلينا من نيسابور."

تعجبـت نـوران خاتـون لأمر هذه الأميرة المغوليـة التي فاجأتها بما لم يكن في الحسـبان، فلم تجد ما تقوله سـوى أن تأمر وصيفتها دراهم بصرف النظر عن استدعاء معلم القراءة والكتابة...... كان من الواضح لها الآن أن الفتاة قد تجاوزت تلك المرحلة بكثير!

* * *

عبـر الأيـام توطـدت، إلـى حـد مـا، العلاقـة بين نـوران خاتون وياسمي، خاصة بعدما تبين لها أن الفتاة كانت على درجة لا يستهان بهـا مـن المعرفـة التـي تلقتهـا على يد عدد من المعلميـن في بلادها. بـل كانـت حصيلتهـا في بعض المعارف التي كانـت تنظر إليها زوجة السـلطان نظـرة دونيـة، كعلـم الـكلام والكيمياء، تفـوق حصيلتها هي وحفيدها محمود. ولكن بقي أمر أهم شكل لها غصة في الحلق، وهو ديانتهـا..... فقـد علمت من الفتاة أنها كانت تؤمن بالمانوية المثنوية، ثـم بعـد لقائهـا العابر بعبدالرحمن، أصبحـت لا تؤمن بأي دين، وفي حيـرة أكثـر مـن قبل! بالنسـبة إلى زوجة السـلطان عـلاء الدين محمد خوارزمشـاه حامـي حمـى الإسـلام والمسـلمين، وابنـة العالـم الكبير القاضي أبو عبدالله محمد بن بشتاق النيسابوري، هذا أمر غير مقبول! فزوجة حفيدها يجب أن تكون مسلمة. لذلك فاتحتها في الأمر ذات مـرة، فـي أثنـاء السير فـي حديقة القصر في يوم كانت سـماؤه صافية ونسماته تفوح برائحة أزهار الياسمين التي كانت تزين بعض المظلات الخشبية.....

- "لا ينقـص فتـاة مثلـك حباهـا الله بالعلم والجمال...." بدأت نوران حديثها، وهي تمسد على شعر ياسمي الأسود الناعم.....

- "سوى اتباع الدين الحق."
- "لو كنت عرفته لاتبعته." جاء رد الفتاة بشكل عفوي.
- "هو الإسلام يا صغيرتي. كيف لم يَهْتَدِ عقلك الراجح إليه؟"
- "مولاتي نوران خاتون، هل تأذنين لي في سؤال؟"
- "عزيزتي، اسألي ما شئت."

توقفت ياسمي عن السير، ثم نظرت إلى عيني جدة زوجها الذي لم تلتقه منذ أن دخلت القصر، قبل أن تبادر بالسؤال.....

- "وكيف اهتدى عقلك أنت إلى الإسلام؟"

باغت السؤال زوجة السلطان، ولكن على الرغم من هذا، كانت الإجابة حاضرة لديها....

- "هذا من نعمة الله علي، حيث نشأت في كنف أبوين مسلمين."
- "ماذا لو كان أبواك على دين غير الإسلام؟"

تعجبت نوران خاتون من هذا السؤال الذي بدا لها جدلياً وغير ذي قيمة.....

- "لا أفهم قصدك، ولكن المسلم الصالح دائماً يحمد ربه على أنه نشأ في ظل الدين الحق، الإسلام."

صمتت ياسمي قليلاً، وكأنها كانت تتأمل أمراً......

- "سألت هذا السؤال لعدد من الناس من أتباع مختلف الديانات، فأجابوني بالجواب نفسه تقريبا..... فالكل يعتقد أن ربه أنعم عليه هو، من دون باقي أصحاب الديانات الأخرى، بالدين الحق! هذا يجعلني دائماً أتساءل: من هو المصيب فيهم؟ فلا يمكن أن يكون

جميعهم على حق! ثم إنه لو كان الأمر بالنشأة، فما ذنب إذاً من ولد لأبوين على ضلال؟"

لم تشعر نوران بالارتياح للمسار الذي اتخذه الحديث....

- "مثل هذا التفكير هو الذي قد يقود صاحبه إلى الضلال، فالقرآن يقول بشكل صريح لا يدع مجالاً للشك بأن الدين عند الله هو الإسلام."

- "مولاتي..... القرآن حجة للمسلم لأنه يؤمن به، أما أنا..." أخذت ياسمي نفساً عميقاً قبل أن تنطق بالجملة التالية، وكأنها أرادت التأكيد....

- "فلست بمسلمة!"

أدركت نوران خاتون في تلك اللحظة أن الأمر الذي لوهلة حسبته يسيراً قد لا يبدو كذلك على الإطلاق...... فهذه الفتاة على الرغم من كل شيء جميل فيها، إلا أنها قد تشكل خطراً على حفيدها الذي حرصت على تنشئته بنفسها، بمثل هذهالأقوال التي لا طائل منها والتي لا تؤدي إلاّ إلى التشكيك في دين المرء!

لم تتمالك نوران في تلك اللحظة التي شعرت فيها بالقلق، إلا أن تدعو في سرها على غريمتها ومصدر تعاستها: "لعنة الله عليك يا تركان، أيتها الأفعى، فأنت سبب هذه البلية!"

* * *

أخذت المشاعر تفتر من جديد بين حفيدة خان المغول وزوجة السلطان بعد ذلك اللقاء في حديقة الحرملك، بل أصبحتا تلتقيان على أوقات متباعدة، ولا تزيد مدة اللقاء عن دقائق معدودة، تطمئن فيها نوران خاتون على ياسمي، وعلى أنه لا شيء ينقصها...... والحقيقة

أن هنـاك أمـوراً كثيـرة تنقص الفتاة كانت تسـأل عنهـا، كزوجها الذي لـم تلتقِـه بعـد، ولو فقط من أجل التحـدث معه، والتعرف عليه أكثر! كان الجـواب الـذي دومـاً تتلقـاه هـو أنهما لا يـزالان صغيرين، ومن الأفضل الانتظار، حتى إن كان قد تم عقد قرانهما. لم تقتنع ياسمي بهذه الحجة الغريبة التي كانت تتعذر بها نوران خاتون. فإن كان سنه صغيراً على الزواج، فلماذا زوجوه لها إذاً؟ وإنه على الرغم من كونه يصغرهـا إلاّ أنـه فـي المـرة الوحيـدة التي رأته فيها، بدا أكبر من سـنه بقامته الطويلة وقوة بنيانه. وحتماً هو ليس أصغر من جدها تاموجين عندما تزوج من جدتها، بل حتى أبوها تزوج وهو ابن الثانية عشـرة، وكذلـك شـقيقها تـزوج، وهو في سـن أصغر من سـن محمود...... شعرت ياسمي بريبة من هذا العذر الذي سمعته من زوجة السلطان، كما بدا لها أن الأمر أبعد من أن يكون فقط مسألة صغر سنهما، وإلا لماذا لم يسمح لها حتى بمجرد الحديث معه؟!

مرت الأسابيع، وكانت الفتاة المغولية تشعر مع كل يوم أنها أشبه بالطير المحبوس في قفص من ذهب. فلم يسمح لها بركوب جوادها والعـدو بـه فـي الحقـول، كما اعتادت في بلادهـا أن تفعل صباح كل يـوم، بحجـة أن مثـل هذه الأمور لا تليق إلا بالرجال، كما لـم يسـمح لهـا بزيـارة مكتبـة بخـارى، حتى لا تختلط بالعامـة من الناس، خاصة بعدما أصبحت الآن أميرة من أميرات آل خوارزمشاه!

وفي ليلة من ليالي الحرملك الكئيبة، كانت ياسمي تسير بمفردها في أحد الدهاليز، إذ لـم تشعر برغبة في النوم. كانت تفكر في حالها هـذا الـذي آلـت إليه، المخالف لما كانـت تتوقعه، فهذا القصر الكبير الـذي تسـكنه كان خاويـاً على الرغم مـن امتلائه.... فقيراً بالرغم من ثرائه..... مظلماً، وإن كانت تدخله أشعة الشمس من نوافذه الفارهة

بالنهار، ويضاء بشموع الثريات المعلقة من الأسقف في الليل. لكم تمنت في تلك اللحظة أن تعود إلى خيمتها في قراقورم، ولكن القافلة قد سارت من هناك، ولن تعود.....

سمعت ياسمي، وهي تسير، صوتاً خافتاً ينشد من إحدى الغرف. كان صوتاً شجيا يردد أبياتاً من الشعر تبينت بعض كلماتها، فتتبعت الصوت، حتى وصلت إلى مصدره، فرأت جارية لم تلتق بها من قبل، تكبرها ببضعة أعوام، تنظر من خلال النافذة إلى البدر المكتمل وتردد ذات الأبيات:

- "أيها السائل أين منك السؤال..... أفي الدنيا تسير أم في عالم الخيال..... سهرتَ الليل كثيراً والعيون لا تنام...... تبحث عن شيء تجده منك بعيد المنال...... إن كان القلب عارفاً فما باله حيران؟...... وإن كان العقل باحثاً فلمَ هو عن الحق رحال؟"

شعرت ياسمي بقشعريرة تنفض جسدها النحيل، بعد سماعها هذه الأبيات، ولوهلة شعرت، وكأن الجارية كانت تنشد لها هي، وليس للبدر الساطع في سماء بخارى!

- "مولاتي...." قالت الجارية وقد تنبهت لوجود ياسمي.

- "عفواً، لم أقصد التنصت عليك."

- "مولاتي لا يجب أن تعتذر.... فإن كان لأحد أن يعتذر فهو أنا، لأني أزعجت مولاتي."

تقدمت ياسمي نحو الجارية التي ظلت بجوار النافذة ساكنة، وكأن ضوء القمر الساطع المنعكس على وجهها المليح الهادئ يأبى أن يجعلها تتحرك من جواره.

- "أنت لم تزعجيني على الإطلاق، بل العكس هو الصحيح.....

ما اسمك؟"

- "حلاجة." أجابت الجارية بصوت ساكن يكاد يغمره الشجن.
- "هذه الأبيات التي كنت تنشدينها، أهي من نظمك أنت؟"
- "لا، يا مولاتي. ليتني كنت أقرض الشعر، ولكنني فقط أردده.... بل هي من نظم أم الوفا."
- "أم الوفا؟.... لم أسمع بها من قبل. من تكون؟"
- "هي المرأة الصالحة، العارفة بالله."
- "عفواً، ولكني لم أفهم قصدك بالعارفة بالله."
- "كثير من الناس يا مولاتي، يعلمون الله، ولكن القليل هم الذين يعرفونه."
- "وهل هناك فرق بين العلم والمعرفة؟" سألت ياسمي بشيء من التعجب.
- "بالطبع هناك فرق....." أمسكت حلاجة بطبق كان بجوارها مغطى بالقماش، ثم أكملت.....
- "هل تعلم مولاتي ما الفالوذج؟"
- "لم أسمع به من قبل."

أزاحت حلاجة القماش من على الطبق ثم قالت.....

- "هو صنف من الحلوى مصنوع من الدقيق والسمن والعسل".

نظرت ياسمي إلى محتوى الطبق الذي كانت تحمله الجارية، ثم هزت رأسه وقد علمت ما الفالوذج.

- "تفضَّلي يا مولاتي تذوَّقيه."

مدت ياسمي يدها نحو الطبق دون تردد، وأخذت تتذوق محتواه، فوجدته شهياً.... لم تذق شيئاً مثله من قبل.

- "هل شعرت بالفرق يا مولاتي؟..... فمنذ قليل كنت لا تعلمين ما الفالوذج، ثم أخبرتك عنه، فعلمت ما هو، ولكنك حين رأيتِه وتذوقت طعمه الطيب أصبحت تعرفينه. هذا هو الفرق بين العلم بالشيء ومعرفته."

- "وهل يمكن لأحد أن يرى ربه أو يتذوقه؟"

- "إن استطاع الإنسان يا مولاتي، أن يستخدم جميع حواسه لمعرفة الكون، فسيعرف حينها رب هذا الكون."

تعجبت ياسمي من فصاحة هذه الجارية..... كيف لم تلتقِ بها طيلة الأسابيع الماضية؟

- "أين تعلمت كل هذا يا حلاجة؟"

- "من أم الوفا يا مولاتي في غزنة، قبل أن أسبى، بعدما انتصر الخوارزميون على الغوريين."

- "وهل سُبِيَت أم الوفا هي الأخرى؟"

- "أولياء الله يا مولاتي، لا يستطيع أي مخلوق مهما بلغ من جبروت أن يصيبهم بمكروه، فهم محفوظون بنوره..... أم الوفا غادرت غزنة بعد سقوطها على يد الخوارزميين الذين حاولوا النيل منها، وعندما لم يستطيعوا، قتلوا مريديها بحجة الزندقة...... لقد أصابها الحزن الشديد، فقررت الاختلاء بنفسها في قرية اسمها الرابعية بين بخاري وغزنة، حتى لا يصاب أي

أحد بالأذى بسببها."

- "ولماذا ناصبها الخوارزميون العداء؟"

تقدمت حلاجة نحو ياسمي، ثم وضعت يدها اليمنى على جانب رأس الفتاة.....

- "هذا حديث يطول يا مولاتي..... لماذا لا تخلدي إلى فراشك الآن، ولعلي إن التقيت بك لاحقاً أحدثك عن الذي جرى لأم الوفا."

على الرغم من شغف ياسمي لأن تستمع للمزيد من حديث حلاجة، إلا أنه قد بدأت جفونها تتثاقل عليها، وأخذت تشعر بالنعاس الشديد.....

- "حسناً، تصبحين على خير..... لقد سعدت بهذا اللقاء."

ثم ذهبت إلى حجرتها، وخلدت إلى فراشها، مستسلمة لنوم عميق كان عقلها المرهق في أشد الحاجة إليه.

* * *

استيقظت ياسمي في الصباح الباكر دون عناء، وعلى الرغم من كونها لم تنم سوى سويعات قليلة، إلا أنها شعرت بنشاط غريب، لم تشعر به منذ أن قدمت إلى القصر..... ربما لقاء الليلة الماضية العابر مع حلاجة أثار فضولها وشهيتها لمعرفة المزيد عن تلك المرأة التي حدثتها عنها... أم الوفا؟... أرادت ياسمي أن تعرف المزيد عن صاحبة تلك الأبيات التي لمست شيئاً ما فيها، وكأنها نظمتها لها خصيصاً لتعبر عن مكنون هواجسها.....

- "جواهر، هل بالإمكان أن تنادي لي حلاجة." طلبت ياسمي من جاريتها، بعد أن أحضرت لها وجبة الإفطار الذي لم تتناول

منه سوى قطعة صغيرة من الجبن مع كوب من الحليب المحلى بالعسـل. كانت شـهيتها لاستكمال الحديث مع الجارية الفصيحة تفوق شهيتها للطعام.

- "حلاجـة؟..... عفـواً مولاتـي، ولكـن لا علم لي بجارية بهذا الاسم في القصر."

استغربت ياسـمي مـن رد جاريتهـا، ولوهلة شـكّت أنه ربما قد تكون أخطأت في نطق اسمها.....

- "هي فتاة من غزنة لا تتجاوز العشـرين عاماً، سـمراء وذات شـعر أسود كثيف يصل إلى خاصرتها."

أخذت جواهر تفكر قليلاً في الوصف الذي سمعته من مولاتها، ثم عاودت نفي معرفتها بهذه الجارية.

- "ولكني التقيتها الليلة الماضية هنا في الحرملك!"

شـعرت الجارية بحرج شـديد، ولم تعرف بماذا ترد على إصرار مولاتهـا، لكـن سـرعان مـا زال الحرج، عندما دخلـت عليهما وصيفة زوجة السلطان.....

- "سيدتي دراهم تعرف جميع جواري القصر، لعلها تفيدك أكثر مني."

- "ما الخطب يا جواهر، هل هناك ما ينقص مولاتك؟" نظرت دراهم بحزم نحو الجارية الصغيرة التي تراجعت قليلاً إلى الوراء لكي تفسح لها مكاناً بالقرب من مولاتها.....

- "هـل ضايقتـك تلـك الجاريـة البلهـاء؟" أضافت دراهم سـائلة ياسمي.

- "لا، على الإطلاق..... كنت فقط أسـألها عن جارية التقيتها أمس، وددت في التحدث معها مرة أخرى."

- "ما اسمها؟"

- "أظن أن اسمها حلاجة."

ما أن نطقت ياسمي بالاسم، حتى أصاب دراهم الوجوم، ولوهلة كادت أن تفقد اتزانها، لولا طاولة بجوارها أمسكت بها......

- "اذهبي أنت الآن يا جواهر، وسأتولى أنا أمر مولاتك."

مـا أن انصرفـت الجاريـة، حتى أغلقـت دراهم باب الحجرة، ثم اقتربت من ياسمي.....

- "هذه الجارية التي التقيتها أمس، ألا تصفينها لي".

- "هي فتاة سمراء مليحة، أكبر مني ببضع سنين، شعرها أسود طويل...."

- "مستحيل!...." قاطعت دراهم دون أن تقصد، ثم سرعان ما اعتذرت عن سوء تصرفها.

- "ومـا وجـه الاسـتحالة في الأمر؟!" سـألت ياسـمي بحـزم، وقد تعجبت من ردة الفعل التي شاهدتها تواً.

- "مولاتي..... ما أخبرتني به الآن..... هو....... هو أمر مستحيل، فتلـك الجاريـة التي وصفتِها هي..." صمتت دراهم قليلاً قبل أن تكمل بتردد شديد....

- "هي ليست على قيد الحياة!".

* * *

لـم تعلـم ياسـمي أيهما أدعى للاسـتغراب، كونهـا رأت فتاة قد ماتـت منـذ أعـوام عـدة، أم السـبب الـذي ماتت من أجلـه تلك الفتاة المسـكينة. فكلا الأمرين شـكل بالنسـبة إليها لغزاً محيراً عصياً على الفهم...... لقد رأت الفتاة عبر سنوات عمرها التي تجاوزت الأربعة عشـر بقليل، كثيراً من أسـباب الموت، بعضها بدا أعجب من بعض، وإن بقـي المـوت هو ذاته بالنسـبة إليهـا..... نهاية بلا رجعة! فكيف إذاً عادت تلك الفتاة التي أمر السلطان بقطع رأسها؟ لقد رأتها حاضرة أمامهـا كمـا كانـت ترى دراهم أمامهـا الآن! كيف؟! جميع الأوصاف التـي ذكرتهـا ياسـمي كانـت دقيقة..... شـعرها الأسـود..... وجهها الأسـمر..... موطنها...... حتى علاقتها بتلك المرأة، أم الوفا...... كل شـيء كان فـي محلـه، وكأنهـا تعرف الفتاة التـي لم تعد على قيد الحياة، والتي كانت تجهر بما تعلمته من أم الوفا، فأمر السلطان علاء الدين محمد خوارزمشاه بقطع رأسها، بسبب ما كانت تردده في قصره من "زندقة المتصوفة"!

40

كأنـه أراد أن يُقبـض عليـه ويـودع فـي السـجن، أو ربما لم يعد بمقـدوره أن يفعـل مـا كان يفعلـه مـن قدرات عجيبة..... سـواء كان هـذا الأمـر أم ذاك، فشـيء ما قد تغير منـذ حادثة ذلك المخلوق أمام القلعة، هذا ما شعر به مراد متأملاً الحال الذي وصل إليه عبدالرحمن داخل زنزانته المظلمة في بهو القلعة. فالرجل ظل صامتاً، سـاكناً في مكانه، لا يتحرك إلا من أجل الصلاة، ثم سرعان ما يعود إلى موضعه جالساً على ركبتيه كموضع قراءة التشهد قبل السجود..... "ما الذي أصابـه؟" حـاول مـراد مـراراً أن يفهم منه، ولكنـه لم يحصل إلا على جملة واحدة: "الحلقة لم تكتمل بعد"......

عـن أي حلقـة كان يتحدث؟! فالأمور بدت لمراد، وكأنها تزداد سـوءاً وغموضاً، فكلما ظن أنه يخطو خطوة نحو الإمام وجد نفسـه يتراجـع خطـوات إلـى الـوراء! وكلما ظن أنه اقترب مـن الإجابة عن سـؤال، ظهـرت عشـرات الأسـئلة الجديـدة، وكأن الأمـر لا يريـد أن ينتهـي! كان مـراد علـى يقين بأن ما يعلمه عبدالرحمن أكثر بكثير مما يبوح به، إلا أمر واحد شعر بأنه قد أربك الرجل الغريب أو على أقل تقديـر لـم يضعـه في الحسـبان: ما حدث أمام القلعـة، وخاصة عندما أخبره عن ظنه بأن ياسمي ربما تكون قد رأته!

شـيء ما جعل عبدالرحمن يعيد حسـاباته، هذا ما شـعر به مراد، ولكـن مـاذا؟ وهـل هذا الشـيء هـو الذي جعله ينتظـر مجيء الجنود

إلـى الحانـة لكـي يقبضـوا عليـه....... إن كان هناك شـيء قد تعلمه مراد من مرافقته لذلك الرجل، فهو أنه لا يفعل أي شيء اعتباطاً، بل كل حركة يقوم بها هي بمقدار، وكأنه ينفذ مخططاً وضعه بعناية فائقة يشمل أدق التفاصيل. فهل كان من مخططه أن يعود مرة أخرى إلى بخارى، وأن يودَع في زنزانة قلعتها، بعد أن سـاعد شـيخ تجار قافلة المغـول علـى الهـرب؟ أم أن طارئـاً ما قد أربكـه، فجعله يعيد ترتيب أموره؟..... أسئلة! .....أسئلة! .....أسئلة!..... ما أكثر الأسئلة، وما أقل الإجابات!...... شعر مراد بأنه لو كان لديه رأس متجسد لانفجر مـن الحيـرة والغيـظ! الحيرة من هذه الأحـداث التي كانت تجري له، ومن حوله مع هذا الحال الغريب الذي وجد نفسـه فيه، والغيظ لأنه لم يكن بمقدوره أن يفعل إزاءها أي شيء سوى التفرج، وكأنه مرغم على أن يشاهد مسرحية من أولها إلى آخرها، وهو مربوط في كرسيه، غيـر مسـموح لـه بالتحـرك من مكانـه إلا بإذن..... مسـرحية لا يعلم كيف بدأت ولا عن ماذا ستسفر أحداثها!

* * *

ظـل مـراد على مدى الأيام والأسـابيع يترقـب حال عبدالرحمن ومحمد الطوسي الذي ظل هو الآخر صامتاً متأملاً وإن كان الإعياء قد بدا عليه من قلة الطعام..... "عجيب أمر هذا الفتى الذي ظل متقبلاً لما أسفرت عنه الأحداث بعد خروجه من السجن بمدة وجيزة!" ظن مراد أن الفتى بعد أن مكث قرابة العام في السـجن على أثر أحداث معلمه القاضي واصل بن غيلان، وما عاناه في تلك الفترة الموحشة، بأنـه لـن يتقبـل العـودة من جديد إلى المكان نفسـه مـرة أخرى، وأنه عندمـا أذن لـه عبدالرحمـن بالمضي في سـبيله، وقـد وفّر له ما يكفيه مـن المـال، كان سـيرحل بعيـداً عن هذا العنـاء..... ولكنه لم يفعل،

وآثـر البقـاء! أهـذا غبـاء منه أم ماذا؟!..... فمـا الذي يجعل فتى مثله يقبل بمثل هذا الشـقاء؟! حاول مراد أن يفهم، ولكنه لـم يسـتطع..... يبدو أن محمد الطوسي هو الآخر غريب الأطوار، وكأن الطيور على أشكالها تقع!.... فكل شيء هنا غريب، الزمان والمكان والشخوص، وكأن كل هذا كان لا يكفي لكي يظهر له ذلك الكائن الغريب الذي حـاول إغـراءه، وعندمـا لـم يُجْـد ذلك نفعـاً، حاول قتلـه!..... ذلك الكائـن الهلامـي الداكن، الأشـبه بظل لجسـد غيـر منظور...... "فما عسـاه أن يكـون؟"..... ظـل مراد يفكر، ثـم تذكر ما قاله عبدالرحمن عندمـا سـأله إن كان مـن الجـن؟.... "بل مخلوق أخطـر بكثير"..... أي مخلـوق هـذا الـذي هـو أخطـر من الجن، ولم يسـمع بـه أحد؟! أسـئلة!..... أسـئلة!..... والمزيد من الأسـئلة! وكل سؤال يطرح من ورائه سؤالاً جديداً!

لكن شيئاً ما قد لفت انتباه مراد في أثناء استعراضه مع نفسه تلك الأحـداث الأخيـرة..... ففي أثناء حديث ذلك المخلوق له عن الذي جـرى فـي أترار، انتقل المشـهد إلى هنـاك، وكأنهما تحركا عبر الزمن أو الزمـن تحـرك مـن حولهمـا. لقـد رأى الذي حـدث في المـاضي، وكأنه كان يحدث في الحاضر، فهل كان يرى المشهد من وجهة نظر ذلك المخلوق، لأنه ربما كان شاهداً على تلك الأحداث؟...... هنا خطـرت علـى بـال مراد خاطرة: "هل بإمكاني أن أفعل ذات الشـيء؟ هـل بمقـدوري إعـادة مشـاهدة الأحـداث التي مرت بـي، وكأنها حية أمامي؟"..... فلو كان بإمكانه ذلك، لربما اسـتطاع أن يكتشـف شـيئاً مـا فاتـه فـي مجريـات الأحداث قد يميط اللثام عن هـذا اللغز الكبير الذي وجد نفسه فيه! فلعله يرى الأمور من زاوية جديدة، كمن يشاهد مقطعاً مسـجلاً له، فيكتشـف أمراً قد غاب عنه في المرة الأولى أثناء

وقوع الأحداث. تمنى مراد لو أنه كان بمقدوره أن يرى أحداث الأيام الأخيرة له في الرياض بكل تفاصيلها الصغيرة. لو أنه يستطيع الرجوع إلى الماضي، ليرى بمنظار ما كان يعرفه الآن. حتماً ستكون رؤيته مختلفة، أخذ يظن...... وما كادت هذه الخاطرة تلح بنفسها عليه، حتى بدأ شيء عجيب يحدث! ظلام الزنزانة من حوله بدأ ينقشع! الجدران أخذت تتلاشى! التفت مراد حوله، فزعاً، فلم يجد لا عبدالرحمن ولا محمد الطوسي! المشهد من حوله تبدل إلى شيء آخر تماماً. لوهلة أخذ يظن أنه ربما سيعود إلى الرياض! بأنه أخيراً سيستفيق، ليكتشف أن كل ما حدث كان مجرد حلم، وأنه لا يوجد عبدالرحمن ولا ذلك الكائن العجيب، ولا حتى ياسمي! ولكن..... عندما نظر حوله بعد أن استقر المشهد، لم يجد نفسه في الرياض أو في أي مكان آخر يتذكره، وإن كان على دراية جيدة ببعض الشخوص المتمثلين أمامه في تلك اللحظة المنسية من حياته.

41

فرغ الضيف من تناول الطعام، ثم قال قبل مغادرة القاعة:

- "أكرمكم الله، صراحة لم أتناول منتو وشيشبرك بهذه اللذة من قبل. تسلم الأيادي."

- "لم تأكل شيئاً يا أبا مراد...." رد صاحب الدار، ثم نظر إلى ابن ضيفه.....

- "حتى أنت لم تأكل...... يبدو أنكما قد أكلتما في الفندق."

المشهد كان لمنزل متواضع...... رجلان وفتى في الثانية عشرة من عمره أو نحو ذلك. تعرف مراد على الفور إلى الفتى، إنه هو عندما كان صغيراً، وهذا الرجل الذي معه.....أبوه طارق! ولكن أين هذا المكان؟ فلم يتذكر مراد هذه الأحداث، وكأنها قد مسحت من ذاكرته..... ثم فجأة تنبه إلى أمر، لسبب ما، لم يفكر فيه كثيراً من قبل..... لم تكن هذه فقط هي الأحداث التي لم يتذكرها من حياته، بل أنه لا يكاد يتذكر سوى القليل، ومضات هنا وهناك. كان يرى الأحداث التي تقع أمامه الآن، وكأنها تحدث لأول مرة، على الرغم من شعوره بالألفة تجاهها. كان على يقين بأن ما يراه الآن قد حدث له، وإن لم يتذكر منه شيئاً!

- "لم تخبرني، هل أعجبتك بخارى؟" سأل صاحب المنزل الفتى الذي ابتسم بخجل ثم أجاب بنعم.

- "والله يا عبدالجليل أنا ومراد قضينا وقتاً ممتعاً معك، أخشى أن نكون قد عطلناك عن أعمالك".

- "لا تقل هذا يا رجل، فنحن أهل..... والله لا تدرك مدى سعادة الأسرة، عندما أخبرتهم بأني أخيراً استطعت التواصل مع أحفاد جدنا أحمد الذي هاجر إلى مكة منذ أكثر من مئة عام."

- "سبحان الله، فلولا سقوط الاتحاد السوفيتي واستقلال أوزبكستان، لما قدمت إلى الحج وتواصلت معي، ولما أتيت أنا مع مراد إلى بخارى من أجل التواصل مع باقي الأسرة."

لماذا لم يذكر شيئاً عن هذه الرحلة إلى بخارى مع أبيه؟ ولماذا عندما أراد أن يرى ذكريات أحداث الرياض الأخيرة، جاء إلى هنا؟ لم يفهم مراد هذا الذي يحدث، فقد ظن أن باستطاعته التحكم في المشاهد التي يراها عبر ذاكرته، ولكنه ها هو يرى أحداثاً لا يتذكرها، ولا يعلم حتى كيف انتقل إليها، ثم فجأة تنبه إلى أمر مهم!..... هل يعني هذا أنه لن يعود إلى بخارى في الزمن الأقدم؟ إلى عبد الرحمن وياسمي؟!

- "لا بد من التحرك غداً مبكراً، فالمسافة بعيدة، والطرق ليست جيدة. قد يستغرق المشوار عشر ساعات أو أكثر." قال عبدالجليل مخاطباً قريبه القادم من السعودية.

- "كنت أحسب أن المقام هنا في بخارى أو بالقرب منها."

- "لا، بل في أقصى شرق أوزبكستان بالقرب من الحدود مع كازخستان".

- "أبي، ما أهمية هذا المقام؟" سأل مراد على استحياء.

- "هذا مقام جدنا قطز، الذي أسس أسرتنا. فمنذ مئات السنين وهو قائم في ذات المكان." أجاب الرجل عن سؤال ابنه، ثم قال موجهاً حديثه إلى صاحب المنزل......

- "ولكن ما سر ذلك المكان الذي أقيم عليه المقام؟ هل يحمل أي دلالة تاريخية؟"

- "أصدقك القول، لا أعلم..... فالمقام يقع في قرية نائية كان يسكنها بعض أفراد أسرتنا قبل أن يُهَجَّروا في زمن الاتحاد السوفيتي، هذا كل ما يتذكره أبي. أنا لست حتى على يقين بأننا سنجده قائماً ولم يُهَد. سنكون نحن الثلاثة أول أفراد من الأسرة يزورون المكان منذ أجيال."

* * *

كانت التضاريس الجغرافية هي ذاتها، صحراء تحفها جبال جرداء، تتخللها واحات كبيرة، ثم سهول منبسطة...... هي ذاتها التي رآها، عندما انتقل مع قافلتي جلال الدين وتجار المغول من أترار إلى بخارى، ولكن هذه المرة بدلاً من قافلة الجمال، كان الانتقال عبر سيارة قديمة روسية الصنع. كما كانت هناك قرى أكثر، يمر بها الطريق المعبد إلى شرق أوزبكستان.......

وبعد رحلة دامت قرابة عشر ساعات، توقفت السيارة بالقرب من مبنى حجري قديم، في زاوية مهجورة من قرية زراعية بالقرب من خط سكة حديد.

- "يقال إنه في الماضي البعيد كانت قوافل الحرير تمر عبر هذا المكان.... نحن بالمناسبة لسنا بعيدين كثيراً عن مدينة أترار التاريخية التي يقع حطامها الآن في كازخستان."

تنبه مراد إلى أمر أدهشه بعد سماع ما قاله عبدالجليل.... فلو تخيل أن القرية غير موجودة، وأزاح معالم القرن العشرين عن المكان، لوجد نفسه في المكان ذاته الذي وعى عليه بعد أن أُسقط من برج غانم الساعدي!

اقترب طارق قطز من المقام واضعاً ذراعه اليمنى على كتفي ابنه مراد الذي كان بجواره، ثم أخذ يقرأ بصوت مسموع أبياتاً منقوشة على جدرانه:

- "أيها السائل أين منك السؤال؟..... أفي الدنيا تسير أم في عالم الخيال؟..... سهرت الليل كثيراً والعيون لا تنام...... تبحث عن شيء تجده منك بعيد المنال...... إن كان القلب عارفاً فما باله حيران؟...... وإن كان العقل باحثاً فلمَ هو عن الحق رحال؟" نظر طارق نحو عبدالجليل، ثم سأله....

- "هل تعلم أي شيء عن هذه الأبيات".

هز الرجل رأسه بالنفي...

- "هذا المقام، كما ترى قد هُجر منذ سنين، ولولا سؤالك عنه لأبي، عندما قدمنا للحج، لما علمت أنا شخصياً بوجوده." ابتسم عبدالجليل ثم أضاف.....

- "يبدو أن الفرع الذي هاجر إلى مكة هو أكثر اهتماماً بتاريخ الأسرة من الفرع الذي بقي في بخارى."

لم يتذكر مراد أي شيء من هذه الأحداث التي كان يراها أمامه، وكأنها شريط سينمائي..... فهل حدثت له بالفعل؟ هل مسحت من ذاكرته؟ أم أن ما كان يراه أمامه ليس إلا وهماً لم يحدث؟ حاول عصر ذاكرته، لكي يحصل على أي إجابة لهذه الأسئلة التي أخذت

تعصف بذهنه، ولكن..... لا شيء..... لا شيء على الإطلاق! لماذا لا يتذكر أي شيء عن صباه؟ أين ذهبت ذاكرته؟!

فجأة في خضم هذه الأسئلة العاصفة، أخذت السماء من حوله تظلم، ثم وجد نفسه يبتعد عن الرجلين والفتى والمقام، وكل ما كان حوله منذ قليل، ليجد نفسه مرة أخرى في زنزانة مظلمة أمام عبدالرحمن ومحمد الطوسي اللذين كانا واقفين أمام باب غير موصد، ولا يوجد عليه حرس. بل إن القبو بأكمله كان خالياً من الجنود!

42

لـم يشـعر السـلطان عـلاء الدين محمد بغضب مـن قبل، كذلك الذي شـعر به أمام رسـول جنكيز خان الذي جاءه حاملاً رسـالة من خانه تطالبه بأن يسلم له والي أترار، ينال خان، لكي يلقى جزاءه العادل نظيـر اتهامـه لتجار المغول بالتجسـس وقتلـه بعضهم دون ذنب! فبعد إكرامـه لحفيـدة الخـان وتزويجها من حفيده، يأتي هذا العلج ويطالب بالقصاص لحفنة تجار ليسوا من عشيرته، أو حتى على ملته!...."هل جـن جنـون هـذا الرجل؟! ألا يعلم أنه باسـتطاعتي أن أزحف إليه إن شـئت، فأطـؤه بحذائـي هـذا، وأجعـل منه عبـرة لغيـره؟!"..... أمعن السـلطان بالنظر إلى السـفير المغولي الذي كان واقفا أمامه بملابسـه الحقيـرة وهيئتـه الجلفـة، ثـم أدركـه الرد المناسـب على رسـالة خان المغـول، الـرد الـذي لا يفهمـه إلا أمثالـه من الهمـج الذين يتجرؤون على سادتهم الخوارزميين!

- "يـا سـيّاف!" صـرخ السـلطان، ثـم التفـت إلـى الوزيـر نجـم الدين......
- "فليكن ردي على رسالة هذا الخان الحقير هو رأس رسوله! فلعله يتعلم بعد ذلك كيف يخاطب الأكرمين!"

43

علـم ينـال خـان بقرب قدوم جيـش المغول بقيـادة جنكيز خان نفسـه، فكلهـا أيـام قليلـة، ويصبحون عند أسـوار مدينة أتـرار، ولكنه لم يشـأ أن ينتظر حتى يأتوا إليه، بل أراد أن يرسـل جيشـه هو إليهم. المغول إن اسـتطاعوا أن يهزموا قبائل السـهول من التتار والمركيت، فلن يستطيعوا أن يقفوا أمام جيش يقوده فرسان عشيرة الكانكالي أولو البأس الشديد! كانت هذه مناسبة عظيمة بالنسبة إلى والي أترار، لكي يقضـي علـى المغول، فيتمدد نحو الشـرق، فاتحاً هـذه البلاد التي لم يطأها جيش الخوارزميين أو أي جيش مسلم من قبل. لو استطاع أن يهـزم المغـول بضربـة قاضيـة، فلن يقف أمامه شـيء، حتى يصل إلى الصين، وتلك هي الجائزة الكبرى! حينها سيسـتطيع أن يحقق حلمه وحلم أجداده بأن ينشئ مملكة عظيمة للكانكالي، بعد أن يستقل بهذه البلاد عن الخوارزميين. حلم عظيم، وكل ما كان يفصله عن تحقيقه هـو جيـش من رعاة السـهول، سـاكني الخيام، يقـوده علج من علوج المغول!

* * *

نظـر عثمـان بـن طرخـان، قائد جيش أترار، إلى فرسـان المغول المقبلين على جنوده بسيوفهم المسلولة، أعدادهم كانت كبيرة، ولكنهم أقـل مـن تعداد جيشـه الذي تجـاوز الأربعين ألف فارس ومقاتل. قام بحسبة بسيطة، فقدر عددهم بنحو العشرة آلاف فارس، ربعهم ستقضي

عليهم السهام قبل أن يصلوا إليه، والباقون لن يكون مصيرهم أفضل من سابقيهم..... ضحك القائد من هؤلاء المغول "الذين يجيدون الغارات، ولكن لا يفقهون شيئاً عن فنون الحرب والقتال..... يظنون أن الشجاعة تكفي لكسب المعارك، ولا يدركون أن الأمر أبعد من ذلك!"

أمر القائد الرماة بإطلاق سهامهم، وكما حسب، سقط نحو الربع من فرسان المغول، ثم تقدم عدد من الجنود من حاملي الرماح...... "ربع آخر سيسقط، ولن يتبقى سوى نصفهم. يا لهم من حمقى! يبدو أنها ستكون معركة سريعة." لم يتمالك عثمان بن طرخان سوى أن يضحك من سذاجة ذلك الجيش الذي يقابله ومن قائده الذي كان يحسب أنه أكثر حنكة مما يراه الآن!

التحم الجيشان وأخذت الدماء تسيل من كل جانب. فرسان المغول كانوا لا يرتدون دروعاً أو سلاسل حديدية، فقط الجلود المقواة، على خلاف جيش أترار الذي بدا أكثر عتادا واحترافا.....

- "مولاي القائد، هل نطبق عليهم الآن؟ يبدو أنهم قد فقدوا الكثير من فرسانهم، ولن يستطيعوا الصمود أمام فرساننا." سأل المساعد قائده راغباً في إنهاء هذه المعركة التي بدت له غير متكافئة.

- "لا بأس، اطلق الإشارة." قال القائد وقد شعر بشيء من الريبة تجاه ما كان يراه يحدث أمامه..... فالأمر بدا أسهل بكثير مما كان يتوقع...... " كيف انهزمت جيوش الصين وجيوش الكرخطائيين المتمرسة أمام هؤلاء؟"

انقض فرسان الكانكالي على من تبقى من فرسان المغول الذين سرعان ما تقهقروا، وأخذوا يفرون إلى قواعدهم، وجيش أترار من

خلفهـم يلاحقهـم، وقد أخذت صرخاتهم تعلو، فرحين بهذا الانتصار السريع، وإن كان قلق قائدهم قد أخذ يتزايد من هذا التقهقر الذي جاء بشكل أسرع بكثير مما توقع!

ظل فرسـان الكانكالي يلاحقون المغول، وسـيوفهم مسـلولة من أجـل الإطبـاق عليهـم وإنهـاء أمرهـم إلـى الأبد! ولكن بعد مسـافة مـن العـدو، أخـذت خيولهم تتباطأ بسـبب ثقل حمولتهم على خلاف المغـول..... فجـأة تنبـه الكانكالـي إلى أن فرسـان المغـول هم أيضاً قـد أخـذوا يتباطـؤون، ثم سـرعان ما تنبهوا إلى أمـر آخر لم يكن في الحسبان!

- "كمين! كمين!" تعالت الصرخات والسهام ترشق فرسان الكانكالي من خلفهم، حيث ظهرت مجموعات متزايدة من فرسان المغول كانـت مختبئـة خلـف التلال..... لقد أصبـح المغول من خلفهم ومن أمامهم، وجميعهم يطلقون عليهم السـهام من على جيادهم التي كانوا يقودونها بسيقانهم فقط!

اخترقت السهام أجساد الفرسان الذين أخذوا يتساقطون الواحد تلو الآخر، كما تتساقط أوراق الشجر في فصل الخريف، وكما توقع قائـد جيـش أتـرار، لـم تسـتمر المعركة طويلاً...... ولكن جيشـه هو الذي مسح عن بكرة أبيه!

* * *

لـم يصـدق ينـال خـان ما كان يراه من شـرفة قصره المطلة على أسوار المدينة، فجيش المغول كان يحيط بأترار على مد البصر من كل اتجـاه. كان عددهـم أكثـر من أن يحصى!..... " من أين جاء جنكيز خان بكل هذه الأعداد؟!"

ولـم يقتصـر الأمـر على الجنود والفرسـان فقط، بل كانت هناك

شتى أدوات الحصار من المجانيق والدبابات وقاذفات السهام الغليظة والأبراج، وغيرها مما لم يُرَ مثلها من قبل! حتماً لم يكن ما يراه حفنة من رعاة السهول يغيرون على المدينة العظيمة، بل جيشاً جراراً لا مثيل له ولا طاقة له به! ولكن لم يكن أمام ينال خان خيار سوى المقاومة، فقد علم أن قائد جيش الحصار، جوشي، الابن البكر لجنكيز خان، قد خيَّر أهالي المدينة بين الاستسلام التام مع تسليمه هو إليه من أجل معاقبته على ما فعل مع التجار، أو تدمير المدينة بالكامل مع سكانها..... في كلتا الحالتين كان الوالي هو الخاسر، لذلك كان لا بد من المقاومة، فلعل يأتيه المدد من ابن أخته، السلطان علاء الدين.....

استمر الحصار يوماً بعد يوم، والمدينة وأسوارها تدك بالحجارة والسهام الغليظة، وبالبراميل الممتلئة بمسحوق أسود لم يعرف الأهالي له اسماً، كان يحدث انفجاراً إذ ما مسته النار، فيحرق كل من كان بقربه. كما أدخل صوت انفجاره الرعب في نفوس الجنود والأهالي على حد سواء! أخذت المؤن تتناقص مع مرور الأيام، ولم يأتِ المدد، لا من بخارى ولا من سمرقند أو غيرها من باقي مدن الدولة، حتى أخذ اليأس يتمكن من نفوس الناس، وبدأ الحديث عن الاستسلام، الأمر الذي لم يستسغه الوالي، ورفضه بشدة، حتى إنه أمر بقطع رأس كل من كان يتحدث في مثل هذا الأمر! ولكن ما كان يخشاه ينال خان قد حدث، فبعد شهر من الحصار والدك المستمر، خَرّت دفاعات أترار، واستطاع المغول النفاذ إلى داخل المدينة. رأى الوالي من شرفته قطيعا أشبه بأسراب الجراد ينقض على مدينته، ولا يبقي فيها لا أخضر، ولا يابس. أفواج تتلوها أفواج من الفرسان يهدمون ويحرقون المباني، ويقتلون كل من كان أمامهم...... كان وعيد المغول يتحقق أمامه!

لم يعلم ينال خان ماذا يفعل، بعد أن ملأه الفزع مما كان يراه بأم عينيه! بل إنه لم يستطع حتى التحرك من مكانه، وكأن قدميه قد تصلبتا في مكانهما. شاهد عدداً من الفرسان، وهم يدخلون القصر دون عناء بعد أن لاذ الحراس بالفرار. أخذ الوالي ينظر حوله في كل اتجاه، باحثاً لنفسه عن مخرج..... سمع أصوات الأقدام تقترب من الحجرة التي كان قابعاً فيها...... لم يعلم ماذا يفعل!..... لحظات مرت، ثم دخل عليه فارسان من المغول شاهرين سيفيهما..... ماذا يفعل؟! استمر في التلفت من حوله...... ماذا يفعل؟!..... كاد قلبه يقفز من صدره! ولم يعلم ماذا يفعل! ثم فجأة نظر خلفه، واستجمع كل ما تبقى له من قوة لتمكنه من تحريك ساقيه، فجرى نحو الشرفة. نظر خلفه، فرأى الفارسين خلفه يسيران بهدوء نحوه، ثم نظر من الشرفة المرتفعة إلى الأرض من تحته..... المسافة كانت بعيدة، بل بعيدة جداً.... على ارتفاع أربعة طوابق! نظر مرة أخرى خلفه إلى فارسي المغول، ثم حسم أمره...... أدرك أن أي شيء عنده كان أهون من أن يقع أسيراً لدى هؤلاء العلوج!

44

كان خبر هزيمة جيش أترار فاجعاً بالنسبة إلى السلطان علاء الدين محمد، فلم يتخيل أبداً أن خيرة فرسانه من الكانكالي يمكن أن يهزموا من قبل المغول! ثم تسارعت الأخبار بعد ذلك من حصار أترار إلى سقوطها على يد جوشي والد ياسمي، وما أعقب ذلك من هلاك خاله ينال خان وتدمير المدينة بالكامل! لوهلة تمنى لو أنه ترك الفتاة المغولية تتعفن في غياهب سجن قلعة بخارى! وكأن الأخبار التي وردت إليه لم تكن بالكافية، حتى سمع بنبأ آخر أقض مضجعه: جيش جرار تحت قيادة جنكيز خان، أكبر من ذلك الذي أسقط أترار، قوامه مئة ألف رجل أغلبهم من الفرسان، كان على مسافة أيام فقط من مدينة بخارى! "من أين جاء المغول بتلك الأعداد؟! وكيف استطاعوا عبور تلك المسافة البعيدة بهذه السرعة؟!" كاد علاء الدين يجن، فلم يتخيل أن الأمور قد تصل في يوم من الأيام إلى ما وصلت إليه الآن! مستحيل! فكيف يمكن للمغول أن يتوغلوا في بلاده بهذا الشكل؟! كيف؟!.......

- "مولاي، الجيش مقسم بين بخارى وسمرقند، أرى أنه من الأفضل أن نجمعه تحت راية واحدة في سمرقند ذات الحصون الأمنع." نصح القائد سنجر، ولكن السلطان لم يقتنع بتلك النصيحة التي كانت تعني ترك بخارى لقمة سائغة للمغول، بلا حماية.

- "لا والله لن أفعل، حتى لا يقال إنني سلمت بخارى للمغول!" رد علاء الدين بحزم شديد، رافضاً اقتراح قائد الجيش.

- "مولاي، أن تسقط مدينة، خير من أن تسقط الدولة بأكملها، فجيوشنا المقسمة لن تستطيع الصمود أمام جيش المغول. سيقضون عليها الواحدة تلو الأخرى. لا بد من تجميعها يا مولاي."

- "قلت لك لا! مدننا أسوارها عظيمة، ولدينا من المؤن ما يكفي لحصار طويل. سنترك جيش بخارى لحماية المدينة، وإنهاك جيش المغول." أصر السلطان، رافضا أي حديث عن انسحاب الجيش.

- "إذاً يا مولاي، فلتذهبوا على الأقل أنتم إلى سمرقند، لكي تحشدوا من هناك الجيوش، من باقي أرجاء الدولة، التي ستستطيع مواجهة المغول وفك الحصار عن بخارى إن طال."

صمت السلطان علاء الدين محمد قليلاً، متأملاً ما آلت إليه الأحوال...... فمنذ فترة وجيزة كان هو الذي يُغير على الدول التي من حوله..... الجميع كان يخشاه بمن فيهم الخليفة العباسي، ولكن الآن سيضطر هو إلى الفرار كما تفر الخرفان من الذئاب!....... "كيف وصلت الأمور إلى ما وصلت إليه؟!....... كيف؟!!"

* * *

رفضت نوران خاتون الهرب إلى سمرقند مع زوجها وأمه وباقي نسائه، وأصرت على البقاء في بخارى. لن تترك الأهالي يواجهون خطر المغول وحدهم، هذا ما أصرت عليه عندما أخبرها علاء الدين محمد بنبأ الرحيل. وعلى الرغم من رفض السلطان في بادئ الأمر

طلب زوجته بالبقاء، إلا أنه سرعان ما وافق عندما أقنعته أمه تركان خاتون بأن لعله من الأفضل أن يبقى بعض الأفراد من الأسرة الحاكمة في بخارى، لشد أزر المدافعين، ولأن أن نوران تحظى بشعبية كبيرة بين أبناء المدينة، فهي الشخص الأنسب للبقاء. ولم تكن نوران خاتون وحدها من رفض الرحيل، بل حتى حفيدها محمود بن ممدود أصر على البقاء معها، الأمر الذي لم يزد تركان خاتون إلا سروراً، فكلما زادت المسافة بين السلطان وبين نوران ونسلها، كلما كان الحال أفضل بالنسبة إليها وإلى وريث العهد، حفيدها المفضل غياث الدين!

بقي أمر أخير واجهته زوجة السلطان بحزم شديد..... مصير ياسمي! فعندما أراد علاء الدين محمد بإيعاز من أمه أن يعاقب ابنة جوشي الذي قاد الجيش الذي تسبب في هلاك خاله بأترار، رفضت بشدة ووقفت حائلاً بينه وبين الفتاة، مذكرة إياه بقول الله عز وجل: ولا تزر وازرة وزر أخرى. ولأنها كانت تعلم جيداً أن مثل هذه الحجة لن تقف حائلا دون انتقام تركان لمقتل شقيقها، أمرت عبدها لؤلؤ بأن يخبئ ياسمي في مكان لا يصل إليه أحد، بعيداً عن القصر، حتى تغادر حماتها المدينة..... لحسن حظ الفتاة، لم يدم بقاء تركان خاتون، وابنها السلطان، في بخارى طويلاً، فالمغول بأعدادهم الغفيرة كانوا على وشك الوصول!

45

شيء ما كان يحدث في الخارج، هذا ما شعر به محمد الطوسي من أصوات الجنود المتعالية، وتحركاتهم المتسارعة الدالة على التوتر الشديد، التي أخذت تتزايد على مدار الأيام، وكأن أمراً جللاً كان على وشك الحدوث. حاول الفتى أن يستفسر من الحارس الذي كان يجلب لهم الماء والطعام، ولكن دون جدوى، فسرعان ما كان يجري إلى الأعلى غير راغب في المكوث في قبو القلعة أكثر مما ينبغي، حتى إن المكان أصبح شبه خالٍ من الحراس الذين كانوا في السابق موجودين، ثلاثة أنفار أو أربعة في وقت واحد. وهكذا استمر الحال إلى أن جاء اليوم الذي لم يحضر فيه أي حارس على الإطلاق من أجل جلب الطعام، وكأنهم نسوا أمر القوم القابعين في دهاليز ذلك القبو المظلم، فبدأ التوتر يزحف على أذهان المساجين الذين تعالت أصواتهم لمنادات الحراس الذين نسوهم، لكي يحضروا لهم الماء والطعام. وفي مساء اليوم اللاحق بعد أن حسب محمد أنهما هالكان لا محالة بلا ماء ولا طعام، فجأة قام عبدالرحمن من موضعه، وذهب إلى باب الزنزانة، ثم فتحه بكل يسر على مرأى منه، فلم يملك الفتى إلا أن يشعر بدهشة كبيرة لهذا الذي كان يحدث أمامه.....

- "كيف؟..... هل نسي الحارس أن يوصد الباب؟"

لم يجب عبدالرحمن على الفتى، ولكنه انتظر قليلاً بجوار الباب المفتوح، وكأنه كان ينتظر أمراً ما، ثم خرج بكل هدوء متجهاً نحو

السلم المؤدي إلى الطابق الأعلى، حيث توجد بوابة القلعة.

* * *

كان المنظر في الساحة الأمامية مروعاً، فلم يَرَ محمد الطوسي في حياته من قبل مثل هذه الأعداد من الجثث الملقاة، المحاطة بأنهار من الدماء، المقطوعة الأطراف والمبقورة البطون! أخذ يلتفت حوله، غير مصدق ما كان يراه أمامه على امتداد البصر..... فالأرض كانت مفروشة بمئات الجثث، كلها لجنود القلعة وحراسها!

- "ما هذا الذي حدث هنا؟" سأل محمد الشخص الوحيد الذي كان حياً أمامه في ساحة القلعة، على الرغم من إدراكه أنه كان معه في الزنزانة نفسها، عندما حدثت هذه المجزرة....

- "إن كنت غير راغب في أن تلقى مثل مصيرهم، أنصحك بالإسراع في مغادرة هذا المكان، وإلا سيظن الذين فعلوا هذا إن رأوك هنا، أن حارساً من حراس القلعة قد أفلت من سيوفهم، وأحسبهم سيسارعون من أجل تصحيح هذا الخطأ."

ما كاد عبدالرحمن ينهي جملته، حتى تسارعت خطوات محمد خلفه، متجهاً معه إلى خارج القلعة.

- "رحماك يا الله!." سقط قلب الفتى من صدره فور خروجه من القلعة ورؤيته لجثث الأطفال والنساء والرجال من أهالي بخارى، المتناثرة على جميع الطرقات من حوله في أعداد لا تحصى وعلى مد البصر. لوهلة شعر محمد بأنه لا يستطيع السير، وأن ساقيه لم تعودا قادرتين على حمله، فالمنظر من حوله كان مروعاً إلى أبعد الحدود، حتى إنه لوهلة ظن بأن القيامة قد قامت! البشاعة لو كان لها أن تتجسد لما كانت إلا هذا المشهد الحي الذي أمامه!

- "علينا التحرك الآن، وإلا...." أمسك عبدالرحمن بذراع محمد، لكي يحثه على المضي قدما، لكن الفتى أزاح نفسه من قبضته ثم نظر إليه رافضاً التحرك معه وقد تعالت على وجهه تعابير الغضب الممزوجة بالحزن والتيه.....

- "كف عني!" صرخ محمد الطوسي، ثم أخذ يسير بمفرده نحو المزيد من الجثث الملقاة على قارعة الطريق، ظل يقلب بعضها باحثاً عن أي معالم للحياة، كلما ظن أنه سمع صوت أنين صادراً منها. ولكن الذين فعلوا هذا بكل هؤلاء كانوا مجيدين صنعتهم، فلم يتركوا شخصاً واحداً ينازع الموت، بل إن جميع الطعنات التي امتلأت بها الجثث كانت في موضعها الصحيح الذي لا يسمح لأي شيء غير الموت السريع!

وبعد مضي لحظات قليلة على هذا الحال، تنبه محمد الطوسي إلى أصوات كانت قادمة من منزل مجاور. لوهلة ظن أنها لأناس نجوا من هذه المذبحة التي لم يعرف لها سبباً، ولكن سرعان ما تبين له خطأ ظنه، عندما رأى رجلاً يرتدي ملابس ليست لأهالي هذه البلاد، مدججاً بالسلاح، يخرج من باب المنزل، ثم يتبعه رجل آخر يشبهه في الملبس والسلاح..... تسمر محمد في مكانه، ولوهلة ظن أنهما ربما لم يرياه تحت سماء هذا الليل الحالك، ولكن سرعان ما تبين له خطأ ظنه، عندما أخذا يتجهان نحوه شاهرين سيفيهما!

* * *

صرخ الفارس المغولي الأول في وجه محمد الطوسي بلغة لم يفهمها، ولكن من تعابير وجهه وإشارة يده، خمن أنه كان يسأله: "ماذا تفعل هنا؟" أو "من تكون؟" أو شيئاً من هذا القبيل، فهز رأسه في محاولة للإشارة له بأنه لا يفهم لغته، ولكن لم ينتج عن هذه المحاولة

سوى أن زاد من غضب الفارس، حتى إنه وضع سيفه بالقرب من عنقه، ثم أخذ يصرخ من جديد! لم يعرف محمد ماذا يفعل، أو كيف يجيب على صراخ هذا الرجل الغاضب. حاول أن يختلس النظر إلى يمينه وإلى يساره في محاولة للبحث عن عبدالرحمن الذي لم يسمع له حساً أو يرى له أثراً منذ قبيل ظهور هذين الرجلين........ " ليتك لم تكف عني كما طلبت منك!"...... لوهلة شعر، وكأن أجله قد دنا، وسيصبح جثة منحورة تلحق بمثيلاتها الملقاة في كل مكان من حوله، وما أن بدأ بالتشهد، حتى سمع صوت عبدالرحمن من خلفه يتحدث بلسان لم يفهمه، لكنه كان مفهوماً للرجل الممسك بالسيف عند عنقه ورفيقه، حيث أغمدا سيفيهما على الفور، ثم أخذا يتراجعان، وقد بدا عليهما آثار قلق واضح. استمر عبدالرحمن في الحديث معهما برهة مردداً ذات العبارات بصوت مرتفع ما أصاب الفارسين بالمزيد من الفزع.....

- "زي أوئيل بي أماف تامي!...... زي أوئيل بي أماف تامي!"

لم يفهم محمد الطوسي ما الذي كان يقوله عبدالرحمن، غير أن هذه الجملة التي أخذ يكررها المرة تلو الأخرى كان وقعها عجيباً على الرجليين، حتى إنه ظن أنهما سيسقطان على الأرض من شدة الرعب! وما هي إلاّ لحظات قليلة حتى فرّا من المكان في حالة من الهلع الشديد!

لم يكن محمد في حاجة إلى أن ينطق بالسؤال، فتعابير وجهه التي يكسوها التعجب كانت كافية للدلالة على ما لم يحرك به لسانه.....

- "سقطت بخارى في يد المغول، بعد حصار شديد، لم يدم

طويلاً." قال عبدالرحمن مجيباً عن تساؤلات الفتى.

- "المغول؟! ولكن..... أين كان جيش الخوارزميين؟ كيف يمكن لمدينة مثل بخارى بأسوارها العظيمة أن تسقط هكذا؟ وعلى يد هؤلاء؟!"

- "أظنك تعلم الإجابة جيداً عن هذا السؤال...... فبخارى وغيرها من مدن الدولة قد سقطت منذ زمن بعيد، عندما سقط أهلها مع حكامها وكهنتها."

صمت محمد الطوسي قليلاً، في حالة من الذهول مما رأى وسمع، ثم نظر إلى عبدالرحمن متسائلاً....

- "وماذا سنفعل الآن؟ هل لنا من بقاء؟"

- "بل حان الوقت لكي نغادر بخارى، ولكن بعد أن نقضي مشوارنا الأخير بالمدينة عند حانة موسى."

46

بالرغم من أن أموراً كثيرة كانت لا تزال بالنسبة إلى مراد قطز محل غموض، إلا أنه قد بدأ يدرك أمراً مهماً، وهو أن وجوده هنا في هذه البقعة من الأرض لم يكن بلا معنى أو محل مصادفة، بل هناك رابط كبير يربطه بهذا المكان. ولكن الذي لم يفهمه بعد هو لماذا هذا الزمان؟ كان على يقين، لسبب لا يعرفه، أن مفتاح فهم هذا الحال الذي هو عليه يكمن في الإجابة عن هذا السؤال المحير...... لماذا هذا الزمان؟

لطالما عَبْر تاريخ الإنسان ظلت هناك أمور عصية على الفهم، تشكل له تحدياً يدفعه إلى السؤال والبحث، والعجيب في الأمر، أنه ما أن يقوده بحثه للإجابة عن سوال محير، حتى يكتشف أن الإجابة قد تَولد عنها أسئلة جديدة ليس لها عنده جواب. وهكذا عبر العصور، ظل الإنسان يسأل، ويبحث، فيسأل، ثم يبحث من جديد، وكأنه يسير في دائرة مغلقة، لا بداية لها ولا نهاية! من أنا؟ من أين جئت؟ إلى أين أسير؟ وما سر هذا الكون الذي أراه من حولي؟ أسئلة كثيرة كانت تتراكم لتحركه من أجل اكتشاف ذاته ومحيطه الذي يحياه، كما كانت تحرك مراد من أجل معرفة حقيقة من يكون؟.... ذلك السؤال الأهم الذي اقترحه عليه عبدالرحمن في بداية لقائه به، في ذلك المكان غير المأهول، على مشارف أترار!

* * *

- "أغمدا سلاحكما، وعودا الآن من حيث أتيتما إن رغبتما

أن تريا بزوغ شمس الغد! وإلا ستلقيان مصيرا أسوأ من مصير هؤلاء...... موتاً بطيئاً مروعاً!...... موتاً بطيئاً مروعاً!"

لوهلة ظن مراد أنه أمام رجل آخر غير عبدالرحمن الذي عرفه ورافقه طوال الأشهر الماضية، حتى إنه شعر بالفزع ذاته الذي شعر به الفارسان المغوليان، وهو يردد العبارة نفسها: "موتاً بطيئاً مروعاً" أكثر من مرة، وفي كل مرة كان وقع الكلمات أشبه ما يكون بالزلزال الذي يهز كيان الإنسان!

العجيب أن هذين الفارسين المدججين بالسلاح، هُرِعا من كلمات رجل أعزل من السلاح....... كيف؟ أخذ مراد يتساءل، ولو أنه في قرارة نفسه قد بدأ يستشعر الإجابة، بعد أن شاهد عبر الأشهر الماضية بنفسه قدرات عبدالرحمن التي فهم القليل منها، وما زال يحاول فهم الكثير! لقد أنقذه من ذلك المخلوق عبر إحداث شيء أشبه ما يكون بومضة متوهجة، أو كتلة من الطاقة المركزة التي أخافت ذلك المخلوق الهلامي الداكن، أو أحرقته، أو فعلت به ما فعلت! كل هذا جرى في المكان ذاته الذي هو فيه الآن، ولكن في وضح النهار، دون أن يراه أي من الموجودين حينئذ! فبعد ذلك الذي حدث منذ نحو شهرين، هذا الذي رآه الآن، في هذه الليلة الظلماء، لا يُعد شيئاً يدعو إلى التعجب!

كذلك أدرك مراد أن خروج عبدالرحمن الآن من سجنه في هذا التوقيت لم يكن هباء، بل إن دخوله السجن من الأساس كان لغرض، أو على أقل تقدير كان برضاه، حتى جاء الوقت المناسب من أجل إكمال ما جاء من أجله........ كثير من الأمور بدأت تتضح لمراد، كلما تأمل تصرفات عبدالرحمن، ولذلك عندما أخبر محمد الطوسي بأن مشواراً أخيراً قد بقي قبيل مغادرة بخارى، لم يتعجب، بل إلى حد ما كان قد توقع طبيعة هذا المشوار.

47

أدركـت نـوران خاتـون أن تـرك القصـر كان خيارهـا الوحيد إن رغبـت فـي عـدم الوقـوع فـي الأسـر، هـي وحفيدها محمـود. فبعد تجاوز المغول سـور المدينة الأول، كان سـقوط بخارى بأكملها ليس إلا مسألة وقت، خاصة بعد أن ترامى إلى مسمعها خبر اتفاق قاضي القضاة أبي عبدالعزيز يحيى بن ريحان مع أعيان المدينة بأن يشـكلوا وفـداً للتفـاوض مـع جنكيز خان على الاستسـلام. "الخروج من هذه المحنـة بأقـل الخسـائر،" كان هـذا مـا يـردده، فالمقاومـة كان ثمنها باهظاً، بل باهظاً جداً. أما مسألة جهاد الدفع التي أثارها قائد جيش المدينة الذي كان رافضاً مبدأ الاستسلام، فكان الرد عليها عند القاضي يحيـى: "ولا تلقـوا بأيديكـم إلى التهلكـة"، وبهذا أفتى لأعيان بخارى ولنفسه بما كانوا راغبين فيه.

عندما تيقنت نوران، أخبرت محمود بالأمر الذي أحاطته بسـرية كاملة، بعد أن سرحت من تبقى لديها من الجواري والعبيد. أما فيما يخص ياسمي، فكان الأمر بسيطاً، أو هكذا ظنت..... فالفتاة ستعود إلـى أهلهـا الغـزاة المنتصرين، خاصـة أن زواجها من حفيدها لم يكن سوى زواج صوري، لم تؤكده المعاشرة الزوجية. ولكن الذي حدث، عندما همت نوران بالرحيل، أنها فوجئت بياسمي!.... "كيف عرفت؟ من الذي أخبرها؟"..... لم تدرِ ماذا تفعل، عندما وجدتها أمامها في تلك الليلة التي قررت أن تذهب فيها مع محمود إلى حانة موسى قبل أن تفر من بخارى إلى غزنة، حيث يوجد ابنها جلال الدين منكبرتي.

وكم كانت دهشتها أكبر، عندما طلبت الفتاة منها مصاحبتهما!

- "كيف علمت بهذا الأمر؟ أنا لم أخبر أحداً."

- "لو كنت مكانك لما فعلت غير هذا. فغزنة هي أبعد مكان الآن عن جيوش المغول، وابنك هو أميرها." ثم أكملت، وكأنها شعرت بتوجس نوران خاتون.....

- "لم يعد لي مكان وسط المغول. زواجي من محمود جعلني منكم، ومكاني الآن معه ومعك."

...."عجيب أمر هذه الفتاة! تترك أهلها المنتصرين، وتفر مع المهزومين؟! أي إنسان يتصرف هذا التصرف؟".... لقد شكلت ياسمي لنوران لغزاً محيراً، عجزت عن فهمه. وعلى الرغم من الريبة التي شعرت بها تجاه الفتاة في أول الأمر، إلاّ أنها شعرت بصدق قولها، عندما نظرت إلى عينيها الواسعتين...... كانت نوران خاتون على قناعة تامة بأنه مهما بلغت قدرة اللسان على المخادعة في القول، فالعين غير قادرة أبداً على الكذب!

* * *

ترك عبدالرحمن محمد الطوسي في الحظيرة، لكي يجهز الخيول، ثم ذهب إلى الحانة الملاصقة، التي خلت من المرتادين، باستثناء امرأتين وفتى اختبؤوا في حجرة اكتروها من صاحب الحانة الذي أبقى على منشأته على الرغم من الثروة التي هلت عليه. كانت ياسمي أول من لمح عبدالرحمن، عندما ذهبت لتحضر الماء والطعام، فكادت تسقط ما تحمله من الأواني، لشدة دهشتها، لولا أن تماسكت في آخر لحظة. لم تتخيل أبداً أن تراه مرة ثانية، خاصة بعد سماعها بنبأ اعتقاله، فآخر شيء توقعته بعد ذلك أن تلتقي به هنا في الحانة وفي هذه الظروف العصيبة!

- "ماذا تفعل هنا؟" خرج السؤال من فمها بشكل عفوي.
- "جئت لأصحبكم إلى غزنة."

دُهشت ياسمي من هذه الإجابة التي لم تتوقعها منه...... نوران خاتون أخبرتها بأنها لم تُعلم أي أحد بمخططهم، فلم تدرِ بماذا تجيبه، خاصة أنها قد استؤمنت على هذا السر. لكن حيرتها لم تدم طويلاً، فسرعان ما ظهرت نوران برفقة حفيدها، وكأنها سمعت الحديث من حجرتها.

- "أنت بخير!" كانت الدهشة بادية بشكل جلي على نوران خاتون......
- "ولكن أين محمد الطوسي؟ هل....." لم تكمل السؤال، خوفاً من إجابة لم تكن راغبة في سماعها!
- "هو أيضاً بخير، ولكن هذا الحال لن يدوم طويلاً إن لم نتحرك الآن."
- "من أين لك أن تعلم بمثل هذه الأمور؟ ما هو سرك أيها الغريب؟" بادر محمود بن ممدود بالسؤال، فمنذ أن تعرف على عبدالرحمن، وهو يشهد له مآثر عجيبة لم يجد لها تفسيراً يشفي الغليل، حتى إن هذين السؤالين أصبحا أشبه بالغيمة التي لا تريد الزوال عن سماء عقله!
- "الطريق إلى وجهتك طويل، فلعلك تجد الإجابة التي تبحث عنها، أثناء سيرك عليه."

لم تكن هذه هي الإجابة التي يريدها الفتى، كما أنها أشعرته بشيء من الريبة.... فلسبب ما، شعر بأن "الوجهة" التي كان يعنيها عبدالرحمن هي غير تلك التي كان يقصدها هو مع جدته!

خاتمة الجزء الأول

- "هل ستنتصر الذئاب؟" سألت بورته الكاهن تَبْتِنْكَر بعد خروجه من عزلته المعهودة، ثم تربعه على التلة المطلة على السهول في الجانب الغربي من قراقورم.

- "ما من شيء سيكون إلا وقد كان." أجابها دون أن ينظر إليها، متأملاً في الأفق البعيد، وكأنه يتابع حدثاً هناك، كان يراه دون أحد سواه.

- "وما هو ذلك الذي سيكون وقد كان؟"

لم يجب عليها الكاهن، وآثر الصمت........ فمنذ دقائق، كان في غيبته المعتادة في الخيمة، يتجول بين العوالم دون أن يبرح مكانه. استطاع أن يجد بعد انقطاع طال، صديقه القادم من العالم الآخر. كان في حالة يرثى لها، بعد أن كاد يتلاشى بين أمواج السماء بسبب ما فعله الغريب..... أي قوة تلك التي كان يمتلكها؟ من أين أتى بها؟ لقد رأى تَبْتِنْكَر ما فعله به عندما أنار، كما رأى قبيل تلك اللحظة ذلك الآخر الذي تجسد لوهلة ثم عاد إلى عالمه الخفي عن الأنظار. وفي تلك الوهلة القصيرة التي رأى فيها وجهه قبل أن يختفي مجدداً، أدرك الكاهن تَبْتِنْكَر كل شيء. أدرك ما كان يخفيه عنه صديقه، الروح الداكنة غير المتجسدة، كما كان يطلق عليه. أدرك أن النقيضين هما في الأصل شيء واحد..... من غير ذاك لا يكون هذا، ومن غير هذا لا يكون ذاك!